Donna Leon est née en 1942 dans le New Jersey et a vécu à Venise, théâtre de ses romans policiers, pendant plus de trente ans. Son premier roman, *Mort à La Fenice*, a été couronné par le prestigieux prix japonais Suntory, qui récompense les meilleurs romans à suspense. Les enquêtes du commissaire Brunetti ont conquis des millions de lecteurs à travers le monde.

Donna Leon

LE PRIX DE LA CHAIR

ROMAN

Traduit de l'anglais (États-Unis)
Par William Olivier Desmond

Éditions Calmann-Lévy

TEXTE INTÉGRAL

TITRE ORIGINAL
Death and Judgment

ÉDITEUR ORIGINAL
HarperCollins, New York, 1995

ISBN 978-2-7578-8919-0

À Tony Sepeda et Craig Manley

Questo è i fin di chi fa mal ;
E de' perfidi la morte
Alla vita è sempre ugual.

Ainsi finit le méchant ;
La mort du perfide
Est toujours identique à sa vie.

MOZART, *Don Giovanni*

1

C'EST LE DERNIER MARDI DE SEPTEMBRE que la neige tomba pour la première fois sur les montagnes qui séparent le nord de l'Italie de l'Autriche, avec une avance de plus d'un mois sur la date habituelle. La tempête se déclencha soudainement, sous forme de gros nuages arrivés de nulle part, et sans signe avant-coureur. Moins d'une demi-heure après, les routes des cols, au-dessus de Tarvisio, étaient dangereusement glissantes. Il n'avait pas plu depuis un mois, si bien que cette première neige recouvrait une chaussée déjà luisante d'huile et de graisse.

Cette combinaison se révéla fatale à un semi-remorque immatriculé en Roumanie et transportant, d'après son manifeste, quatre-vingt-dix mètres cubes de planches de pin. Juste au nord de Tarvisio, dans une bretelle d'accès à l'autoroute et donc vers les régions plus accueillantes et plus sûres de l'Italie, le conducteur freina trop brusquement dans la courbe et perdit le contrôle du mastodonte, lequel plongea vers le bas-côté à cinquante kilomètres à l'heure. Les roues creusèrent deux énormes ornières dans la terre qui n'était pas encore gelée, tandis que la remorque ouvrait un long sillon d'arbres cassés et projetés en tous sens jusqu'au fond du ravin. Le camion alla finalement percuter le pied de la montagne, explosa sous l'impact et répandit son chargement tout autour de lui.

Les premiers arrivés sur place, des chauffeurs de poids lourds qui s'étaient arrêtés spontanément pour aider l'un des leurs, se rendirent tout d'abord à la cabine ; il n'y avait cependant plus rien à faire pour le chauffeur ; il pendait à l'extérieur du véhicule, retenu par sa ceinture de sécurité. Une branche avait arraché la portière pendant la course folle du camion, emportant au passage la moitié de la tête du malheureux. Le conducteur d'un semi-remorque chargé de cochons destinés aux abattoirs italiens escalada ce qui restait du capot et fouilla la cabine des yeux à travers le pare-brise en miettes, pour voir s'il n'y avait pas un autre chauffeur. Le siège était vide, et ceux qui s'étaient rassemblés là se dispersèrent à nouveau, à la recherche de l'éventuel passager, qui avait pu être éjecté.

Quatre hommes entreprirent de remonter la pente, tandis qu'un cinquième gagnait la route pour y disposer des feux de détresse et appeler la police au moyen de sa radio. Une neige abondante continuait à tomber et il fallut un certain temps pour que l'un des hommes repère le corps désarticulé, dans le premier tiers de la pente. Il se précipita, suivi d'un de ses collègues, espérant qu'au moins l'un des deux chauffeurs avait survécu à l'accident.

Glissant, tombant parfois à genoux dans leur hâte, ils pataugeaient dans la neige dans laquelle le camion avait si facilement ouvert une tranchée. Le premier s'agenouilla à côté du corps allongé, immobile, et commença à chasser la fine couche blanche qui le recouvrait – peut-être respirait-il encore. Puis ses doigts se prirent dans la longue chevelure et lorsque le visage apparut, il vit ce qui était indiscutablement l'ossature délicate d'une femme.

Il entendit un autre chauffeur pousser un cri, un peu en dessous de lui, se tourna au milieu des flocons de neige et aperçut son collègue agenouillé devant une forme allongée, à quelques mètres du sillon ouvert par le camion.

« Qu'est-ce que c'est ? » lança-t-il, tout en posant un doigt délicat contre le cou de la femme au cas où, en dépit de son corps désarticulé, elle vivrait encore.

« C'est une femme ! » répondit l'autre. Et au moment même où il se rendait compte qu'aucun pouls ne battait sous ses doigts, le deuxième chauffeur ajouta : « Elle est morte. »

Par la suite, le premier de ceux qui explorèrent l'arrière du camion déclara avoir pensé, en les voyant, qu'il s'agissait d'un chargement de mannequins – vous savez, ces bonnes femmes en plastique qu'on met, habillées, dans les vitrines. On en comptait une bonne demi-douzaine éparpillées sur la neige, derrière le hayon détruit du camion. L'une d'elles paraissait même avoir été coincée au milieu des planches si solidement attachées que les emballages ne s'étaient pas rompus sous l'impact et lui écrasaient les jambes, laissant le buste pendre à l'extérieur de la plate-forme. Mais pourquoi aurait-on passé des manteaux à des mannequins ? s'était-il demandé. Et pourquoi toutes ces éclaboussures rouges sur la neige, tout autour ?

2

Il fallut une demi-heure à la police de la route pour se rendre sur les lieux ; lorsqu'elle arriva finalement sur place, elle dut commencer par disposer une signalisation et s'occuper de l'embouteillage d'un kilomètre qui s'était créé sur les deux voies, à hauteur de l'accident ; les conducteurs, qui roulaient déjà prudemment du fait de l'état de la route, ralentissaient encore afin de regarder à loisir, à travers le rail de sécurité déchiqueté, le cadavre du camion qui, au fond du ravin, gisait au milieu d'autres cadavres.

Le premier policier, n'arrivant pas à comprendre ce que lui criaient les chauffeurs de poids lourds et voyant les formes désarticulées éparpillées autour de l'épave, remonta la pente et appela aussitôt le poste des carabiniers à Tarvisio. Appel auquel il fut immédiatement répondu, si bien que l'embouteillage ne tarda pas à s'aggraver, avec l'arrivée de deux voitures de patrouille transportant six hommes en uniforme noir. Ils laissèrent leur véhicule sur l'accotement et entreprirent la laborieuse descente vers le camion. Lorsqu'ils constatèrent que la femme coincée sous les planches était encore vivante, les carabiniers oublièrent complètement les problèmes de circulation – si tant est qu'ils s'y soient intéressés.

Il s'ensuivit une scène tellement confuse qu'elle aurait été comique si elle n'avait pas été, par ailleurs, aussi bizarre. Les planches qui écrasaient les jambes de la femme faisaient toute la longueur du camion et s'empilaient sur au moins deux mètres ; une grue les aurait facilement déplacées, mais il était impossible d'en faire descendre une dans le ravin. C'était également faisable à la main, mais il aurait fallu pour cela grimper dessus, et ajouter au poids qu'elles représentaient.

Le plus jeune des policiers – il s'appelait Monelli – s'accroupit, frissonnant dans le froid vif de la nuit alpine qui tombait. Il avait entouré la partie visible du corps de la femme avec sa parka doublée de duvet. Elle avait les jambes complètement prises, jusqu'à hauteur des cuisses, sous une pile de bois compacte, comme si elle posait pour un Magritte particulièrement baroque.

Il constata qu'elle était jeune et blonde, mais également qu'elle était devenue nettement plus pâle depuis son arrivée auprès d'elle. Elle gisait sur le côté, la joue appuyée contre le plancher cannelé ; elle avait les yeux fermés mais paraissait respirer.

Il entendit derrière lui le bruit violent d'un objet lourd tombant sur la plate-forme. Les cinq autres carabiniers s'étaient glissés le long de l'empilement de planches et avaient entrepris, poussant ici, tirant là, de dégager les lots un par un en commençant par le haut ; chaque fois qu'ils en jetaient un en bas, ils redescendaient de la pile pour aller le lancer hors du camion, passant par-dessus Monelli et la jeune femme.

Et, à chaque fois, ils constataient que la flaque de sang qui coulait d'entre les planches s'était encore rapprochée des genoux de Monelli ; ils n'en continuaient pas moins à batailler avec les pesants colis de planches, s'y arrachant la peau des mains, frénétiques dans leur désir de dégager la jeune fille blonde. Et même après que Monelli eut recouvert le corps de sa veste et se fut redressé, ils continuèrent à attraper les longs paquets pour les lancer dans l'obscurité grandissante. Il fallut que leur sergent aille leur mettre la main sur l'épaule et leur dise de s'arrêter pour qu'ils retrouvent leur calme et reprennent leurs investigations sur la scène du drame. Le temps de les achever et d'appeler Tarvisio pour qu'on envoie des ambulances prendre les cadavres, la paralysie de la circulation était devenue complète, sous la neige qui n'avait cessé de tomber, jusqu'à la frontière autrichienne.

On ne pouvait rien faire de plus jusqu'au lendemain. Néanmoins, les carabiniers prirent la précaution de poster deux des leurs, ne sachant que trop la fascination qu'exerce sur beaucoup de gens le lieu d'une telle tragédie, et redoutant la destruction ou le vol de preuves, au cas où l'épave ne serait pas gardée pendant la nuit.

Comme il arrive si souvent à cette époque de l'année, c'est une aube aux doigts de rose qui se leva le lendemain et à dix heures, la neige n'était plus qu'un souvenir. L'épave du poids lourd et les profonds sillons qu'il avait laissés derrière lui, en revanche, n'avaient pas bougé. On vida le chargement pendant la journée et on le disposa en piles basses dans une zone à l'écart de l'épave. Pendant que les carabiniers s'échinaient, râlant contre le poids, les échardes et la boue dans laquelle leurs bottes s'enfonçaient, une équipe de la police scientifique passa la cabine du camion au peigne fin, saupoudrant les surfaces planes et glissant tous les papiers et objets qu'ils trouvaient dans des pochettes en plastique dûment étiquetées et numérotées. Sous la force du choc final, le siège du chauffeur avait été arraché ; les deux hommes qui fouillaient la cabine finirent de le détacher, puis le dépouillèrent de sa garniture de plastique et de toile, à la recherche de quelque chose qu'ils ne trouvèrent pas, pas plus qu'ils ne découvrirent quoi que ce soit derrière le revêtement de la cabine.

Ce n'est que dans la remorque qu'ils tombèrent sur des choses plus intéressantes : huit sacs de plastique, du genre de ceux qu'on trouve dans les supermarchés, contenant chacun des vêtements et du linge féminin et, dans un cas, un petit livre de prières identifié comme étant rédigé en roumain, d'après l'un des enquêteurs. On avait enlevé toutes les étiquettes des vêtements – aussi bien ceux des sacs, découvrit-on, que ceux que portaient les huit victimes de l'accident.

Les papiers trouvés dans la cabine étaient exactement ceux que l'on aurait dû y trouver ; le passeport et le permis poids lourd du chauffeur, l'attestation d'assurance, les documents douaniers et une facture sur laquelle figurait le nom du marchand de bois où devait avoir lieu la livraison. Les papiers du chauffeur étaient roumains, et la cargaison destinée à une scierie de Sacile, petite ville à environ cent kilomètres plus au sud.

On ne put rien apprendre de plus de l'épave, laquelle fut finalement hissée jusqu'à la route, non sans beaucoup de difficulté, puisqu'il fallut interrompre le trafic pour laisser travailler les treuils de trois engins de remorquage, avant de pouvoir la placer sur la plate-forme d'un semi-remorque pour la renvoyer à son propriétaire roumain. Le bois finit aussi par arriver à sa destination, à Sacile, mais la scierie refusa de payer les frais supplémentaires provoqués par l'accident.

La presse, en Italie et en Autriche, s'empara de cette spectaculaire catastrophe sous le titre inévitable de « Camion de la mort », et multiplia les manchettes sensationnelles. Les Autrichiens avaient réussi à se procurer trois photos des corps gisant dans la neige, qu'ils s'empressèrent de reproduire pour accompagner leurs articles. Les spéculations battaient leur plein : s'agissait-il de réfugiées économiques ? D'immigrées clandestines ? L'effondrement du communisme ne permettait plus de tirer la conclusion qui aurait naguère été inévitable : des espionnes. En fin de compte, le mystère ne fut jamais résolu et l'enquête s'enlisa définitivement lorsque les autorités roumaines se révélèrent incapables de répondre aux questions de la police italienne, de plus en plus lassée, ou de lui fournir les papiers qu'elle demandait. Les corps des huit femmes ainsi que celui du chauffeur, renvoyés par avion à Bucarest, furent enterrés dans le sol natal et sous le poids encore plus considérable de l'inertie bureaucratique roumaine.

Les journalistes se désintéressèrent très vite de l'histoire pour se jeter sur de nouveaux scandales : la profanation d'un cimetière juif de Milan et l'assassinat d'un juge. Elle ne disparut cependant pas avant d'avoir été portée à la connaissance de Paola Falier, professeur assistant de littérature anglaise à l'université Cà Pesaro de Venise et, ce qui n'est pas secondaire dans ce récit, épouse de Guido Brunetti, commissaire de police dans cette même ville.

3

CARLO TREVISAN, maître Trevisan, pour lui donner le titre par lequel il aimait être appelé, était un homme au passé on ne peut plus ordinaire, ce qui ne présentait aucune contradiction avec le fait qu'il avait devant lui un avenir radieux. Natif de Trente, ville proche de la frontière avec l'Autriche, il avait poursuivi, à Padoue, de brillantes études de droit couronnées par un diplôme accompagné des félicitations unanimes de ses professeurs. Il avait ensuite accepté un poste dans un cabinet juridique de Venise, où il était rapidement devenu un spécialiste en droit international, domaine pour lequel rares étaient les Vénitiens qui se passionnaient. Au bout de seulement cinq ans, il avait quitté l'entreprise pour fonder son propre cabinet, spécialisé en droit des sociétés et droit international.

L'Italie est une république où l'on promulgue bien souvent des lois un jour pour les rendre caduques le lendemain. Il n'est donc pas surprenant que, dans un pays où la thèse qui fonde l'article de journal le plus banal est souvent impossible à déchiffrer, il existe parfois une certaine confusion dans la signification exacte de la loi. Le flou, dans l'interprétation qui en découle, engendre un climat tout à fait propice aux juristes se prétendant en mesure de la comprendre. Maître Carlo Trevisan faisait partie du nombre.

Acharné au travail et ambitieux, maître Trevisan prospéra ; et s'étant fort bien marié – il avait épousé la fille d'un banquier – il put avoir des contacts familiers, voire familiaux, avec quelques-uns des industriels et des banquiers parmi les plus importants de la Vénétie Son chiffre d'affaires s'accrut au même rythme que s'arrondissait son tour de taille, si bien que lorsqu'il arriva à son cinquantième anniversaire, maître Trevisan employait sept juristes dans son cabinet, mais aucun n'était son associé. Il assistait une fois par semaine à la messe donnée en l'église Santa Maria del Giglio, avait siégé par deux fois – brillamment – au conseil municipal de Venise, et tirait grande fierté de ses deux enfants, un garçon et une fille, également beaux et intelligents.

Le mardi qui précédait la fête de la Madonna della Salute, à la fin novembre, maître Trevisan passa l'après-midi à Padoue, sur l'invitation de Francesco Urbani, un de ses vieux clients qui venait de décider, au bout de vingt-sept ans de mariage, de se séparer de sa femme. Au cours des deux heures que dura leur entretien, Trevisan suggéra à Urbani de faire passer certaines sommes hors du pays, dans une banque luxembourgeoise, par exemple, et de vendre tout de suite les parts qu'il détenait en secret dans deux entreprises de Vérone. Le résultat de ces opérations devant bien entendu suivre rapidement le chemin emprunté par les premiers virements.

Trevisan s'était arrangé pour fixer cette réunion juste avant celle qu'il avait hebdomadairement avec l'un de ses associés en affaires ; réunion qui avait eu lieu la fois précédente à Venise, et qui se tenait donc ce jour-là à Padoue. Comme à chaque fois, elle se déroula dans le climat cordial qui naît du succès et de la prospérité. Excellent repas, vins fins, bonnes nouvelles.

L'associé de Trevisan le raccompagna en voiture à la gare, comme il le faisait tous les quinze jours, et l'avocat prit l'interurbain de Trieste qui le déposerait à Venise à 22 h 15. L'avocat détenait bien un billet pour une voiture de première classe, mais celles-ci se trouvaient à l'arrière du train, et Trevisan remonta donc les compartiments presque vides pour aller s'asseoir en deuxième classe ; comme tous les Vénitiens, il préférait s'installer à l'avant du train pour ne pas avoir à parcourir toute la longueur du quai, dans la gare Santa Lucia.

Il ouvrit son porte-documents en veau, le posa sur le siège en face de lui et en retira un prospectus que lui avait récemment envoyé la Banque nationale du Luxembourg, lui promettant des intérêts pouvant s'élever jusqu'à dix-huit pour cent – pourvu que les dépôts, cependant, ne fussent pas effectués en lires. Il sortit sa calculette de son compartiment de cuir, dévissa son MontBlanc, et entreprit de faire des calculs approximatifs sur une feuille de papier.

La porte du compartiment coulissa et Trevisan se tourna pour prendre son billet, resté dans la poche de son manteau, et le tendre au contrôleur. Mais le nouvel arrivant n'était pas venu pour poinçonner un rectangle cartonné.

C'est une contrôleuse, Cristina Merli, qui découvrit le corps de maître Carlo Trevisan alors que le train venait de s'engager sur la digue qui, par la lagune, relie Mestre à Venise. En passant devant le compartiment dans lequel le monsieur bien habillé se tenait écroulé contre la vitre, elle décida tout d'abord de ne pas le réveiller pour l'embêter en lui demandant son billet ; puis elle se rappela que les passagers sans billet, même bien habillés, employaient souvent ce stratagème, pendant la courte traversée de la lagune, avec l'espoir d'économiser ainsi mille lires. En outre, si l'homme possédait un billet, il serait content d'être réveillé avant l'entrée en gare, en particulier s'il voulait attraper le vaporetto de la ligne 1 pour le Rialto, le bateau quittant l'embarcadère exactement trois minutes après l'arrivée du train.

Elle fit donc coulisser la porte et entra dans le petit compartiment. *« Buona sera, signore. Suo biglietto, per favore. »*

Plus tard, lorsqu'elle en reparla, elle eut l'impression de se rappeler l'odeur, de l'avoir tout de suite remarquée après avoir ouvert la porte du compartiment surchauffé. Elle fit deux pas en direction de l'homme endormi et répéta, d'une voix plus forte : « *Suo biglietto, per favore.* »

Comment, il n'avait pas entendu ? Impossible de dormir aussi profondément. Sans doute n'avait-il pas de billet et essayait-il d'éviter l'inévitable, l'amende. Avec le temps, Cristina Merli en était presque arrivée à prendre du plaisir à la petite scène qui se déroulait ensuite : demander les papiers, rédiger le procès-verbal, encaisser la somme. Ce qui la ravissait le plus restait cependant les diverses excuses invoquées, tellement familières qu'elle pouvait les réciter par cœur : j'ai dû le perdre ; le train allait partir, et je ne voulais pas le manquer ; ma femme est dans un autre compartiment, et c'est elle qui a les billets.

Consciente de tout cela, sachant aussi qu'elle allait être retardée, tout à la fin du long voyage depuis Turin, elle se montra brusque dans ses gestes, sinon un peu brutale.

« S'il vous plaît, signore, réveillez-vous et montrez-moi votre billet ! » lança-t-elle, se penchant sur l'homme pour lui secouer l'épaule. Au premier contact, le monsieur bien habillé glissa le long de la vitre ; son buste s'effondra en avant et le corps alla finalement rouler au sol. Le veston s'ouvrit pendant la chute et elle vit les taches rouges qui maculaient la chemise. Une incontestable odeur d'urine et d'excréments montait de l'homme.

« *Maria Vergine !* » s'écria-t-elle dans un hoquet, battant très lentement en retraite hors du compartiment. Sur sa gauche, elle vit deux hommes qui s'approchaient, très certainement pour gagner la portière à l'avant de la voiture. « Désolée, messieurs, mais la portière est bloquée ; il faut passer par celle de l'arrière. » Habitués à ce genre d'incident, les deux hommes firent demi-tour. Cristina regarda par la fenêtre et constata que le train arrivait au bout de la digue. Dans trois minutes, quatre tout au plus, le train s'immobiliserait à quai. À ce moment-là, les portières s'ouvriraient et les passagers descendraient, emportant avec eux les souvenirs qu'ils auraient pu conserver du voyage et de gens qu'ils avaient éventuellement croisés dans les couloirs du train. Elle entendit les claquements métalliques familiers des aiguillages qui dirigeaient le convoi sur la bonne voie ; la locomotive passa à l'intérieur de la gare.

Cela faisait quinze ans qu'elle travaillait dans les chemins de fer sans jamais avoir vécu cette situation, mais c'est la seule chose qui lui vint à l'esprit. Elle pénétra dans le compartiment voisin, saisit la poignée du signal d'alarme et tira. Elle entendit le petit bruit sec produit par les fils du sceau qui se rompaient, puis elle attendit, avec une curiosité distante, presque académique, de voir ce qui allait se passer.

4

Les freins bloquèrent les roues et le train ralentit brutalement et s'arrêta ; les passagers perdaient l'équilibre dans les couloirs ou se retrouvaient assis, dans les compartiments, sur les genoux de leur vis-à-vis. Dans les secondes qui suivirent, par les fenêtres vivement baissées, surgirent des têtes effarées à la recherche de ce qui avait bien pu provoquer cette halte inopinée. Cristina Merli abaissa aussi la fenêtre, dans le couloir, goûtant la morsure du froid hivernal, et se pencha à l'extérieur attendant de voir qui allait se présenter. Ce furent en fin de compte deux hommes, en uniforme de la *polizia ferrovia,* qui arrivèrent en courant sur le quai. Elle se pencha un peu plus pour leur faire signe. « Par ici ! C'est par ici ! » Comme elle préférait que personne d'autre n'entende ce qu'elle allait dire, elle attendit qu'ils fussent sous la fenêtre avant de donner d'autres précisions.

Dès qu'elle les eut informés de ce qui s'était passé, l'un d'eux repartit en courant vers la gare, tandis que l'autre remontait jusqu'à la locomotive pour rendre compte au mécanicien. À très petite vitesse, après deux faux départs, le train finit par entrer en gare, regagnant finalement son emplacement habituel avec une lenteur désespérante. Quelques personnes se tenaient sur le quai, soit parce qu'elles attendaient l'arrivée d'un parent, soit parce qu'elles s'apprêtaient à monter dans le train pour l'étape suivante, le voyage de nuit jusqu'à Trieste. Comme les portières ne s'ouvraient pas, elles se regroupèrent peu à peu, se demandant les unes aux autres ce qui arrivait. Une femme, supposant qu'il s'agissait une fois de plus d'une grève surprise, laissa tomber ses bagages et leva les bras au ciel. Tandis que les passagers échangeaient des remarques de plus en plus acerbes sur l'inefficacité des chemins de fer, six policiers équipés de mitraillettes se présentèrent en tête de train et prirent position toutes les deux voitures. De nouvelles têtes apparurent aux fenêtres, les hommes criaient des choses sur un ton de colère, mais personne n'était là pour les écouter. Les portières du train restaient obstinément fermées.

Ce ne fut qu'après de longues minutes de confusion que quelqu'un apprit au brigadier que le train disposait d'un système de sonorisation. Le policier se hissa dans la locomotive et expliqua aux passagers qu'un crime venait d'être commis dans une des voitures et qu'ils allaient être retenus à la gare, le temps que la police prenne leurs noms et adresses.

Lorsqu'il eut terminé son petit discours, le mécanicien débloqua les portes et les policiers montèrent aussitôt dans le train. Malheureusement, aucun responsable n'avait pensé à donner ces mêmes explications aux gens qui attendaient sur le quai et qui se précipitèrent tout de suite dans les wagons – si bien qu'ils ne tardèrent pas à être mêlés aux passagers d'origine. Deux occupants de la deuxième voiture essayèrent de forcer le passage dans le couloir que bloquait un policier ; ils n'avaient rien vu, ne savaient rien, étaient déjà en retard, protestaient-ils. Le policier les repoussa de sa mitraillette, tenue à deux mains en travers de sa poitrine, leur interdisant effectivement le passage et les obligeant à battre en retraite dans leur compartiment, où les deux hommes se mirent à bougonner et à faire des commentaires sur l'arrogance de la police et leurs droits de citoyens bafoués.

Finalement, il fut établi qu'il n'y avait eu que trente-quatre passagers dans le train, si l'on excluait tous ceux qui avaient emboîté le pas aux policiers. Au bout d'une demi-heure, les forces de l'ordre disposaient de tous les noms et de toutes les adresses et avaient demandé à chacun s'il n'avait rien vu de particulier pendant le voyage. Deux personnes se souvenaient d'un Noir, vendeur à la sauvette, descendu à Vicence, une autre d'un homme à cheveux longs sorti des toilettes juste avant l'arrivée à Vérone, et quelqu'un avait vu une femme coiffée d'un chapeau de fourrure quitter le train à Mestre ; en dehors de cela, cependant, personne n'avait rien remarqué qui sortait de l'ordinaire.

Alors que l'on aurait pu croire que le train allait rester paralysé toute la nuit, et que les gens commençaient à s'éloigner pour téléphoner à leurs parents de Trieste et leur dire de ne pas les attendre, une locomotive arriva du triage et vint se raccorder à l'arrière du train. Trois hommes en bleu de travail sautèrent sur la voie pour aller détacher ce qui était maintenant la dernière voiture, celle où gisait le corps, du reste du convoi. Un contrôleur remonta les quais au pas de course, criant : *« In partenza, in partenza, siamo in partenza ! »* et les passagers se précipitèrent de nouveau dans le train. Le contrôleur fit claquer une portière, puis une autre, et monta lui-même en voiture alors que le train commençait à quitter la gare à petite vitesse. Quant à Cristina Merli, debout dans le bureau du chef de gare, elle s'efforçait d'expliquer pour quelle raison elle devait échapper à l'amende d'un million de lires qui sanctionnait tout usage intempestif du signal d'alarme.

5

GUIDO BRUNETTI n'apprit le meurtre de Carlo Trevisan que le lendemain matin, et encore, de la manière la moins policière qui soit : par les manchettes ronflantes de *Il Gazzettino,* le journal qui avait par deux fois chanté les louanges de l'avocat pour son travail au conseil municipal. *« Avvocato Assassinato sul Treno »,* hurlait le titre, tandis que, toujours fidèle à son goût pour le mélodrame, *La Nuova* parlait du *« Treno della Morte ».* Brunetti vit les manchettes en se rendant à la questure, s'arrêta pour acheter les deux journaux et, debout dans la Rega Orefici, lut les articles sans prêter attention aux gens venus faire leurs courses dans cette rue commerçante. Seuls les faits élémentaires étaient rapportés : abattu dans un train, le corps trouvé pendant que le convoi franchissait la lagune, la police ayant commencé les investigations habituelles.

Brunetti releva la tête et laissa son regard errer sur les étalages de fruits et de légumes. Les investigations habituelles ? Qui donc était de service, la nuit dernière ? Pourquoi ne l'avait-on pas appelé ? Et lequel de ses collègues avait-on chargé de l'enquête ?

Il s'éloigna du marchand de journaux et reprit la direction de la questure, évoquant les diverses affaires sur laquelle les services de police travaillaient en ce moment et essayant de calculer à qui on allait attribuer celle-ci. Lui-même en était presque au terme d'une enquête ayant quelque chose à voir, au modeste niveau de Venise, avec les ramifications sans fin de l'énorme réseau de corruption et de pots-de-vin parti de Milan quelques années auparavant. On avait en particulier construit une autoroute sur le continent, pour relier la ville à l'aéroport, qui avait coûté des milliards de lires. Et ce ne fut qu'une fois l'autoroute en service que l'on prit la peine de s'aviser que l'aéroport qui comptait moins de cent mouvements d'avion par jour était déjà fort bien desservi par la route (un service de bus et des taxis) et par la mer. Et ce n'est qu'alors que l'on commença à se poser des questions sur l'hémorragie des deniers publics provoquée par la construction d'une route dont la nécessité ne pouvait pas être démontrée, même par l'esprit le plus imaginatif. D'où l'enquête menée par Brunetti, laquelle s'était achevée par des ordonnances qui plaçaient sous séquestre les avoirs bancaires de l'entreprise de construction responsable de l'essentiel des travaux, ainsi que ceux des trois conseillers municipaux qui avaient bataillé avec le plus d'acharnement pour faire attribuer le contrat à l'entreprise en question.

Un des autres commissaires avait fort à faire au casino où les croupiers, une fois de plus, avaient trouvé un moyen de damer le pion au système et de prélever leur petit pourcentage incognito. Le dernier était au cœur d'une enquête sur des entreprises de Mestre contrôlées par la Mafia – une investigation à rebondissements qui paraissait, hélas ! devoir se prolonger indéfiniment.

Si bien que Brunetti ne fut pas surpris d'être accueilli par les hommes de faction, devant la questure, avec cette phrase elliptique : « Il vous attend, commissaire. » Si le vice-questeur Patta voulait le voir à cette heure, c'était peut-être parce qu'on l'avait appelé directement, lui, et non un des commissaires ; et pour qu'il s'intéresse à ce meurtre au point de venir si tôt à la questure, c'est que Trevisan avait été de son vivant un homme plus puissant et plus introduit que Brunetti ne l'avait cru.

Il alla dans son bureau, se débarrassa de son manteau et jeta un coup d'œil sur sa table. Il n'y avait rien de plus, dessus, que ce qu'il y avait laissé la veille, ce qui signifiait que les paperasses qu'avait déjà dû engendrer l'affaire se trouvaient en possession de Patta. Il redescendit par l'escalier de service et entra dans l'antichambre qui précédait le bureau de son supérieur. Derrière sa table, l'air de n'être ici qu'en attendant l'arrivée des photographes de *Vogue,* la signorina Elettra Zorzi arborait une toilette printanière, une robe blanche en crêpe de Chine coupée dans le biais, dont les plis diagonaux lui soulignaient la poitrine de manière incontestablement provocante.

« Bonjour, commissaire, dit-elle avec un sourire, levant les yeux du magazine qu'elle tenait ouvert devant elle.

– Trevisan ? »

Elle acquiesça.

« Cela fait dix minutes qu'il est au téléphone. Le maire.

– Lequel a appelé l'autre ?

– C'est le maire qui a appelé, répondit la signorina Elettra. Pourquoi, c'est important ?

– Oui. Cela signifie probablement que nous n'avons rien pour démarrer l'enquête.

– Comment cela ?

– Il n'aurait appelé le maire que s'il avait été assez sûr de lui pour lui dire qu'il détenait un suspect et allait bientôt avoir des aveux. Le fait que ce soit le maire qui ait appelé prouve que Trevisan était quelqu'un d'important et qu'il veut que l'affaire soit menée rondement. »

La signorina Elettra referma sa revue et la fit glisser de côté. À l'époque où elle avait pris ses fonctions auprès de Patta, se souvenait Brunetti, elle les mettait dans un tiroir quand elle ne les lisait pas. À présent, elle ne prenait même pas la peine de les placer à l'envers.

« À quelle heure est-il arrivé ? demanda Brunetti.

– À 8 h 30. » Puis, avant même que le commissaire ait le temps de poser la question, elle ajouta : « J'étais déjà là moi-même et je lui ai dit que vous étiez ressorti pour interroger la bonne des Leonardi. »

Brunetti avait en fait procédé à cet interrogatoire l'après-midi du jour précédent, dans le cadre de son enquête sur l'entrepreneur, sans d'ailleurs apprendre grand-chose. « Merci. » Plus d'une fois, il s'était étonné qu'une personne douée d'un penchant naturel aussi marqué pour la duplicité que la signorina Elettra ait choisi de travailler dans la police.

La jeune femme jeta un coup d'œil à son bureau et vit que la petite lumière rouge avait cessé de clignoter sur le téléphone. « Il a raccroché », dit-elle.

Brunetti lui adressa un signe de tête et alla frapper à la porte de Patta. Il attendit que lui soit vociféré un *« Avanti ! »* sonore et entra dans le bureau.

En dépit de l'heure matinale à laquelle le vice-questeur était arrivé, il paraissait avoir eu tout son temps pour faire sa toilette ; le parfum d'une lotion après-rasage empestait l'air et le beau visage du chef de la police rayonnait. Sa cravate était en laine, mais son costume en soie sauvage. Pas esclave de la tradition, le vice-questeur. Il salua son subordonné d'un : « Où étiez-vous passé ?

– Chez Leonardi. Je voulais interroger la bonne.

– Et ?

– Elle ne sait rien.

– Aucune importance, dit Patta avec un geste en direction du fauteuil, devant son bureau. Asseyez-vous, Brunetti. Êtes-vous au courant ? » ajouta-t-il lorsque Brunetti se fut installé.

Il n'avait pas besoin d'ajouter de quoi.

« Oui, répondit Brunetti. Mais je ne connais pas les détails de l'affaire.

– Il a été tué de deux balles dans le train de Turin, la nuit dernière. Tirées à bout portant, sinon bout touchant. L'une d'elles a dû couper une artère, car il y avait du sang partout. »

Que Patta ait employé l'expression « a dû » signifiait que l'autopsie n'avait pas encore été pratiquée et qu'il émettait une supposition.

« Où étiez-vous, hier soir ? s'enquit Patta, presque comme s'il voulait éliminer Brunetti de la liste des suspects avant d'aller plus loin.

– Nous sommes allés dîner chez des amis.

– On m'a dit qu'on a essayé de vous joindre chez vous.

– J'étais chez des amis, répéta Brunetti.

– Vous pourriez avoir un répondeur, tout de même.

– J'ai deux enfants, monsieur.

– Que voulez-vous dire par là ?

– Que si j'avais un répondeur, je passerais mon temps à écouter les messages laissés par leurs amis. » Ou bien encore, il le passerait à écouter les techniques douteuses si souvent employées par les chers petits pour expliquer leurs absences ou leurs retards. Cela signifiait également que Brunetti estimait qu'il était de la responsabilité des enfants de prendre les messages pour les parents, mais il ne tenait pas à s'étendre sur cette question avec Patta.

« Ils ont été obligés de m'appeler », continua Patta, sans faire le moindre effort pour cacher son indignation.

Brunetti soupçonna qu'on attendait des excuses de sa part. Il n'en présenta pas.

« Je me suis rendu à la gare. Bien entendu, le service de sécurité des chemins de fer avait saboté le travail. »

Patta abaissa les yeux sur son bureau et poussa quelques photos en direction de Brunetti.

Le commissaire les examina pendant que Patta continuait d'énumérer les preuves d'incompétence des chemins de fer. La première photo avait été cadrée depuis la porte du compartiment ; on y voyait un homme allongé par terre, sur le dos, entre les banquettes se faisant vis-à-vis. L'angle de prise de vue empêchait de bien distinguer les traits, mais les deux taches rouges qui s'étalaient sur l'éminence de sa bedaine étaient suffisamment éloquentes. Le deuxième cliché montrait le corps vu depuis l'autre côté du compartiment et devait avoir été pris à travers la fenêtre ; on voyait que l'homme avait les yeux fermés et que l'une de ses mains étreignait un stylo. Les autres photos, bien que prises de l'intérieur du compartiment, ne révélaient rien de plus. On aurait cru l'avocat assoupi ; la mort avait fait disparaître toute expression de son visage et on aurait dit qu'il dormait du sommeil du juste.

« L'a-t-on volé ? demanda Brunetti, coupant court aux jérémiades de Patta.

– Quoi ?

– Est-ce qu'on l'a volé ?

– Il ne semble pas. Son portefeuille était dans sa poche et, comme vous le voyez, son porte-documents se trouvait encore sur le siège face au sien.

– La Mafia ? » demanda Brunetti, comme on le faisait toujours, comme il fallait toujours le faire.

Le vice-questeur haussa les épaules.

« Il était avocat, remarqua-t-il, laissant à son subordonné le soin de décider si cela le rendait plus ou moins susceptible d'être exécuté par la Mafia.

– Sa femme ? » À la manière dont il avait posé la question, Brunetti trahissait le fait qu'il était à la fois italien et marié.

« Peu vraisemblable. Elle est la secrétaire du Lion's Club. »

Brunetti, pris de court par l'absurdité de cette explication, ne put retenir son rire ; mais lorsqu'il vit l'expression qu'arborait Patta, il le transforma en une toux, feinte tout d'abord, puis bien réelle, qui le laissa cramoisi et les larmes aux yeux. Lorsqu'il se fut suffisamment calmé pour respirer normalement, il demanda :

« Des associés, alors ? rien de ce côté ?

– Je ne sais pas. » Le vice-questeur tapota son bureau, pour solliciter l'attention de Brunetti. « J'ai regardé le tableau, et il semble que ce soit vous qui ayez le moins à faire, en ce moment. » Parmi les choses, chez Patta, qui attendrissaient le plus Brunetti, il y avait ce bonheur d'expression qui touchait à la perfection. « J'aimerais vous confier l'enquête, mais avant cela, je tiens à m'assurer que vous la conduirez de manière convenable. »

Ce qui signifiait, comme Brunetti en avait la certitude, que Patta voulait être sûr que son subordonné se montrerait respectueux du statut social qu'impliquait le fait d'être la secrétaire du Lion's Club. Comme il savait qu'il ne serait pas ici, si Patta n'avait pas déjà décidé de lui donner l'affaire, le commissaire préféra ignorer l'admonition implicite de cette remarque et changer de sujet. « Et sur les passagers du train, que savons-nous ? »

Sans doute l'entretien avec le maire que venait d'avoir le vice-questeur lui avait-il laissé l'impression que la rapidité l'emportait sur le besoin de mettre les points sur les I avec Brunetti, car il répondit directement à la question. « Les services de sécurité des chemins de fer ont relevé les noms de tous les gens qui étaient dans le train à son entrée en gare. » Brunetti leva le menton dans une attitude interrogative. « Deux ou trois ont l'air d'avoir remarqué des comportements curieux chez d'autres passagers. Tout est dans le dossier, ajouta-t-il en tapotant l'enveloppe de papier bulle posée sur son bureau.

– Quel est le juge d'instruction à qui on a confié l'affaire ? » Lorsqu'il aurait la réponse à cette question, Brunetti saurait aussi dans quelle mesure il devrait se montrer déférent vis-à-vis du Lion's Club.

« Vantuno. »

Leoncia Vantuno était une femme à peu près de l'âge de Brunetti, avec laquelle celui-ci avait heureusement collaboré par le passé. D'origine sicilienne comme Patta, le juge Vantuno n'ignorait pas qu'il existait des arcanes et des nuances dans la société vénitienne qui lui échapperaient toujours, mais elle avait suffisamment confiance dans les commissaires du cru pour les laisser mener les enquêtes à leur guise.

Brunetti acquiesça, se refusant à révéler à Patta la petite satisfaction qu'il en éprouvait.

« J'attends cependant de vous un rapport quotidien, reprit le vice-questeur. Trevisan était quelqu'un d'important. J'ai déjà eu un coup de téléphone de l'hôtel de ville et je ne vous cacherai pas que le maire tient à ce que l'affaire soit réglée le plus vite possible.

– A-t-il une hypothèse ? » demanda Brunetti.

Habitué aux impertinences de son subordonné, Patta s'enfonça dans son fauteuil et le fixa un moment avant de répondre : « À propos de quoi ? » en mettant lourdement l'accent sur le *quoi* pour faire sentir sa désapprobation.

« À propos d'une affaire à laquelle Trevisan aurait pu être mêlé », répondit Brunetti sans se démonter. Il était on ne peut plus sérieux. Le fait d'être maire ne signifiait pas qu'il ignorait les secrets les moins ragoûtants de son ami ; en fait, il y avait tout lieu de croire le contraire.

« C'est une question qu'il ne m'a pas paru convenable de poser au maire, répondit Patta.

– Dans ce cas, je vais peut-être le faire.

– N'allez pas créer d'embrouilles avec ça, Brunetti.

– Je crois que les embrouilles ont déjà commencé, répliqua le policier, qui laissa retomber les photos dans le dossier. Autre chose, monsieur ? »

Patta réfléchit quelques instants avant de répondre. « Non, pas pour le moment. » Il poussa le dossier vers Brunetti. « Prenez-le. Et n'oubliez pas : je veux un rapport quotidien. » Comme Brunetti restait sans réaction, il ajouta : « Ou bien donnez-le au lieutenant Scarpa », gardant les yeux sur son subordonné, le temps de voir ce que serait la réaction de celui-ci en entendant le nom universellement détesté de son assistant.

« Certainement, monsieur », répondit Brunetti d'un ton

neutre. Il prit le dossier et se leva. « Où a-t-on emmené le corps ?

– À l'hôpital civil. Je suppose que l'autopsie aura lieu ce matin. Et n'oubliez pas : c'était un ami du maire.

– Bien entendu, monsieur. » Et Brunetti quitta le bureau.

6

La signorina Elettra leva le nez de sa revue lorsque Brunetti émergea du bureau de Patta. « *Allora ?*

– Trevisan. Et je dois me grouiller, vu qu'il était l'ami du maire.

– Sa femme est une tigresse, observa la signorina Elettra, ajoutant, en manière d'encouragement : elle va vous donner du fil à retordre.

– Y a-t-il quelqu'un à Venise que vous ne connaissiez pas ?

– En fait, je ne la connais pas vraiment. Mais elle a été la patiente de ma sœur, un temps.

– Barbara, laissa échapper Brunetti, se souvenant où et quand il avait rencontré la sœur en question. Le médecin.

– Elle-même, commissaire, répondit la jeune femme avec un sourire absolument ravi. Je me demandais combien de temps il vous faudrait pour faire le lien entre elle et moi. »

Lorsqu'il avait fait la connaissance de la signorina Elettra, il lui avait semblé que son nom de famille ne lui était pas inconnu ; Zorzi n'était pas un patronyme fréquent, mais il n'aurait jamais songé à faire le rapprochement entre la spirituelle et rayonnante Elettra – tous les adjectifs qui lui venaient à l'esprit suggéraient luminosité et grâce – et Barbara Zorzi, femme calme et discrète qui comptait au nombre de ses patients non seulement le beau-père de Brunetti mais aussi, semblait-il, la signora Trevisan.

« Elle l'a été ? demanda-t-il, laissant à plus tard ces considérations sur la famille d'Elettra.

– Elle l'était encore il y a un an. Elle et sa fille la consultaient. Un jour, cependant, elle est arrivée dans le cabinet de Barbara et lui a fait une scène, exigeant de savoir pour quelle maladie elle traitait sa fille. »

Brunetti était attentif, mais il ne demanda rien.

« La gamine n'avait que quatorze ans, mais comme Barbara refusait de lui répondre, elle l'a accusée de l'avoir avortée ou envoyée se faire avorter à l'hôpital. Elle l'a insultée et lui a même jeté un magazine à la figure.

– À votre sœur ?

– Oui.

– Comment a-t-elle réagi ?

– Qui ?

– Votre sœur.

– Elle lui a dit de sortir de son cabinet. Ce que l'autre a fait au bout d'un moment, après avoir encore crié.

– Et ensuite ?

– Le lendemain, Barbara lui a envoyé une lettre recommandée avec son dossier médical en lui conseillant de se chercher un autre médecin.

– Et la fille ?

– Elle non plus n'est jamais revenue. Barbara l'a cependant rencontrée dans la rue, et la gamine lui a expliqué que sa mère lui avait interdit de lui parler. Qu'elle allait maintenant dans une clinique privée.

– Pour quelle raison la jeune fille consultait-elle ? »

Il vit la signorina Elettra peser le pour et le contre. Elle parvint rapidement à la conclusion que, de toute façon, le commissaire finirait par le savoir, s'il le voulait.

« Une maladie vénérienne.

– De quel genre ?

– Je ne m'en souviens pas. Il faudra demander à ma sœur.

– Ou à la signora Trevisan. »

La réaction d'Elettra fut instantanée – et coléreuse.

« Si elle l'a appris, ce n'est pas grâce à Barbara. »

Brunetti n'en doutait pas.

« Si bien que cette gosse a quinze ans, aujourd'hui ?

– Oui, forcément. »

Brunetti réfléchit quelques instants. La loi était vague sur ce point (mais était-elle jamais claire ?). On ne pouvait forcer un médecin à divulguer des informations relevant du secret médical ; celui-ci pouvait toutefois indiquer comment un patient s'était comporté, et pour quelles raisons, en particulier s'il s'agissait de quelque chose qui ne relevait pas d'un problème de santé. Autant en parler directement au médecin plutôt que de demander à Elettra de le faire pour lui.

« Le cabinet de votre sœur se trouve toujours près de San Barnaba, n'est-ce pas ?

– Oui. Elle y sera cet après-midi. Voulez-vous que je la prévienne de votre visite, commissaire ?

– Cela signifie-t-il que vous ne le ferez que si je vous le demande, signorina ? »

La jeune femme contempla un instant le clavier de son ordinateur, y trouva apparemment la réponse qu'elle semblait y chercher, et releva la tête.

« Peu importe que ce soit vous ou moi qui le lui demande, commissaire. Elle n'a rien fait de répréhensible. »

Poussé par la curiosité, il demanda :

« Et dans le cas contraire ? Si elle avait justement fait quelque chose de répréhensible ?

– Si cela pouvait l'aider, je l'avertirais, bien entendu.

– Même s'il fallait pour cela trahir un secret de la police, signorina ? » voulut-il savoir. Son sourire, cependant, disait qu'il ne faisait que plaisanter – ce qui n'était pas le cas, en réalité.

Elle lui jeta un coup d'œil d'incompréhension. « Croyez-vous que je me soucierais des secrets de la police, si ma famille courait un risque ? »

Remis à sa place, il répondit : « Je vous crois, signorina, je vous crois. »

La jeune femme sourit, ravie d'avoir contribué à faire comprendre certaines choses au commissaire.

« Savez-vous quelque chose sur sa femme ? Ou du moins, sur sa veuve ? se corrigea-t-il.

– Non, pas à titre personnel. J'ai entendu parler d'elle par les journaux, évidemment. Elle est toujours impliquée dans les Grandes Causes, dit-elle en rendant perceptible les majuscules. Vous savez, du genre, recueillir de la nourriture pour l'envoyer en Somalie, quitte à ce qu'elle soit volée et revendue en Albanie. Ou organiser ces concerts de gala à la Fenice qui semblent avoir toujours du mal à couvrir les frais et servir surtout d'occasion aux organisateurs pour sortir leur tenue de soirée et parader devant leurs amis. Je suis étonnée que vous n'en sachiez pas plus sur elle.

– Je me souviens vaguement d'avoir lu son nom, mais pas davantage. Et le mari ?

– Droit international, je crois, et très fort dans sa partie. Il me semble avoir lu quelque part qu'il traitait de grosses affaires avec la Tchécoslovaquie ou la Pologne – vous savez, ces pays où on ne mange que des pommes de terre et où l'on s'habille si mal –, mais je ne sais plus exactement lequel.

– Quel genre d'affaires ? »

Elle fit non de la tête, ne s'en souvenant pas.

« Pourriez-vous le trouver ?

– Je crois que je pourrais, en allant faire un petit tour aux archives du *Gazzettino*.

– Avez-vous quelque chose à faire pour le vice-questeur ?

– Je vais réserver sa table pour le déjeuner, et je me rendrai ensuite au journal. Voulez-vous que je vous cherche autre chose ?

– Oui. Voyez ce que vous pouvez trouver sur sa femme. Quel est le journaliste responsable de la chronique mondaine, en ce moment ?

– Pitteri, je crois.

– Contactez-le, et voyez s'il ne peut rien vous dire sur l'un ou l'autre – les détails qu'il ne peut pas publier, notamment.

– Ceux dont les gens sont les plus friands, n'est-ce pas ?

– J'en ai peur.

– Autre chose, monsieur ?

– Non, merci, signorina. Vianello est-il dans la maison ?

– Je ne l'ai pas encore vu.

– Envoyez-le-moi dès qu'il arrive, voulez-vous ?

– Entendu », répondit-elle en retournant à sa revue.

Brunetti jeta un coup d'œil sur l'article qu'elle lisait – la dernière mode –, et regagna son bureau.

Le dossier, comme toujours en début d'enquête, ne contenait guère que des noms et des dates. On y apprenait donc que Carlo Trevisan était né cinquante ans auparavant à Trente, était diplômé de droit de l'université de Padoue et avait ouvert un cabinet de droit international à Venise. Le dossier indiquait également qu'il avait épousé Franca Lotto dix-neuf ans plus tôt, et avait eu deux enfants, une fille, Francesca, âgée de quinze ans et un fils, Claudio, qui en avait dix-sept.

Maître Trevisan se s'était jamais intéressé au droit criminel et n'avait jamais eu affaire, à aucun titre, à la police. Il n'avait jamais, non plus, fait l'objet d'une enquête de la brigade financière, ce qui ne pouvait s'expliquer que de deux manières : ou bien il était l'objet d'une grâce divine miraculeuse, ou bien ses déclarations de revenus étaient exactes – ce qui en soi était aussi un miracle. Le dossier comportait les noms des personnes qu'il employait et la copie de sa demande de passeport.

« Lavata con Perlana », murmura Brunetti en reposant les papiers sur son bureau. Le détergent liquide qui promettait de rendre tout, absolument tout, plus propre que propre. Qui pouvait être plus propre que Carlo Trevisan ? Question plus intéressante : qui avait pu lui loger deux balles dans le ventre sans prendre la peine de lui voler son portefeuille ?

Le policier ouvrit le tiroir inférieur de son bureau du bout du pied, s'enfonça dans son fauteuil et croisa les chevilles sur le tiroir. L'auteur du crime avait dû agir entre Padoue et Mestre, pour éviter de se trouver encore dans le train au moment où il arrivait en gare de Venise. Il ne s'agissait pas d'un express local, et Mestre était le seul arrêt entre Padoue et Venise. Il était peu probable qu'un passager descendu à Mestre ait attiré l'attention, mais cela valait tout de même la peine de vérifier. Les contrôleurs s'installent en général dans le premier compartiment : leur demander s'ils n'avaient pas remarqué quelque chose. Vérifier le pistolet, également, voir si les balles ne portaient pas la signature d'un autre crime. Les armes étaient sévèrement contrôlées, et il était donc peut-être possible de remonter jusqu'à celle-ci. Quel était le motif du voyage de Trevisan à Padoue ? Qui y avait-il vu ? L'épouse, vérifier l'épouse. Puis contrôler auprès des voisins et des amis pour savoir si elle disait la vérité. La fille... une maladie vénérienne à l'âge de quatorze ans ?

Il se pencha, ouvrit le tiroir en grand et y prit l'annuaire. Il l'ouvrit à la page des Z. *Zorzi, Barbara, médecin*, y figurait deux fois, la première pour son domicile et la seconde pour le cabinet. Il composa le numéro du cabinet et tomba sur un répondeur qui lui apprit que les consultations commençaient à seize heures. Il fit alors le numéro du domicile, et la même voix, toujours sur un répondeur, lui apprit que la doctoresse était momentanément absente et lui demanda de laisser son nom, la raison de son appel et le numéro auquel on pouvait le joindre. On le rappellerait dès que possible.

« Bonjour, docteur, dit-il après le bip. Commissaire Guido Brunetti à l'appareil. Je vous appelle suite à la mort de Carlo Trevisan. J'ai appris que sa femme et sa fille étaient...

– Bonjour, commissaire, coupa la voix rauque du médecin. Je peux t'aider ? » Cela faisait plus d'un an qu'ils ne s'étaient pas vus, mais elle n'en utilisait pas moins le tutoiement, établissant par-là clairement que l'intimité qui s'était instaurée naguère entre eux était intacte.

« Bonjour, docteur. Est-ce que tu filtres toujours tes appels de cette façon ?

– Il y a une femme, commissaire, qui m'a appelée tous les jours pendant trois ans pour me demander de passer la voir ; et chaque matin avec des symptômes différents. Si bien que, oui, je vérifie qui m'appelle. » Elle avait répondu d'un ton ferme, mais non sans une pointe d'humour dans la voix.

« Je n'aurais jamais cru que le corps avait autant de parties différentes, s'étonna Brunetti.

– Oh, il propose d'intéressantes combinaisons... En quoi puis-je t'aider, Guido ?

– Comme j'avais commencé à te l'expliquer, j'ai appris que la signora Trevisan et sa fille ont été tes patientes. » Il marqua un temps d'arrêt, pour voir si le médecin n'allait pas lui dire spontanément quelque chose. Il en fut pour ses frais. « Tu es au courant, pour Carlo Trevisan ?

– Oui.

– J'aurais aimé savoir si tu serais d'accord pour m'en parler – je veux dire, de la mère et de la fille.

– Comme personnes ou comme patientes ? demanda-t-elle, sans perdre son calme.

– De la façon qui te conviendra le mieux, répondit Brunetti.

– On pourrait commencer par la première avant de passer, si nécessaire, à la seconde.
– Voilà qui est très gentil de ta part. Peut-on se voir aujourd'hui ?
– J'ai quelques visites à domicile à faire, ce matin, mais je devrais avoir terminé vers onze heures. Où veux-tu que nous nous rencontrions ? »
Étant donné que c'était elle qui lui faisait une faveur, Brunetti se sentait un peu gêné de lui demander de passer à la questure.
« Où te trouveras-tu, à onze heures ?
– Une minute, s'il te plaît. » Elle ne posa le téléphone que quelques instants. « Mon patient habite près de l'embarcadère de San Marco.
– On pourrait se retrouver au *Florian*, non ? »
Elle ne répondit pas tout de suite et, se souvenant des convictions politiques de la jeune femme, Brunetti s'attendit presque à ce qu'elle fasse une remarque sur la libéralité avec laquelle il dépensait l'argent des contribuables. « Le *Florian* ? C'est parfait, commissaire.
– Je serai ravi de te revoir. Et merci encore, docteur.
– À onze heures, alors », répondit-elle, raccrochant aussitôt.
Il expédia l'annuaire dans le tiroir qu'il referma d'un coup de pied. Lorsqu'il leva les yeux, Vianello entrait dans son bureau.
« Vous vouliez me voir, monsieur ?
– Oui. Assieds-toi. Le vice-questeur m'a confié l'affaire Trevisan. »
Vianello acquiesça, l'air de sous-entendre que tout le monde était déjà au courant.
« Qu'en sais-tu, pour ta part ?
– Rien de plus que ce qu'il y a dans les journaux et que ce qu'a dit la radio. On l'a trouvé dans le train hier soir, abattu d'un coup de feu. Aucune trace de l'arme ou d'un suspect. »

Brunetti se rendit compte alors qu'il venait de lire le dossier officiel de la police, mais qu'il n'en savait pratiquement pas davantage.

« De deux coups de feu. Sais-tu quelque chose sur lui ? Je t'en prie, assieds-toi.

– Il était important. » La chaise parut soudain plus petite lorsque le sergent s'y installa. « Un temps conseiller municipal responsable, si je me souviens bien, des services d'hygiène. Marié, deux enfants. Gros cabinet. Du côté de Saint-Marc, je crois.

– Et sa vie personnelle ? »

Vianello secoua la tête. « Je n'ai jamais entendu parler de rien.

– Sa femme ?

– J'ai lu quelque chose sur elle. Elle veut sauver la forêt amazonienne – non, ça, c'est la femme du maire.

– Oui, je crois.

– Alors un autre truc. Elle veut sauver quelque chose. L'Afrique, peut-être. » Vianello eut un petit reniflement de mépris, adressé soit à la signora Trevisan, soit à l'idée qu'on puisse sauver l'Afrique. Impossible à dire.

« Vois-tu quelqu'un qui pourrait nous en apprendre un peu plus sur lui ?

– Sa famille ? Ses associés ? Les gens qui travaillent dans son cabinet ? » suggéra Vianello. Voyant la réaction de Brunetti, il ajouta : « Désolé, il ne me vient rien d'autre à l'idée. Je ne me souviens même pas que quelqu'un m'ait un jour parlé de lui.

– Je vais aller interroger sa femme, mais pas avant cet après-midi. Pour le moment, je voudrais que tu te rendes au cabinet pour voir un peu l'effet qu'y produit sa mort.

– Vous pensez qu'ils y seront ? Le lendemain de son assassinat ?

– Ce sera intéressant de voir s'ils sont ou non venus, fit observer Brunetti. La signorina Elettra a cru comprendre, d'après ce qu'elle m'a dit, qu'il était en affaires avec la

Pologne ou la Tchécoslovaquie. Vérifie si quelqu'un est au courant. Il lui semble se rappeler que c'était dans le journal, mais pas davantage. Et pose les questions habituelles. » Cela faisait si longtemps qu'ils travaillaient ensemble que Brunetti n'avait pas besoin d'être plus précis : ces questions portaient sur un employé remercié, un associé s'estimant lésé et en colère, un mari jaloux, sa propre femme jalouse. Vianello avait l'art de faire parler les gens, en particulier quand ils étaient vénitiens. Ils se détendaient invariablement devant ce grand gaillard débonnaire qui paraissait parler l'italien tout à fait à contrecœur et n'être que trop content de passer à leur dialecte commun, changement linguistique qui poussait souvent ses interlocuteurs à faire inconsciemment des révélations.

« Rien d'autre, monsieur ?

– Si. Je vais être occupé, ce matin, et je vais essayer de rencontrer la veuve dès cet après-midi. J'aimerais donc que tu envoies quelqu'un à la gare pour parler à la contrôleuse qui a trouvé le corps. Qu'il voie aussi si les autres contrôleurs n'ont rien remarqué d'inhabituel. » Avant que Vianello ait eu le temps de protester, il ajouta : « Oui, je sais, je sais. S'ils avaient remarqué quelque chose, ils l'auraient déjà dit. Je souhaite qu'on leur pose tout de même la question.

– Bien, monsieur.

– Et j'aimerais aussi voir la liste des noms de tous les passagers et la transcription de leurs déclarations.

– Comment se fait-il qu'il n'ait pas été volé, monsieur ?

– Si c'était le mobile, il a pu être dérangé par quelqu'un passant dans le couloir avant d'avoir eu le temps de lui faire les poches. Ou alors, celui qui a fait le coup veut nous faire savoir qu'il ne s'agissait pas d'un vol.

– Ça ne tient pas vraiment debout, n'est-ce pas ? s'étonna Vianello. N'aurait-il pas mieux valu nous faire croire, au contraire, que c'était bien un vol ?

– Cela dépend des raisons qu'il avait. »

Vianello réfléchit quelques instants, avant de répondre : « Oui, je suppose », mais, au ton qu'il avait adopté, on sentait qu'il n'était pas pleinement convaincu. Pourquoi vouloir donner un tel avantage à la police ?

Peu désireux de s'appesantir sur cette question, le sergent se leva.

« Je vais aller tout de suite à son cabinet, voir ce que je peux apprendre. Serez-vous ici, cet après-midi ?

– Probablement, en fonction du moment où je pourrai rencontrer la veuve. Je laisserai le message.

– Bien. Alors, à cet après-midi. »

Brunetti revint au dossier, consulta la liste des numéros de téléphone relatifs à l'affaire et composa celui de la maison de Trevisan. On ne décrocha qu'à la dixième sonnerie.

« *Pronto,* fit une voix masculine.

– Je suis bien au domicile de maître Trevisan ? demanda Brunetti.

– Qui est à l'appareil ?

– Le commissaire Guido Brunetti. J'aimerais parler à la signora Trevisan, s'il vous plaît.

– Ma sœur n'est pas en état de répondre au téléphone. »

Brunetti chercha, dans le dossier, la page qui mentionnait le nom de jeune fille de la signora Trevisan.

« Je suis désolé, signor Lotto, de vous ennuyer en de telles circonstances, encore plus désolé de devoir ennuyer votre sœur, mais il est indispensable que je lui parle le plus rapidement possible.

– Je crains bien qu'il n'en soit pas question, commissaire. On a administré une forte dose de tranquillisants à ma sœur et elle n'est en état de voir personne. Elle a été anéantie par ce qui est arrivé.

– Je comprends quel doit être son chagrin, signor Lotto, et je tiens à présenter mes plus sincères condoléances à votre famille. Mais il est impératif que j'aie un entretien avec l'un de ses membres avant que nous commencions notre enquête.

– De quelles informations avez-vous besoin ?

– Il nous faut nous faire une idée plus précise de la vie que menait maître Trevisan, des affaires qu'il traitait, de ses associés. Tant que nous ne saurons rien de tout cela, nous n'aurons aucune idée de ce qui a pu motiver ce crime.

– Je croyais qu'il s'agissait d'un vol.

– On ne lui a rien pris.

– Il n'y avait cependant aucune autre raison de tuer mon beau-frère. Le voleur a sans doute été dérangé.

– C'est parfaitement possible, signor Lotto. Nous aimerions néanmoins parler à votre sœur, ne serait-ce que pour éliminer les autres possibilités et nous permettre de creuser l'hypothèse du vol.

– Mais de quelles autres possibilités voulez-vous parler ? demanda Lotto d'un ton coléreux. Je vous assure que mon beau-frère menait une vie tout ce qu'il y a de plus normale.

– Je n'en doute pas, signor Lotto, mais je tiens néanmoins à parler à votre sœur. »

Il y eut un long silence avant que Lotto demande enfin : « Quand ?

– Cet après-midi », répondit Brunetti, se gardant bien d'ajouter : *si possible*.

Nouveau long silence. « Un instant, s'il vous plaît », dit Lotto, reposant le combiné. Il resta si longtemps parti que Brunetti eut le temps de tirer une feuille de papier de son tiroir et de commencer à écrire *Tchécoslovaquie*, s'efforçant de se souvenir comment s'orthographiait ce mot. Il en était à la sixième version lorsque Lotto revint au téléphone. « Si vous venez à quatre heures cet après-midi, moi ou ma sœur nous vous parlerons.

– Quatre heures », répéta Brunetti, ajoutant un laconique « À tout à l'heure » avant de raccrocher. Une longue expérience lui avait appris qu'il était maladroit de manifester de la gratitude à un témoin, aussi sympathique qu'il puisse être.

Il consulta sa montre et constata qu'il était dix heures largement passées. Il appela l'hôpital, mais après avoir été en ligne avec cinq personnes de cinq services différents, il ne savait toujours pas où en était l'autopsie. Il s'était souvent dit que la seule intervention sans risques que l'on pouvait subir à l'hôpital civil de Venise était une autopsie : le patient étant déjà mort, il ne pouvait plus rien lui arriver de grave.

C'est avec à l'esprit cette opinion cruelle sur les capacités de la médecine qu'il quitta son bureau pour aller s'entretenir avec le docteur Zorzi.

7

BRUNETTI TOURNA À DROITE en sortant de la questure, prenant la direction du bassin de Saint-Marc et de la basilique. Il s'étonna de trouver le soleil ; la nouvelle de l'assassinat, ce matin, l'avait tellement pris de court qu'il n'avait pas remarqué le temps superbe qui régnait sur Venise. La lumière du début de l'hiver la remplissait et il faisait tellement chaud, en cette fin de matinée, qu'il regrettait d'avoir son imperméable.

Il y avait peu de gens dans les rues, mais tous ceux qu'il croisait paraissaient presque soulevés de joie par ce beau temps inattendu. Comment croire que, hier encore, le brouillard emmitouflait la ville au point que les vaporetti étaient obligés d'utiliser leur radar pour se rendre jusqu'au Lido ? Et pourtant, il en était au point de regretter de n'avoir pas emporté de lunettes de soleil et endossé un costume plus léger ; et lorsqu'il arriva au bord de l'eau, il fut momentanément aveuglé par les reflets du soleil jouant sur l'eau. En face de lui, il distinguait le dôme et le clocher de San Giorgio – invisibles hier –, à croire que l'église s'était matérialisée sur l'île pendant la nuit. Il s'émerveilla de la finesse du clocher, maintenant qu'il était dépouillé des échafaudages qui l'avait emprisonné pendant plusieurs années et transformé en pagode, comme si l'administration municipale avait disparu après avoir vendu la ville aux Japonais, lesquels auraient commencé à l'investir de cette façon pour s'y sentir plus à l'aise.

Il se dirigea vers la piazza, se surprenant – à son grand étonnement – à regarder avec amabilité les touristes qui déambulaient autour de lui, ralentissant le pas, bouche bée d'admiration. Elle parvenait encore à les épater, cette vieille catin de ville, et Brunetti, un fils de son sang qui se sentait le devoir de la protéger, éprouva une bouffée d'orgueil mêlé de jubilation, espérant que les étrangers qu'il croisait reconnaîtraient en lui un Vénitien authentique, en partie héritier et propriétaire de cette merveille.

Les pigeons, qu'il trouvait d'ordinaire stupides et détestables, lui paraissaient presque charmants tandis qu'ils voletaient aux pieds de leurs nombreux admirateurs. Soudain, sans raison apparente, plusieurs centaines de volatiles prirent leur envol ; ils firent un tour et revinrent se poser exactement au même endroit pour continuer leur manège. Une grosse femme en avait trois sur l'épaule et détournait la tête, ravie ou apeurée, pendant que son mari la filmait avec un caméscope de la taille d'une mitrailleuse. À quelques mètres, un touriste ouvrit une boîte de maïs et jeta des poignées de grain autour de lui ; les pigeons se remirent à voleter en tous sens pour aller se poser au milieu de l'aubaine et picorer.

Il grimpa les trois petites marches et passa entre les portes vitrées à double battant du *Florian*. Il était en avance de dix minutes mais n'en parcourut pas moins des yeux les petites salles, à sa droite et à sa gauche, sans pour autant voir le docteur Zorzi.

Un serveur s'approcha de lui, et il demanda une table près des fenêtres. Il avait envie, par cette journée splendide, d'être assis en compagnie d'une séduisante jeune femme près d'une baie vitrée du *Florian* – et aussi vu dans ce lieu, en compagnie d'une séduisante jeune femme. Il écarta de la table la chaise délicate à dossier incurvé et s'installa de manière à jouir d'une vue parfaite de la piazza.

Il avait l'impression d'avoir toujours vu la façade de la

basilique disparaître en partie derrière un échafaudage de bois. Ne l'avait-il pas contemplée dans son intégralité au moins une fois, pendant son enfance ? Probablement pas.

« Bonjour, commissaire », fit une voix derrière lui. Il se leva et serra la main de Barbara Zorzi. Il la reconnut sur-le-champ. Mince, se tenant bien droite, elle avait une poignée de main chaleureuse et étonnamment forte. Il eut l'impression qu'elle portait les cheveux plus courts que la première fois qu'il l'avait vue ; ils formaient un casque de boucles brunes qui lui serrait étroitement la tête. Elle avait les yeux sombres, au point qu'on ne distinguait pratiquement pas la pupille de l'iris. Quant à la ressemblance avec Elettra, elle était nette : même nez rectiligne, même bouche pleine, même menton rond, bien qu'elle eût quelque chose de moins pulpeux, une beauté plus austère que sa sœur.

« Je suis bien content que tu aies pu trouver le temps de me parler », dit-il en l'aidant à retirer son manteau.

Elle lui sourit et posa une sacoche de cuir ventrue sur une chaise, près de la fenêtre. Brunetti plia le manteau et le posa sur le dossier de la même chaise. « Le médecin qui venait nous voir quand nous étions gosses avait exactement la même sacoche, observa-t-il.

– Je devrais sans doute me mettre au goût du jour et acheter un porte-documents en cuir. Mais c'est le cadeau de ma mère, lorsque j'ai été nommée, et je l'ai toujours gardée. »

Le garçon vint à leur table, et ils commandèrent tous les deux un café. « En quoi puis-je t'aider ? » demanda-t-elle quand il fut parti.

Brunetti décida qu'il n'avait aucun intérêt à dissimuler la manière dont il avait été mis au courant. « Ta sœur m'a appris que la signora Trevisan avait été ta patiente, commença-t-il donc.

– Ainsi que sa fille, oui », ajouta le médecin. Elle

ouvrit la sacoche marron et en retira un paquet de cigarettes froissé. Alors qu'elle fouillait le fond du sac, à la recherche de son briquet, un garçon apparut sur sa gauche et se pencha vers elle, du feu à la main. *« Grazie »*, dit-elle, tournant la tête vers la flamme en femme habituée, apparemment, à ce genre de service. Le garçon s'éloigna en silence.

Barbara tira avidement sur la cigarette, referma le sac et regarda Brunetti. « Dois-je comprendre que tout cela est en relation avec la disparition de Trevisan ?

– À ce stade de l'enquête, je suis bien incapable de dire ce qui peut être ou non en rapport avec sa mort. » Elle fit la moue, et le policier se rendit compte à quel point sa réponse avait dû lui paraître artificielle et formelle. « C'est la vérité, docteur. En ce moment, nous ne disposons pas du moindre indice, seulement des éléments physiques de son décès.

– On l'a abattu ?

– Oui. De deux balles. L'une d'elles a dû couper une artère, car il semble être mort très rapidement.

– Mais pourquoi s'intéresser spécialement à sa famille ? » s'enquit-elle. Sans préciser, remarqua-t-il, à quel membre de la famille en question il pouvait s'intéresser.

« En fait, je veux tout savoir non seulement de sa famille, mais de ses amis, de ses affaires, de tout ce qui me permettra de comprendre le genre d'homme qu'il était.

– Tu penses que cela pourra t'aider à découvrir qui l'a tué ?

– C'est la seule façon d'apprendre pour quelle raison on a pu vouloir le faire disparaître. Après quoi, il sera relativement facile de trouver qui l'a fait.

– Tu parais bien optimiste.

– Non, je ne le suis pas, répondit Brunetti en secouant la tête. Pas du tout. Et je ne le serai pas tant que je n'en saurai pas davantage sur lui.

– Et tu estimes qu'en en apprenant davantage sur sa femme et sur sa fille, ce sera le cas ?

– Oui. »

Le garçon reparut et disposa devant eux deux express et un sucrier en argent. Tous deux mirent deux cuillerées de sucre dans les petites tasses et les mélangèrent au café, se servant de cette brève cérémonie pour marquer une pause naturelle dans la conversation. Après avoir pris une gorgée de café et reposé sa tasse, le médecin dit : « La signora Trevisan est venue me voir avec sa fille, qui avait alors quatorze ans, il y a un peu plus d'un an. Il était évident que la gamine ne voulait pas que sa mère sache pourquoi elle consultait. La signora Trevisan tenait absolument à entrer dans la salle d'examen, mais je l'ai mise à la porte. » Elle fit tomber la cendre de sa cigarette, sourit et ajouta : « Non sans difficultés. » Elle reprit un peu de café ; Brunetti se garda de la presser.

« La petite souffrait d'une crise aiguë d'herpès génital. Je lui ai posé les questions habituelles. Si son partenaire prenait des précautions, si elle avait plusieurs partenaires sexuels, depuis combien de temps elle avait les symptômes. Avec l'herpès, c'est en général la première crise la plus violente et je tenais donc à savoir si c'était la première, afin de pouvoir estimer le degré d'infection. » Elle s'interrompit et écrasa sa cigarette dans le cendrier. Cela fait, elle prit l'objet et, sans explication, se pencha pour le poser sur la table voisine.

« Et c'était la première crise ?

– Elle a commencé par me dire que oui, mais j'avais l'impression qu'elle me mentait. J'ai passé un bon moment à lui expliquer pour quelle raison je devais le savoir ; je ne pouvais lui prescrire le bon traitement que si j'avais une idée précise de son état. Il lui a fallu un moment, mais elle a fini par m'avouer que c'était la deuxième, et que la première avait été bien pire.

– Pourquoi n'était-elle pas venue te voir, la première fois ?

– Elle était en vacances et craignait qu'un autre médecin n'avertisse ses parents.

– La crise était-elle très violente ?

– Une forte fièvre, des frissons, des douleurs génitales.

– Qu'a-t-elle fait ?

– Elle a dit à sa mère qu'elle avait des règles douloureuses et elle est restée deux jours au lit.

– Et la mère ?

– Quoi, la mère ?

– Elle l'a crue ?

– On dirait que oui.

– Et la deuxième fois ?

– Elle lui a raconté qu'elle avait de nouveau des règles douloureuses et qu'elle voulait me consulter. Cela faisait sept ans que j'étais son médecin, depuis qu'elle était petite fille.

– Pourquoi sa mère l'a-t-elle accompagnée ? »

Barbara examinait sa tasse vide. « La signora Trevisan s'était toujours montrée très protectrice. Quand Francesca était plus petite, elle me faisait venir au moindre signe de fièvre. Certains hivers, elle m'appelait au moins deux fois par mois pour me demander de passer.

– Le faisais-tu ?

– Au début – je n'étais installée que depuis peu – oui, mais j'ai appris peu à peu à distinguer ceux qui m'appellent lorsqu'ils sont réellement malades et ceux qui me dérangent pour... moins que ça.

– La signora Trevisan te faisait-elle déplacer pour elle-même ?

– Non, jamais. Elle venait au cabinet.

– Pour quel motif ?

– Cela ne me paraît pas te regarder, commissaire. »

Il fut étonné par l'emploi de son titre. Il n'insista pas. « Qu'est-ce qu'a répondu la petite aux autres questions ?

– Que son partenaire ne prenait pas de précautions. Il disait que cela lui gâchait son plaisir. » Elle fit une grimace, comme s'il lui déplaisait de s'entendre rapporter une remarque aussi égoïste.

– Un seul partenaire ?

– Oui, c'est ce qu'elle affirmait.

– T'a-t-elle donné son nom ?

– Je ne le lui ai pas demandé. Cela ne me regardait pas.

– Tu l'as crue ? Quand elle t'a dit qu'il n'y en avait qu'un seul ?

– Je ne voyais pas de raison de ne pas la croire. Comme je te l'ai dit, je la connais depuis qu'elle est toute petite. Il m'a semblé qu'elle me disait la vérité.

– Et la revue que sa mère t'a jetée à la figure ? »

Barbara lui jeta un coup d'œil de réelle surprise. « Ah, ma sœur. Quand elle raconte une histoire, elle n'oublie rien, n'est-ce pas ? » Il n'y avait cependant aucune colère dans sa voix, seulement l'admiration avouée à contrecœur qu'une jeunesse passée avec Elettra, Brunetti en était sûr, avait engendrée.

« C'est arrivé plus tard. Lorsque nous sommes sorties de la salle d'examen, la signora Trevisan m'a demandé ce qu'avait Francesca. Je lui ai dit qu'il s'agissait d'une infection mineure et qu'elle serait rapidement guérie. L'explication a paru la satisfaire et elle a quitté le cabinet.

– Comment a-t-elle trouvé ?

– Le médicament, le Zovirax. Il est spécifique. Il n'y a que pour un herpès qu'on le prescrit. La signora Trevisan a un ami pharmacien et elle lui a demandé à quoi servait ce médicament. Je suis sûre qu'elle s'y est prise de la manière la plus anodine possible. Il le lui a dit. Il est très rare qu'on s'en serve pour d'autres affections. Le lendemain, elle débarquait dans mon cabinet, sans Francesca, cette fois, et m'a tenu des propos insultants. » Elle s'interrompit.

« Quel genre de propos ?

– Elle m'a accusée d'avoir fait pratiquer un avortement sur sa fille. Je lui ai dit de sortir de mon cabinet, et c'est à ce moment-là qu'elle a pris la revue et me l'a jetée à la figure. Deux de mes patients, des hommes âgés, l'ont prise chacun par un bras et l'ont mise à la porte. Depuis, je ne j'ai pas revue.

– Et la petite ?

– Je l'ai croisée une ou deux fois dans la rue, mais elle n'est plus ma patiente. J'ai eu une demande d'un autre médecin, qui voulait connaître mon diagnostic ; je lui ai dit. J'avais déjà renvoyé leurs deux dossiers à la signora Trevisan.

– As-tu une idée de ce qui a pu lui faire penser que tu t'étais chargée de faire avorter Francesca ?

– Non, aucune. Je n'aurais pas pu, de toute façon, sans le consentement de ses parents. »

Chiara, la fille de Brunetti, avait le même âge que Francesca à l'époque des faits, quatorze ans. Il se demanda comment lui-même ou Paola réagiraient en apprenant qu'elle avait une maladie vénérienne. Il chassa cette pensée, pris d'un sentiment d'horreur.

« Pourquoi refuses-tu de me parler du dossier médical de la signora Trevisan ?

– Je te l'ai dit, parce que je pense que c'est sans rapport.

– Et moi, je t'ai dit que tout pouvait avoir un rapport, répondit-il en s'efforçant d'adoucir son propos par le ton, y réussissant peut-être.

Si je te disais qu'elle a des problèmes de dos ?

– Dans ce cas, tu n'aurais pas hésité à me le dire d'emblée. »

Elle resta quelques instants silencieuse puis secoua la tête. « Non. Elle était ma patiente, et je ne peux rien dire.

– Tu ne peux pas, ou tu ne veux pas ? » demanda Brunetti, sans plus aucune trace d'humour dans la voix, cette fois.

Elle eut un regard direct, sans ciller. « Je ne peux pas », répéta-t-elle, détournant les yeux pour consulter sa montre. Une montre avec Snoopy, remarqua-t-il. « J'ai encore une visite à domicile à faire avant le déjeuner, Guido. »

Le policier savait qu'il ne pouvait présenter d'objections à cela. « Merci pour le temps que tu m'as consacré et ce que tu m'as confié », dit-il, sincère. Puis, abordant un sujet plus personnel, il ajouta : « Je suis étonné de ne pas avoir pensé plus tôt que vous deviez être sœurs, Elettra et toi.

– Que veux-tu, elle a cinq ans de moins.

– Ce n'est pas à votre physique que je pensais. » Puis, pour répondre à un mouvement interrogatif du menton de Barbara, il ajouta : « Mais à votre caractère. Il est très semblable. »

Un grand sourire éclaira soudain le visage du médecin. « On nous l'a souvent dit.

– Oui, je veux bien le croire. »

Elle resta un instant sans réagir, puis éclata d'un rire de réel plaisir. Toujours riant, elle repoussa sa chaise et prit son manteau. Il l'aida à l'endosser, jeta un coup d'œil à la note et déposa de l'argent sur la table. Elle saisit sa sacoche marron et ils sortirent ensemble sur la piazza, pour découvrir qu'il y faisait encore plus chaud.

« La plupart de mes malades sont convaincus que cela nous présage un hiver terrible », dit-elle avec un geste qui englobait la place et la lumière dans laquelle Venise baignait.

« Et s'il faisait anormalement froid, qu'est-ce qu'ils diraient ? demanda Brunetti tandis qu'ils s'avançaient sur la vaste esplanade.

– Oh, la même chose, que c'est le signe d'un hiver glacial », répondit-elle avec légèreté, nullement troublée par la contradiction. Étant tous deux vénitiens, ils se comprirent.

« Nous sommes un peuple de pessimistes, n'est-ce pas ? observa Brunetti.

– Nous étions jadis les maîtres d'un empire. Tout ce que nous possédons aujourd'hui, répondit-elle avec un geste qui englobait non seulement la piazza, mais la basilique, le campanile et, en dessous, la Loggeta de Sansovino, c'est cette espèce de Disneyland. N'est-ce pas une raison suffisante pour être pessimiste ? »

Brunetti acquiesça mais ne dit rien. Elle ne l'avait pas convaincu. Ces moments étaient rares, mais pour lui la gloire de la ville rayonnait encore.

Ils se séparèrent au pied du campanile, elle pour aller examiner un malade qui habitait Campo della Guerra et lui pour rejoindre le Rialto et de là son domicile, pour y déjeuner.

8

Les boutiques étaient encore ouvertes lorsqu'il arriva dans son quartier et il en profita donc pour s'arrêter à l'épicerie du coin et acheter de l'eau minérale en bouteilles de verre. Dans un moment de faiblesse écologique visant à préserver la paix du ménage, il avait accepté de s'associer au boycott familial des emballages en plastique et comme les autres – il devait le reconnaître – avait pris l'habitude d'acheter quelques bouteilles en passant. Il se demandait cependant parfois si sa femme et ses enfants ne s'en servaient pas pour leurs bains en son absence, tant le stock s'épuisait rapidement.

Une fois au cinquième étage, il posa les quatre bouteilles par terre et alla pêcher ses clefs au fond de sa poche. Il entendait la radio, à l'intérieur – l'heure des informations, la voix excitée du journaliste qui devait sans aucun doute commenter les dernières informations sur l'assassinat de Carlo Trevisan. Il ouvrit la porte, rentra l'eau minérale et referma derrière lui. De la cuisine lui parvint une voix péremptoire : « ... nie avoir connaissance de toutes les charges qui pèsent sur lui et rappelle ses vingt ans de bons et loyaux services dans l'ancien parti démocrate-chrétien comme preuve de son respect de la justice. Depuis sa cellule de la prison Regina Coeli, cependant, Renato Mustacci, tueur de la Mafia repenti, affirme toujours qu'il ne faisait que suivre les ordres du sénateur lorsque lui et deux autres hommes ont abattu le juge

Filippo Preside et sa femme Elvira à Palerme, en mai de l'an dernier. »

La voix solennelle fut remplacée par une rengaine vantant les mérites d'un détergent, sur quoi il entendit Paola parler toute seule – elle était souvent son public préféré. « Ignoble cochon, sale menteur ! Ignoble menteur démo-chrétien, tous aussi pourris ! Son respect de la justice, tu parles d'un respect ! » Il s'ensuivit d'autres épithètes encore plus grossières que Paola n'employait, bizarrement, que lorsqu'elle parlait toute seule.

Quand il arriva par le couloir, elle se tourna vers lui.

« Tu as entendu ça, Guido ? Tu as entendu ça ? Les trois tueurs ont affirmé avoir été envoyés par le sénateur pour éliminer le juge et il parle de son respect pour la justice ! On devrait le pendre ! Mais voilà, il est membre du Parlement, et donc intouchable. Il faudrait tous les flanquer en taule ! Tout le Parlement à l'ombre, jusqu'au dernier. Voilà qui nous ferait gagner du temps et nous épargnerait beaucoup d'ennuis. »

Brunetti traversa la cuisine et alla ranger les bouteilles dans le placard bas, à côté du réfrigérateur. Il n'en restait que trois, alors qu'il en avait monté cinq la veille. « Qu'est-ce qu'on mange ? » demanda-t-il.

Elle recula d'un demi-pas et tendit un doigt accusateur vers lui. « La République s'effondre, et monsieur ne pense qu'à s'empiffrer ! » lança-t-elle, s'adressant cette fois à l'auditeur qui, depuis plus de vingt ans, aussi fidèle qu'invisible, était le témoin de leurs querelles. « Ces saligauds vont tous nous détruire, Guido ! C'est peut-être déjà fait. Et toi, tout ce qui t'intéresse, c'est ce qu'on va manger à midi ! »

Brunetti se retint de lui faire remarquer que, lorsqu'on portait du cachemire acheté chez Burlington, on n'était pas très bien placé pour jouer les révolutionnaires. « Donne-moi à manger, Paola, avant que je ne retourne manifester mon respect à la justice. »

Cela suffit à rappeler l'affaire Trevisan à Paola et (comme il savait qu'elle le ferait) elle abandonna sans remords ses fulminations politiques pour un peu de commérage. Elle éteignit la radio, puis demanda : « On te l'a donnée ? »

Brunetti acquiesça et se releva. « Il m'a fait observer que je n'avais pas grand-chose à faire, pour le moment. Le maire avait déjà appelé, et je te laisse imaginer dans quel état il est. » Inutile de s'expliquer davantage sur l'identité de ce *il*.

Paola tomba dans le piège, et renonça définitivement à poursuivre sa diatribe sur justice et politique. « L'article disait seulement qu'il avait été abattu dans le train de Turin.

– D'après son billet, il est monté à Padoue. On essaie de savoir ce qu'il y fabriquait.

– Une femme ?

– C'est possible. Il est encore trop tôt pour dire quoi que ce soit. Qu'est-ce qu'on mange ?

– Pâtes et côtelettes.

– Pas de salade ?

– Enfin, Guido, dit-elle en levant les yeux au ciel, la moue à la bouche, depuis quand je te sers de la salade avec des côtelettes ? »

Au lieu de répondre à la question, il demanda : « Il ne reste pas un peu de cet excellent dolcetto ?

– Je ne sais pas. On en avait encore une bouteille la semaine dernière, non ? »

Il marmonna quelque chose et s'agenouilla à nouveau devant le placard. Derrière l'eau minérale s'alignaient trois bouteilles de vin blanc. Il se releva et demanda : « Où est Chiara ?

– Dans sa chambre. Pourquoi ?

– Je voudrais qu'elle me fasse une course. »

Paola consulta sa montre. « Il est une heure moins le quart, tous les magasins vont être fermés, Guido.

– Pas Do Mori. Ils restent ouverts jusqu'à une heure.

– Et tu vas lui demander d'aller jusque là-bas, rien que pour une bouteille de dolcetto ?

– Non, pour trois. » Il quitta la cuisine pour gagner la chambre de sa fille. Pendant qu'il frappait à la porte, il entendit la radio qui se rallumait.

« Avanti, Papà ! » lança-t-elle.

Il ouvrit la porte et entra. Les plis blancs d'un baldaquin retombaient au-dessus du lit sur lequel elle était vautrée. Ses chaussures gisaient au sol, à côté de son cartable et de sa veste. Les volets étaient grands ouverts et la lumière entrait à flots, illuminant les ours et autres animaux en peluche qui partageaient le lit avec elle. Elle repoussa les mèches blond foncé qui lui retombaient sur le visage, leva les yeux et lui adressa un sourire qui faisait pâlir la lumière.

« *Ciao, dolcezza*, dit-il.

– Tu rentres de bonne heure, papa.

– Non, juste à l'heure. Tu lisais ? »

Elle acquiesça d'un signe de tête, reprenant son livre. « Voudrais-tu me rendre service, Chiara ? »

Elle abaissa de nouveau le livre et le regarda par-dessus les pages.

« Tu veux bien ?

– Où ça ?

– Juste pour aller chez Do Mori.

– Qu'est-ce qui nous manque, encore ? demanda-t-elle.

– Du dolcetto.

– Tu n'as qu'à boire autre chose avec le repas, papa.

– C'est de dolcetto que j'ai envie, mon cœur.

– J'irai si tu m'accompagnes.

– Dans ce cas, je pourrais très bien y aller tout seul.

– Eh bien, vas-y.

– Je n'en ai pas envie, Chiara. C'est précisément pour cette raison que je te le demande.

– Mais pourquoi moi ?

– Parce que je travaille dur pour vous faire vivre, tous.
– Maman aussi travaille.
– Oui, mais c'est avec mon argent qu'on paie pour la maison et tout ce que nous achetons pour elle. »
Elle posa son livre à l'envers sur le lit. « Maman dit que c'est du chantage capitaliste et que je ne suis pas obligée de t'obéir, dans ces cas-là.
– Chiara, répondit-il doucement, ta mère est une casse-pieds, une mécontente et une agitatrice.
– Mais alors, pourquoi exiges-tu que je fasse toujours ce qu'elle me dit ? »
Il prit une profonde inspiration. Ce que voyant, Chiara se laissa glisser au bord du lit et attrapa ses chaussures avec les orteils. « Combien de bouteilles tu veux ? demanda-t-elle d'un ton agressif.
– Trois. »
Elle se pencha pour lacer ses chaussures. Brunetti tendit une main pour lui caresser la tête, mais elle s'écarta pour l'éviter. Puis elle se leva après avoir récupéré sa veste, passa devant lui sans rien dire et s'engagea dans le couloir. « Demande l'argent à ta mère », lui cria-t-il, se dirigeant lui-même vers la salle de bains. Il entendit la porte de l'entrée claquer pendant qu'il se lavait les mains.
De retour dans la cuisine, il trouva Paola qui mettait le couvert, mais seulement pour trois personnes. « Où est Raffi ? demanda-t-il.
– Il a un oral à passer cet après-midi et il est à la bibliothèque municipale pour la journée.
– Que va-t-il manger ?
– Il va sans doute s'acheter un sandwich.
– Quand on passe un examen, il vaut mieux faire un bon repas avant. »
Elle le regarda par-dessus la table, secouant la tête.
« Quoi ? demanda-t-il.
– Rien.
– Non, dis-moi. Pourquoi fais-tu cette tête ?

– Je me demande parfois comment j'ai pu épouser un homme aussi ordinaire.

– Ordinaire ? » De toutes les insultes qu'elle lui avait lancées au cours des années, celle-ci, pour quelque mystérieuse raison, lui paraissait la pire. « Ordinaire ? » répéta-t-il.

Elle hésita un instant, puis se lança dans une explication. « Tu commences par exercer un chantage sur ta fille en l'obligeant à aller acheter un vin qu'elle ne boit pas, puis tu t'inquiètes non pas du fait que ton fils étudie ou non, mais s'il fera un repas convenable ou non.

– De quoi devrais-je m'inquiéter, sinon de ça ?

– Qu'il n'étudie pas ! rétorqua Paola.

– Il ne fait qu'étudier depuis un an, et le reste du temps, il traîne dans la maison à rêver de Sara.

– Qu'est-ce que Sara vient faire là-dedans ? »

Et qu'est-ce que tout cela vient faire dans la conversation ? se demanda-t-il.

« Qu'est-ce que Chiara t'a dit ?

– Qu'elle t'avait proposé que vous y alliez ensemble, mais que tu avais refusé.

– Si j'avais voulu y aller, je ne lui aurais rien demandé.

– Tu te plains constamment que tu ne passes pas assez de temps avec tes enfants, mais quand tu en as l'occasion, tu ne la saisis pas.

– Aller dans un bar acheter une bouteille de vin n'est pas exactement la façon dont j'envisage de passer mon temps avec mes enfants.

– Et tu l'envisages comment ? Assis à une table à leur expliquer de quelle manière l'argent confère le pouvoir ?

– Paola, dit-il en détachant les syllabes, j'ignore à quoi rime toute cette histoire, mais je suis à peu près certain qu'elle n'a aucun rapport avec le fait d'envoyer Chiara faire une course. »

Elle haussa les épaules et se tourna vers la grande casserole qui mijotait sur le feu.

« Qu'y a-t-il, Paola ? » demanda-t-il. Il n'avait pas bougé, mais sa voix était comme s'il avait tendu la main.

Elle haussa de nouveau les épaules.

« Dis-moi, Paola. S'il te plaît »

Elle garda le dos tourné, lorsqu'elle lui répondit, d'une voix soudain plus douce. « Je commence à me sentir vieille, Guido. Raffi a une petite amie et Chiara est presque une femme. Je vais bientôt avoir cinquante ans. » Il s'émerveilla de sa façon de compter, mais ne dit rien. « Je sais que c'est stupide, mais je trouve tout ça déprimant, comme si ma vie était finie, comme si la meilleure partie était derrière moi. » Doux Jésus ! Et c'était elle qui venait de le traiter d'ordinaire ?

Il attendit, mais elle en avait apparemment terminé.

Elle retira le couvercle de la casserole et le nuage de vapeur qui en monta l'enveloppa quelques instants. À l'aide d'une longue cuillère en bois, elle touilla le contenu – avec la vigueur exaspérée d'une sorcière préparant un brouet mortel. Brunetti tenta, sans guère de succès, de faire abstraction de vingt ans d'amour et de vie commune et de la regarder objectivement. Il voyait une femme grande et mince qui venait à peine de dépasser la quarantaine, et dont la chevelure d'un blond vénitien cascadait sur les épaules. Elle se tourna pour lui adresser un coup d'œil, et il vit le long nez, les yeux sombres et la grande bouche qui faisaient son ravissement depuis des années.

« Cela signifie-t-il que je doive t'échanger ? » risqua-t-il.

Elle lutta un instant pour s'empêcher de sourire, puis se laissa aller. « J'ai l'air d'une idiote, hein ? »

Il était sur le point de lui répondre que, dans ce cas, elle ne lui paraissait pas l'être davantage que d'habitude, lorsque la porte s'ouvrit brutalement sous la poussée de Chiara, qui s'élança dans l'appartement.

« Papa ! cria-t-elle depuis le couloir, tu ne m'avais pas dit !

– Dit quoi, mon cœur ?
– Pour le père de Francesca. On l'a tué.
– Tu la connais ? »

Chiara entra dans la cuisine, le sac de commissions à la main. De toute évidence, le meurtre lui avait fait oublier la colère qu'elle aurait encore pu ressentir contre son père.

« Bien sûr. On était à l'école ensemble. C'est toi qui vas chercher l'assassin ?

– Je vais essayer, répondit-il, peu enclin à s'exposer au bombardement de questions qui n'allait pas manquer de suivre. Tu la connais bien ?

– Oh, non », répondit-elle. Il fut surpris qu'elle ne prétende pas avoir été sa meilleure amie, et comme telle au courant de petits secrets qui pourraient l'intéresser, lui. « Elle était toujours fourrée avec la fille Pedrocci, tu sais, celle qui a tous ces chats chez elle. Elle sentait, alors personne ne voulait être avec elle. Sauf Francesca.

– Francesca avait-elle d'autres amies ? » demanda Paola, elle-même intéressée et donc tout à fait d'accord pour seconder son conjoint dans cette tentative d'extorquer des informations à leur enfant. « Je ne me souviens pas de l'avoir rencontrée.

– Oh, non. Elle n'est jamais revenue avec moi. Quand on voulait jouer avec elle, il fallait aller dans sa maison. Sa maman était intraitable là-dessus.

– La fille qui avait les chats y allait-elle ?

– Oh, oui. Son père est juge, alors l'odeur lui était égale, à la signora Trevisan. » Brunetti fut frappé par la claire vision du monde qu'avait Chiara. Il n'avait aucune idée de la direction que prendrait sa fille, mais il savait qu'elle irait loin.

« De quoi a-t-elle l'air, la signora Trevisan ? » demanda Paola, jetant un coup d'œil à son mari. Celui-ci acquiesça. C'était fait avec subtilité. Il tira une chaise et s'assit à la table sans rien dire.

« Enfin, maman, tu devrais laisser papa me poser les questions, puisque c'est lui que ça concerne. » Sans attendre le mensonge de sa mère, elle alla s'asseoir sur les genoux de son père après avoir posé les bouteilles – histoire oubliée, voire pardonnée – sur la table. « Qu'est-ce que tu veux savoir sur elle, papa ? » Au moins ne l'avait-elle pas appelé commissaire.

« Tout ce dont tu peux te souvenir, Chiara. Tu pourrais peut-être commencer en me disant pourquoi c'était toujours les autres qui devaient aller jouer chez elle.

– Francesca n'en était pas sûre, mais une fois, il y a environ cinq ans, elle a dit que ses parents avaient peur qu'elle soit kidnappée. » Avant que l'un ou l'autre de ses parents aient eu le temps de commenter l'absurdité de cette hypothèse, elle ajouta : « Oui, je sais, c'est idiot. C'est pourtant ce qu'elle a dit. Elle l'a peut-être inventé pour jouer les importantes. Mais comme personne n'y faisait attention, elle a arrêté de s'en vanter. » Elle se tourna vers sa mère. « Quand est-ce qu'on mange, maman ? Je meurs de faim, et je vais m'évanouir si je ne prends pas quelque chose. » Sur quoi ce fut exactement ce qu'elle simula, se laissant glisser vers le sol pour être sauvée par son papa qui, instinctivement, l'entoura de ses bras et la retint.

« Comédienne », murmura-t-il dans son oreille, se mettant à la chatouiller, la tenant prisonnière d'un bras tout en lui remontant le long des côtes avec l'autre main.

Chiara poussait des cris et s'agitait en tous sens, haletant de plaisir. « Non, papa, lâche-moi, lâche-moi… » Le reste se perdit en éclats de rire suraigus.

Le calme fut rétabli pour le déjeuner, mais tout juste. D'un accord tacite, Paola et Guido ne posèrent plus de questions sur la signora Trevisan à leur fille. Pendant tout le repas, sous le regard désapprobateur de Paola, Brunetti continua de tenter de porter brusquement la main à la taille de sa fille, assise comme d'habitude à côté de lui. Chacun de ses mouvements se traduisait par une nouvelle rafale de rires et de cris faussement apeurés, et Paola se prit à regretter de ne pas avoir assez d'autorité pour envoyer un commissaire de police dans sa chambre en le privant de dessert.

9

C'EST UN BRUNETTI solidement sustenté qui quitta la maison dès le repas fini. Il se rendit à pied à la questure, s'arrêtant en chemin pour prendre un café dans l'espoir qu'il le tirerait de la somnolence provoquée par le déjeuner et combinée à la chaleur de la journée. Une fois dans son bureau, il se débarrassa de son veston et alla voir sur sa table ce qui avait pu arriver pendant son absence. Il y trouva, comme il l'avait espéré, le rapport d'autopsie. Ce n'était pas encore le rapport officiel, mais un document que la signorina Elettra devait avoir tapé d'après des notes dictées par téléphone.

On avait tué Trevisan avec un pistolet de .22, un petit calibre servant d'arme de tir. Comme on l'avait supposé, l'une des balles avait ouvert une artère importante, si bien que la mort avait été pratiquement instantanée. L'autre s'était logée dans son estomac. L'examen des blessures permettait de penser que l'agresseur de Trevisan se trouvait à moins d'un mètre de lui au moment où il avait tiré et, étant donné l'angle d'entrée, que la victime était assise et le tireur debout à sa droite.

Trevisan avait pris un repas peu de temps avant sa mort et bu une quantité modérée d'alcool, mais certainement pas assez pour avoir altéré ses perceptions. En dépit d'une certaine surcharge pondérale, l'homme était apparemment en bonne santé pour quelqu'un de son âge. Rien n'indiquait qu'il ait jamais souffert d'une pathologie lourde quelconque, même s'il avait subi une opération de l'appendice et une vasectomie. D'après le médecin légiste, et sauf maladie grave ou accident, Trevisan aurait pu vivre une bonne vingtaine d'années de plus.

« Deux décennies de volées », marmonna Brunetti en lisant cela. Il pensa à toutes les choses qui peuvent arriver à un homme pendant une telle période : voir ses enfants grandir, sinon ses petits-enfants ; réussir en affaires ; écrire de la poésie... Plus jamais Trevisan n'aurait ces possibilités, ni de rien faire d'autre. L'une des conséquences les plus brutales d'un meurtre, estimait Brunetti depuis toujours, était cette manière impitoyable avec laquelle il empêchait définitivement la victime de se lancer dans quelque projet que ce soit. Élevé dans la foi catholique, il avait aussi conscience que, pour beaucoup de gens, la plus grande horreur tenait à ce que la victime avait été en plus privée de l'occasion de se repentir. Il se souvint du passage de *L'Enfer* dans lequel Dante s'entretient avec Francesca da Rimini, et où elle lui dit comme elle souffre de n'avoir pu se confesser avant son trépas. Bien qu'étant lui-même non croyant, il pouvait être touché par la magie de la foi, et il comprenait quelle épouvantable perspective représentait une telle fin, pour bien des hommes.

Le sergent Vianello frappa et entra, tenant à la main l'un des classeurs à couverture bleue de la questure. « Il est nickel, dit-il sans s'expliquer davantage, déposant le classeur sur le bureau. En ce qui nous concerne, il n'existe même pas. La seule trace que nous ayons de lui est sa demande de passeport, quand il l'a renouvelé. » Le sergent ouvrit le dossier et vérifia la date. « Il y a quatre ans. En dehors de cela, néant. »

En soi, l'information n'avait rien de surprenant. Beaucoup de gens s'arrangent à passer toute leur vie sans jamais attirer l'attention de la police, sauf si le hasard en fait les victimes d'actes de violence : un conducteur ivre, une agression de rue, la panique d'un cambrioleur surpris. Rares sont les personnes, en revanche, à tomber par hasard aux mains de ce qui semblait bien être un assassin professionnel.

« J'ai rendez-vous avec sa femme cet après-midi, dit Brunetti. À quatre heures. »

Vianello acquiesça. « Il n'y a rien non plus sur sa famille proche.

– Un peu curieux, non ? »

Le sergent réfléchit un instant avant de répondre. « Il n'y a rien d'anormal à ce que des gens, et même toute une famille, aient un casier entièrement vierge, au fond.

– Dans ce cas, pourquoi l'affaire me fait-elle une impression bizarre ?

– Parce qu'il a été abattu avec un calibre .22 ? » Ils savaient tous les deux que c'était l'arme favorite de nombre de tueurs professionnels.

« Existe-t-il une chance de remonter jusqu'à l'arme ?

– Pas au-delà du type, j'en ai peur. J'ai envoyé copie des empreintes de balle à Rome et à Genève », répondit Vianello. Mais ni lui ni Brunetti ne se faisaient d'illusion ; il était peu probable qu'ils obtiennent des informations utiles par cette voie.

« Et à la gare ? »

Vianello lui répéta ce que les policiers avaient appris la veille. « Tout ça ne nous mène pas bien loin, n'est-ce pas, dottore ? »

Brunetti secoua la tête. « Et son bureau ?

– Quand j'y suis arrivé, ils étaient presque tous partis déjeuner. J'ai parlé à une secrétaire, qui était en larmes, et à l'avocat qui semble avoir pris les commandes, répondit Vianello avant d'ajouter après un silence : qui, lui, ne l'était pas.

– En larmes ? demanda Brunetti, levant la tête d'un air intéressé.

– Exactement. Il n'était pas en larmes. En réalité, il ne paraissait pas tellement perturbé par la mort de Trevisan

– Ni par les circonstances ?

– Vous voulez dire par le fait qu'il s'agisse d'un meurtre ?

– Oui.

– Cela paraissait le troubler davantage. J'ai eu l'impression qu'il se moquait pas mal de Trevisan, mais que ce soit un assassinat le mettait mal à l'aise.

– Qu'a-t-il dit ?

– Rien, en vérité, répondit Vianello, avant de s'expliquer davantage. Tout était dans ce qu'il ne disait pas, dans ces paroles qu'on prononce quand quelqu'un meurt, même si on ne l'aime pas beaucoup : que c'est une perte terrible, qu'on se sent beaucoup de sympathie pour la famille, qu'il sera irremplaçable. » Le sergent comme le commissaire avaient eu droit à ce genre de réactions si souvent, depuis des années, qu'ils n'étaient même plus étonnés lorsqu'ils se rendaient compte qu'on leur mentait. Ce qui restait en revanche surprenant était le fait qu'on ne prenne même pas la peine d'énoncer ces platitudes.

« Rien d'autre ? demanda Brunetti.

– Non. La secrétaire m'a dit que tout le personnel retournerait au travail dès demain. On leur a donné congé pour l'après-midi, pour marquer le deuil. Je retournerai donc les interroger. » Sans attendre que son patron le lui demande, Vianello ajouta : « J'ai appelé Nadia et je lui ai demandé de poser des questions, à droite et à gauche. Elle ne le connaissait pas, mais elle pense que c'est lui qui a rédigé le testament de ce type qui avait un magasin de chaussures Via Garibaldi. Une histoire qui date au moins de cinq ans. Elle va appeler la veuve. Et en parler dans le quartier. »

Brunetti hocha la tête. Si la femme de Vianello n'émargeait pas à la vice-questure, elle n'en était pas moins souvent une excellente source de renseignements – pour ces informations qui ne figurent jamais dans les dossiers officiels. « Je voudrais qu'on vérifie ses finances, dit Brunetti. Les choses habituelles : comptes bancaires, déclarations de revenus, propriétés. Vois aussi si tu peux te faire une idée de ce que lui rapportait annuellement son cabinet. » La routine, mais Vianello n'en prit pas moins note.

« Dois-je demander à Elettra ce qu'elle peut trouver ? » demanda Vianello.

Ce genre de questions faisait toujours venir à l'esprit de Brunetti une image de la signorina Elettra engoncée dans les replis d'une lourde robe, la tête enturbannée d'un brocart sur le devant duquel étaient piquées de lourdes pierreries – scrutant l'écran de son ordinateur d'où s'élevait une fine colonne de fumée. Il n'avait aucune idée de la manière dont elle s'y prenait, mais elle s'arrangeait toujours pour remonter dans ses filets des informations financières souvent très personnelles sur les victimes, et qui surprenaient jusqu'aux membres de leur famille et à leurs associés. Brunetti avait l'impression que nul ne pouvait lui échapper et se demandait parfois (non sans une pointe d'inquiétude, peut-être) si elle ne risquait pas d'être tentée d'utiliser ses pouvoirs, qui n'étaient pas minces, pour jeter un coup d'œil dans la vie privée des personnes avec lesquelles ou pour lesquelles elle travaillait.

« Oui. Vois ce qu'elle peut nous trouver. J'aimerais avoir aussi une liste de ses clients.

– De tous ?

– Oui. »

Vianello acquiesça et prit note, sachant toutefois que la chose n'allait pas être aisée ; rien n'était plus difficile que de contraindre un avocat à donner le nom de ses clients. Sur ce point, les seules personnes à leur donner encore plus de fil à retordre étaient les prostituées.

« Rien d'autre, monsieur ?

– Non. J'ai rendez-vous avec la veuve dans une demi-heure, dit-il après avoir jeté un coup d'œil à sa montre. Si elle me dit quelque chose d'utile, je reviendrai ici ; sinon, on se reverra demain matin. »

Y voyant la permission de se retirer, Vianello rangea son calepin, se leva et retourna au premier étage.

Brunetti quitta la questure cinq minutes plus tard, prenant la direction de la Riva degli Schiavoni où il monta dans le vaporetto de la ligne 1. Il en descendit à Santa Maria del Giglio, tourna à gauche à l'hôtel Ala, traversa deux ponts et s'enfonça, sur sa gauche, dans une ruelle obscure qui donnait sur le Grand Canal. Il s'arrêta à hauteur de la deuxième porte à gauche et sonna sous la plaque marquée *Trevisan*. La porte s'ouvrit et il monta jusqu'au troisième étage.

Un homme l'attendait sur le palier, debout dans l'encadrement de la porte ; il grisonnait et dissimulait une bedaine prononcée grâce à un costume particulièrement bien coupé. « Vous êtes le commissaire Brunetti ? » demanda-t-il au policier sans lui tendre la main, au moment où ce dernier atteignait la dernière marche.

« Oui. Signor Lotto ? »

L'homme acquiesça, mais ne tendit toujours pas la main. « Entrez. Ma sœur vous attend. » Brunetti avait beau être en avance de trois minutes, Lotto réussit à dire cela comme s'il lui reprochait d'avoir fait poireauter la veuve.

Les miroirs qui ornaient les deux murs latéraux du vestibule donnaient l'illusion qu'une foule de doubles de Brunetti et du frère de la signora Trevisan encombraient cet espace restreint. Un dallage brillant de rectangles de marbre blancs et noirs donna au policier l'impression que lui et ses reflets se déplaçaient sur un échiquier – l'obligeant à voir son vis-à-vis comme un adversaire.

« Je suis sensible au fait que la signora Trevisan accepte de me recevoir, dit Brunetti.

– Je le lui ai déconseillé, répliqua Lotto avec brusquerie. Elle ne devrait voir personne. C'est terrible. » L'expression qui accompagna cette remarque autorisait à se demander s'il faisait allusion à l'assassinat de Trevisan ou à la présence de Brunetti sous le toit de ceux qui le pleuraient.

Frôlant Brunetti, Lotto le précéda dans un corridor, puis dans une petite pièce, sur la gauche. Il était difficile de dire quelle était sa destination : il n'y avait ni livres, ni télévision, et elle n'était meublée que de quelques chaises réparties aux quatre coins. Les deux fenêtres, sur le même mur, disparaissaient derrière des rideaux vert foncé ; entre elles était placée une table ronde au centre de laquelle on avait disposé un vase contenant un bouquet de fleurs séchées. Rien de plus, et aucun indice sur la fonction ou la destination de la pièce.

« Vous n'avez qu'à attendre ici », dit Lotto avant de quitter la pièce. Brunetti resta un moment immobile, puis alla jusqu'à l'une des fenêtres et tira le rideau. Le Grand Canal s'étendait devant lui, les reflets du soleil jouant à sa surface, et il vit un peu plus loin, sur la gauche, le palazzo Dario ; les faïences dorées qui recouvraient sa façade renvoyaient la lumière que réverbérait l'eau ; fragmentée, elle s'éparpillait de nouveau à la surface du Grand Canal. Des bateaux passèrent ; les minutes s'écoulaient à leur rythme.

Il entendit la porte s'ouvrir, derrière lui, et il se tourna pour accueillir la signora Trevisan. Au lieu de cela, c'est une jeune fille, une chevelure sombre lui retombant sur les épaules, qui entra dans la pièce ; voyant Brunetti, elle battit en retraite et repartit aussi vite qu'elle était venue, refermant la porte derrière elle. Quelques minutes passèrent encore, et lorsque la porte se rouvrit, ce fut cette fois une femme d'une quarantaine d'années qui se présenta sur le seuil. Elle portait une robe noire en lainage toute simple et des chaussures à talons hauts qui lui donnaient la même taille que Brunetti. Son visage avait la même forme que celui de la jeune fille et ses cheveux également longs étaient du même brun foncé, bien qu'on eût l'impression qu'un coiffeur était pour quelque chose dans cette nuance. Ses yeux, largement espacés comme ceux de son frère, brillaient d'intelligence et de ce que Brunetti interpréta comme de la curiosité plutôt que comme des larmes n'ayant pas encore coulé.

Elle traversa la pièce et tendit la main à Brunetti. « Commissaire Brunetti ?

– Oui, signora. Je suis désolé de faire votre connaissance dans de pareilles circonstances. Et je vous suis très reconnaissant d'avoir accepté de me parler.

– Je tiens à faire tout mon possible pour que l'on retrouve le meurtrier de Carlo. » Elle parlait d'une voix douce, avec un soupçon d'accent florentin aux dentales aspirées.

Elle regarda autour d'elle, comme si elle remarquait seulement maintenant dans quelle pièce elle se trouvait. « Pourquoi donc Ubaldo vous a-t-il conduit ici ? » demanda-t-elle avant d'ajouter, en se tournant vers la porte : « Veuillez me suivre. »

Brunetti lui emboîta le pas ; une fois dans le corridor, elle tourna à droite et ouvrit une autre porte. Ils se retrouvèrent dans une pièce bien plus grande, comportant cette fois-ci trois fenêtres donnant sur le Campo San Maurizio et qui pouvait être un bureau ou une bibliothèque. Elle le conduisit jusqu'à deux gros fauteuils, s'assit dans l'un et lui indiqua l'autre du geste.

Brunetti s'installa, voulut croiser les jambes, et s'aperçut qu'il était trop bas pour que la position soit confortable. Il posa donc les coudes sur les accoudoirs et se croisa les mains sur l'estomac.

« Que désirez-vous que je vous dise, commissaire ? demanda la signora Trevisan.

– J'aimerais savoir si, au cours de ces dernières semaines, ou même de ces derniers mois, votre mari ne vous a pas paru préoccupé, nerveux ; si son comportement n'aurait pas changé d'une manière qui vous aurait paru inhabituelle. »

Elle attendit de voir s'il n'y avait pas autre chose, et comme rien ne venait, elle resta un moment silencieuse, l'air de réfléchir. « Non, finit-elle par répondre, je ne vois rien. Carlo était toujours très pris par son travail. Avec les changements politiques de ces dernières années, l'ouverture de nouveaux marchés, il était très occupé. Mais non, au cours de ces derniers mois, je ne l'ai pas trouvé spécialement nerveux, d'une manière ou d'une autre, pas plus qu'il ne l'était normalement à cause de son travail.

– Vous a-t-il parlé d'une affaire à laquelle il travaillait, ou peut-être d'un client, quelque chose qui lui aurait donné des difficultés particulières, l'aurait rendu plus soucieux ?

– Non, pas vraiment. »

Brunetti attendit.

« Il avait un nouveau client, finit-elle par dire. Un Danois qui cherchait à monter une affaire d'importation – du fromage et du beurre, je crois – et qui se débattait au milieu des nouveaux règlements européens. Carlo essayait de trouver un moyen de lui faire transporter sa marchandise par la France au lieu de l'Allemagne. Ou le contraire, je ne sais plus. Cette affaire l'occupait beaucoup, mais je ne peux pas dire qu'il en était bouleversé.

– Et au travail ? Quelles étaient ses relations avec les employés du cabinet ? Paisibles ? Amicales ? »

Elle joignit les mains sur ses genoux et les regarda. « Je crois. En tout cas, il n'a jamais parlé du moindre problème avec son personnel. S'il y en avait eu un, je suis sûre qu'il me l'aurait dit.

– Est-il exact que le cabinet lui appartenait entièrement et que tous les autres avocats étaient ses employés salariés ?

– Je vous demande pardon ? fit-elle, lui jetant un coup d'œil étonné. Je crains de ne pas avoir compris la question.

– Votre mari partageait-il les bénéfices du cabinet avec les autres avocats, ou ceux-ci étaient-ils simplement des salariés ? » Elle releva de nouveau la tête. « J'ai bien peur de ne pouvoir répondre à cette question, dottor Brunetti. Je suis très peu au courant des affaires de Carlo. Pour cela, il faudra vous adresser à son expert-comptable.

– Et qui est-il, signora ?

– Ubaldo.

– Votre frère ?

– Lui-même.

– Je vois », dit Brunetti. Il marqua un court temps d'arrêt. « J'aimerais vous poser quelques questions sur votre vie personnelle, signora.

– Notre vie personnelle ? » répéta-t-elle, comme si c'était la première fois qu'elle entendait parler d'une chose pareille. Comme le policier restait sans réaction, elle lui adressa un signe de tête qui lui disait de commencer.

« Pouvez-vous me dire depuis combien de temps vous et votre mari étiez mariés ?

– Dix-neuf ans.

– Combien d'enfants avez-vous, signora ?

– Deux. Claudio a dix-sept ans et Francesca, quinze.

– Font-ils leurs études à Venise, signora ? »

Elle lui adressa un regard aigu. « Pour quelle raison tenez-vous à le savoir ?

– Ma propre fille, Chiara, a quatorze ans, et j'ai pensé qu'elles se connaissaient peut-être », répondit-il avec un sourire, pour montrer que sa question était tout à fait innocente.

« Claudio est à l'école en Suisse, mais Francesca est ici. Avec nous. Je veux dire, se reprit-elle en se passant une main sur le front, avec moi.

– Diriez-vous que vous étiez heureux en ménage, signora ?

– Oui », répondit-elle aussitôt, beaucoup plus vite que

ne l'aurait fait Brunetti si on lui avait posé la même question – à laquelle, cependant, il aurait donné la même réponse. Toutefois, elle n'en dit pas davantage.

« Savez-vous si votre mari avait des amis ou des associés particulièrement proches ? »

Elle lui jeta une fois de plus un coup d'œil avant de retourner à la contemplation de ses mains. « Nos amis les plus intimes sont les Nogares, Mirto et Graziella. Lui est architecte, et ils habitent Campo San Angelo. Francesca est leur filleule. Quant aux associés de mon mari, il faudra demander à Ubaldo.

– D'autres amis, signora ?

– Pourquoi avez-vous besoin de savoir tout cela ? s'exclama-t-elle d'un ton soudain aigu.

– Je tiens à en apprendre le plus possible sur votre mari, signora.

– Mais pourquoi ? » La question parut presque s'être échappée de ses lèvres contre son gré.

« Tant que je n'aurai pas compris quel genre d'homme il était, je ne comprendrai pas non plus ce qui s'est passé.

– Il n'a pas été victime d'un voleur ? » demanda-t-elle. Le sarcasme n'était pas loin.

« Non, ce n'était pas un voleur, signora. Celui qui l'a tué l'a fait intentionnellement.

– Personne ne pouvait avoir de raison de tuer Carlo », insista-t-elle. Brunetti avait entendu cette réplique tellement souvent qu'il ne prit même pas la peine de répondre.

Soudain, la signora Trevisan se leva. « Vous reste-t-il d'autres questions à poser ? Sinon, j'aimerais aller retrouver ma fille. »

Brunetti se leva à son tour de son fauteuil et tendit la main. « Encore une fois, signora, je vous suis très reconnaissant de m'avoir reçu. Je me rends bien compte que ce sont des moments difficiles pour vous et votre famille, et j'espère que vous trouverez le courage nécessaire pour supporter une telle épreuve. » Alors même qu'il parlait, ces paroles sonnaient creux à son oreille ; c'était le genre de propos que l'on tenait lorsqu'on ne percevait pas de chagrin, ce qui était le cas ici.

« Merci, commissaire », dit-elle, lui serrant brièvement la main avant de se diriger vers la porte. Elle lui tint le battant ouvert puis le raccompagna jusqu'à l'entrée de l'appartement. Il n'y avait aucun signe de présence des autres membres de la famille.

Sur le palier, Brunetti adressa un signe de tête à la signora Trevisan ; il entendit la porte se refermer doucement dans son dos quand il aborda les marches. Il lui semblait étrange qu'au bout de vingt ans de mariage une femme ne sache rien des affaires de son mari. Plus étrange encore, si l'on songeait que son frère était l'expert-comptable du cabinet. De quoi parlaient-ils, quand ils dînaient en famille ? De football ? Tous les gens que connaissait Brunetti détestaient les avocats. Lui-même les détestait. Il n'arrivait par conséquent pas à croire qu'un avocat, de plus un avocat célèbre et qui réussissait, n'eût pas d'ennemis. Il pourrait en discuter demain avec Lotto et vérifier s'il allait se montrer un peu plus loquace que sa sœur.

10

LE CIEL S'ÉTAIT COUVERT et la chaleur rayonnante du début de la journée avait disparu pendant les vingt minutes que Brunetti avait passées chez les Trevisan. Il consulta sa montre, constata qu'il n'était pas dix-huit heures et qu'il pouvait donc encore retourner à la questure. Au lieu de cela il revint sur ses pas, franchit le pont de l'Académie. À mi-chemin de son domicile, il s'arrêta dans un bar et commanda un petit verre de vin blanc. Il prit un bretzel, sur le bar, en grignota un bout et jeta le reste dans un cendrier. Le vin étant aussi médiocre que le bretzel, il le laissa aussi et repartit.

Il tenta de se souvenir de l'expression qu'avait eue Francesca Trevisan lorsqu'elle avait fait brusquement irruption dans la petite pièce mais, de son visage, il n'avait retenu que des yeux qui s'écarquillaient quand elle l'avait découvert là. Des yeux secs, dans lesquels il n'avait lu que de l'étonnement ; elle ressemblait à sa mère autant par son absence de chagrin que par ses traits. S'était-elle attendue à trouver quelqu'un d'autre ?

Comment Chiara réagirait-elle si jamais il était tué ? Et Paola ? Serait-elle capable de répondre aussi aisément aux questions qu'un policier viendrait lui poser sur leur vie intime ? Il ne faisait aucun doute que Paola ne pourrait affirmer, comme l'avait fait la signora Trevisan, qu'elle ignorait tout des affaires de son mari – de son défunt mari. Cette protestation d'ignorance lui titillait l'esprit, et il n'arrivait ni à la chasser, ni à y souscrire.

Lorsqu'il entra dans l'appartement, son radar personnel (affûté pendant des années) lui apprit qu'il était vide. Il alla dans la cuisine ; la table était jonchée de journaux et de ce qui semblait être les devoirs de Chiara – des feuilles couvertes de chiffres et de signes mathématiques n'ayant aucun sens pour lui. Il en prit une et étudia un instant l'écriture précise et penchée vers la droite de sa fille ; la longue série de chiffres et de symboles lui fit penser, vaguement, à une équation du second degré. Algèbre ? Trigonométrie ? Cela faisait si longtemps, et il avait toujours été tellement rebelle aux maths qu'il ne se rappelait pratiquement plus rien, alors qu'il avait bien dû en faire pendant quatre ans.

Il reposa le devoir de Chiara sur la table pour s'intéresser aux journaux, où l'assassinat de Trevisan disputait la manchette à une nouvelle affaire de sénateur et de pots-de-vin. Cela faisait des années que le juge Di Pietro avait prononcé sa première inculpation officielle, et les crapules régnaient toujours sur le pays. Tous – telle était du moins l'impression – les grands personnages de la politique qui avaient dirigé l'Italie depuis que Brunetti était enfant avaient eu leur nom cité dans un acte d'accusation, des charges avaient à un moment ou un autre pesé sur eux ; ils s'étaient même mis à s'accuser mutuellement : et, cependant, aucun d'eux n'avait eu de procès ni subi de condamnation, alors que les coffres de l'État avaient été bel et bien vidés. Ils avaient plongé le groin dans l'auge pendant des décennies et néanmoins rien ne paraissait assez fort – ni la fureur des citoyens, ni la vague d'écœurement de la nation – pour les balayer du pouvoir. Il tourna la page et vit la photo des deux personnages les plus répugnants du lot, le bossu et le porc chauve. Il referma le journal, saisi d'un sentiment de mépris fatigué. Rien ne changerait jamais. Brunetti n'était pas peu au fait des scandales ; il savait où était passée une bonne partie de cet argent et quel serait le prochain sur la sellette ; mais il savait aussi, avec une certitude absolue, que rien ne changerait pour autant. Lampedusa avait eu raison : il fallait que les choses eussent l'air de changer pour que rien ne changeât. Il y aurait des élections, de nouvelles têtes, de nouvelles promesses, mais en réalité ce ne seraient que des groins différents plongeant dans l'auge. De nouveaux comptes seraient ouverts dans de discrètes banques privées, en Suisse.

Ce n'était pas la première fois que Brunetti se sentait de cette humeur, qu'il en était presque venu à redouter : la certitude de la futilité de tous ses efforts. Pourquoi prendre la peine de mettre en prison un petit cambrioleur alors que l'homme qui avait volé des milliards au système de santé était nommé ambassadeur dans le pays où il planquait de l'argent depuis des années ? Et quelle justice y avait-il à coller une amende à celui qui n'avait pas payé l'impôt sur la radio de sa voiture, alors que le fabricant de ce même véhicule reconnaissait avoir versé des milliards de lires aux responsables des syndicats pour qu'ils empêchent leurs membres de demander des hausses de salaire – et restait impuni ? Pourquoi arrêter un meurtrier, pourquoi se fatiguer à chercher l'assassin de Trevisan, alors que l'individu qui avait été pendant des dizaines d'années l'homme politique le plus influent du pays était accusé d'avoir commandité le meurtre des quelques juges honnêtes qui avaient eu le courage d'enquêter sur la Mafia ?

L'arrivée de Chiara interrompit cette rêverie morose. Elle referma bruyamment la porte palière et fit une entrée fracassante, des livres plein les bras. Elle ne fit qu'un bref passage dans sa chambre, dont elle ressortit aussitôt, débarrassée des livres.

« Bonsoir, mon ange, lui lança-t-il. Veux-tu manger quelque chose ? » Question purement rhétorique : quand n'avait-elle pas faim ?

« Ciao, papa », répondit-elle en s'avançant dans le couloir, se débattant avec les manches de son manteau pour s'en extirper et ne réussissant qu'à les retourner complètement, une main emprisonnée. Sous les yeux de son père, elle se libéra en tirant sans ménagement sur le tissu. Il regarda ailleurs, mais quand il revint sur elle, le manteau gisait en tas sur le sol et l'adolescente se penchait pour le ramasser.

Elle entra dans la cuisine et lui tendit une joue pour qu'il l'embrasse, ce qu'il fit. Elle alla ensuite ouvrir le réfrigérateur, s'accroupit pour en examiner le contenu et retira un morceau de fromage emballé. Puis elle chercha un couteau dans le tiroir et se coupa une bonne tranche.

« Tu veux du pain ? » demanda-t-il en s'emparant du sachet de petits pains posé sur le frigo. Elle acquiesça d'un signe de tête et ils procédèrent à l'échange d'un morceau de fromage contre deux petits pains.

« Dis-moi, papa, combien gagne un policier pour une heure de travail ?

– Je ne sais pas exactement, Chiara. Ils ont bien un salaire, mais il leur arrive souvent de faire plus d'heures par semaine que quelqu'un qui travaille dans un bureau.

– Tu veux dire s'il y a beaucoup de crimes, ou s'ils doivent filer quelqu'un ?

– Oui. » Il fit un signe en direction du fromage et elle lui en coupa un autre morceau, qu'elle lui tendit en silence.

« Ou encore, reprit-elle, s'ils passent du temps à interroger les gens, les suspects, des choses comme ça ? » Il était clair qu'elle n'allait pas renoncer à ce sujet.

– Oui », répéta-t-il, se demandant où elle voulait en venir.

À peine son deuxième petit pain achevé, elle mettait la main dans le sac pour en prendre un autre.

« Maman va te tuer si tu manges tout le pain. » Menace qui confinait à la tendresse, à force d'avoir été répétée pendant tant d'années.

« Mais à combien de l'heure crois-tu que ça reviendrait, papa ? » Ignorant la mise en garde, elle coupa le petit pain en deux.

Il décida d'inventer, ayant compris que quel que soit le montant qu'il fixerait c'était celui qu'elle finirait par lui demander. « Je dirais que ça ne doit pas dépasser environ vingt mille lires à l'heure. » Puis, parce qu'il savait qu'elle n'attendait que ça de lui, il ajouta : « Pourquoi ?

– Eh bien, je savais que tu avais envie d'en savoir davantage sur le père de Francesca, alors j'ai posé des questions sur lui, aujourd'hui, et j'ai pensé que, puisque je faisais le travail de la police, tu devais me payer mon temps. » Ce n'était que lorsqu'il relevait de tels traits de vénalité chez ses enfants que Brunetti regrettait la tradition mercantile millénaire de la Sérénissime.

Il ne répondit pas, ce qui obligea Chiara à cesser de manger et à le regarder. « Alors, qu'est-ce que tu en penses ? »

Il réfléchit quelques instants avant de répondre. « Il me semble que cela doit dépendre de ce que tu as trouvé, Chiara. La situation n'est pas la même que si tu appartenais à la police et touchais un salaire régulier, indépendant de ton activité. Tu jouerais le rôle d'un consultant indépendant, d'une sorte de pigiste, et on te paierait en fonction de la valeur de tes informations. »

Ce fut à son tour de réfléchir un moment ; elle parut comprendre ce que son père avait voulu dire. « Très bien. Je vais te dire ce que j'ai trouvé, et tu me diras combien ça vaut, à ton avis. »

Non sans admiration, Brunetti observa avec quelle habileté elle avait évité la question critique de savoir s'il voulait ou non la payer pour ses tuyaux, pour en arriver au stade où l'affaire était déjà conclue et où il ne restait plus que des points de détail à régler. Bon, très bien.

« Raconte-moi. »

Méthodique, Chiara acheva son troisième petit pain,

s'essuya les mains sur un torchon et s'assit à la table, bras croisés. « J'ai dû parler à quatre personnes différentes avant d'apprendre quelque chose.

– Qui donc ?

– La première est une fille qui est dans le même lycée que Francesca, la deuxième un professeur de mon lycée, la troisième une fille aussi de mon lycée et la quatrième une des filles avec laquelle nous étions ensemble à l'école, il y a cinq ans.

– Combien de temps as-tu été à l'école avec elle, Chiara ?

– On a fait tout le début du primaire ensemble. Ensuite, ses parents ont déménagé et elle a continué à l'école Vivaldi. Je la vois de temps en temps, mais nous ne sommes pas amies ni rien.

– La fille qui t'a renseignée était-elle une de ses bonnes amies ? » Chiara eut une moue perplexe, et il ajouta : « Il vaudrait peut-être mieux que tu me racontes tout ça à ta façon. » Elle sourit.

« La fille de mon lycée la connaissait depuis la petite école, et Francesca lui aurait dit que ses parents l'avait avertie de toujours faire attention à qui elle parlait et de ne jamais aller avec quelqu'un qu'elle ne connaissait pas. Pratiquement la même chose que ce qu'elle nous avait dit quand on était ensemble à la petite école. »

Elle jeta un coup d'œil à son père, à la recherche d'une approbation, et il lui sourit, bien qu'elle ne lui eût rien appris de nouveau par rapport à ce qu'elle avait dit le midi.

« Je savais déjà cela, et j'ai donc pensé qu'il valait mieux parler à quelqu'un de son lycée actuel. C'est pour ça que j'ai pris mon après-midi. Je voulais être sûre de la trouver. » Il acquiesça. « Cette fille m'a dit que Francesca avait un petit ami. Non, papa, un vrai. Ils sont amants et tout.

– T'a-t-elle donné le nom de ce petit ami ?

– Non. Elle m'a juré que Francesca n'avait jamais

voulu le dire, mais qu'il était plus âgé, la vingtaine. Francesca a expliqué qu'elle voulait s'enfuir de chez elle avec lui, mais que lui n'avait pas voulu parce qu'elle était encore trop jeune.

– Est-ce qu'elle t'a révélé pour quelle raison Francesca voulait s'enfuir de chez elle ?

– Eh bien, pas de manière très explicite, mais elle avait l'impression que c'était à cause de sa mère, qu'elle et Francesca se disputaient beaucoup. Que c'était pour cette raison que Francesca voulait s'enfuir.

– Et son père ?

– Oh, Francesca l'aimait beaucoup, elle disait qu'il était très gentil avec elle, mais qu'elle ne le voyait pas souvent parce qu'il était très occupé.

– Francesca a bien un frère, n'est-ce pas ?

– Oui, Claudio, mais il fait ses études en Suisse. C'est pourquoi j'ai été parler au professeur. Elle était prof dans l'école où il allait avant la Suisse, et j'ai pensé qu'elle pourrait peut-être m'apprendre quelque chose sur lui.

– Et as-tu appris quelque chose ?

– Oh, oui. Je lui ai dit que j'étais la meilleure amie de Francesca et qu'elle était très inquiète pour Claudio qui allait être bouleversé par la mort de leur père, tout seul en Suisse et tout le bazar. Je lui ai dit que je le connaissais aussi ; je lui ai même laissé croire que j'étais un peu amoureuse de lui. » Elle s'interrompit et secoua la tête. « Beurk ! Tout le monde, mais vraiment tout le monde dit que c'est un salaud, mais elle m'a tout de même crue.

– Qu'est-ce que tu lui as demandé ?

– Je lui ai dit que Francesca aurait aimé que la prof la conseille sur la manière de se comporter avec Claudio. » Voyant la surprise de son père, Chiara ajouta : « Oui, je sais que c'est idiot, et personne ne penserait à demander un truc pareil, mais tu sais comment sont les profs, à toujours vouloir t'expliquer ce que tu dois faire dans la vie et comment te comporter.

– Et le professeur t'a crue ?

– Bien entendu, répondit Chiara très sérieusement.

– Tu dois être une sacrée menteuse, remarqua Brunetti, ne plaisantant qu'à moitié.

– Je mens très bien. Très bien. Maman a toujours affirmé que c'était quelque chose qu'il fallait savoir faire bien. » Elle évita de regarder son père en disant cela. « La prof m'a répondu que Francesca devait avoir toujours présent à l'esprit – c'était son expression, *présent à l'esprit* – le fait que Claudio avait toujours préféré son père à sa mère, et qu'il allait donc passer par des moments difficiles. » Elle eut une expression dégoûtée. « La belle affaire, hein ? J'ai traversé la moitié de la ville pour me faire dire ça. Et il lui a fallu une demi-heure pour me le sortir.

– Et les autres, qu'est-ce qu'elles t'ont dit ?

– Il a fallu que j'aille jusqu'à Castello pour voir Luciana. Elle m'a dit que Francesca haïssait vraiment sa mère, que la signora Trevisan n'arrêtait pas de houspiller son père, de lui dire quoi faire. Elle n'aime pas beaucoup son oncle, non plus, elle dit qu'il se prend pour le maître, dans la famille.

– Elle le houspillait de quelle manière ?

– Elle ne savait pas. Mais c'était ce que Francesca lui avait dit, que son père faisait toujours ce que demandait sa mère. » Avant que Brunetti eût le temps de faire une plaisanterie, Chiara ajouta : « Ce n'est pas comme toi et maman. Elle est toujours à te dire ce que tu dois faire, mais toi du dis d'accord et tu fais tout de même ce que tu veux. » Elle jeta un coup d'œil à l'horloge murale et demanda : « Où est maman ? Il est presque sept heures. Qu'est-ce qu'on va manger, ce soir ? » La seconde question était manifestement celle qui inquiétait le plus l'adolescente.

« Elle a probablement été retenue à l'université, pour expliquer à un étudiant ce qu'il devait faire de sa vie. »

Avant que Chiara ne sache si elle devait rire ou non, il ajouta : « Si ce sont là tous les résultats de ton enquête, on pourrait peut-être commencer à préparer le dîner, non ? De cette façon, maman n'aura plus qu'à se mettre les pieds sous la table en arrivant ; ça la changera.

– Mais combien ça vaut ? » demanda Chiara d'une voix câline.

Brunetti réfléchit un moment. « Je dirais trente mille lires, environ », finit-il par répondre. Étant donné que l'argent allait sortir de sa poche, elle n'aurait pas davantage, bien que l'information comme quoi la signora Trevisan aurait « houspillé » son mari, si elle était exacte et valait aussi pour la vie professionnelle de l'avocat, eût peut-être un prix quasi inestimable.

11

Le lendemain, le *Gazzetino* publiait en première page un article sur le suicide de Rino Favero, propriétaire de l'un des cabinets d'experts-comptables les plus importants de la Vénétie. Favero, apprenait-on, s'était enfermé dans son garage, au volant de sa Rover, et avait laissé le moteur tourner. On l'avait retrouvé tranquillement allongé sur les sièges avant. C'était sa femme qui l'avait découvert, en rentrant de l'hôpital où elle avait passé la nuit auprès de sa mère mourante. La rumeur courait que le nom de Favero était sur le point d'être cité dans le scandale grandissant qui se propageait dans les couloirs du ministère de la Santé. Si plus personne ou presque, en Italie, n'ignorait que l'ex-ministre de la Santé était accusé d'avoir touché d'énormes pots-de-vin de la part de divers laboratoires pharmaceutiques pour leur permettre de hausser le prix de vente de leurs médicaments, on savait en revanche beaucoup moins que le cabinet Favero était celui qui gérait les finances privées du P-DG du plus grand de ces laboratoires. Les personnes dans la confidence supposèrent qu'il s'était résigné à imiter un certain nombre de ceux qui se trouvaient compromis dans ce réseau de corruption, aux ramifications toujours plus lointaines, et qu'il avait préféré préserver son honneur en échappant ainsi aux accusations, à la culpabilité et, éventuellement, au châtiment. Rares étaient ceux qui remettaient en question l'idée que l'honneur était réellement préservé de cette manière.

Trois jours après la mort de Favero, soit cinq après le meurtre de Trevisan, Brunetti arriva à son bureau au moment où le téléphone sonnait.

« Brunetti, dit-il, tenant le téléphone d'une main et déboutonnant son imperméable de l'autre.

– Ici le capitaine della Corte, de la police de Padoue. » Le nom disait vaguement quelque chose au commissaire et il croyait se souvenir que ce qu'il avait entendu dire de della Corte plaidait en sa faveur.

« Bonjour, capitaine. En quoi puis-je vous être utile ?

– En me disant si par hasard le nom de Rino Favero ne serait pas apparu dans l'enquête que vous conduisez sur le meurtre commis dans le train.

– Favero ? Celui qui s'est suicidé ?

– Suicidé ? Avec quatre milligrammes de Roipnol dans le sang ? »

Brunetti fut immédiatement en alerte. Personne, après avoir pris une telle dose de barbituriques, n'aurait été en état de marcher.

« Quel est le rapport avec Trevisan ?

– Aucune idée. Nous nous intéressons à tous les numéros de téléphone qui figurent dans son carnet d'adresses. En particulier tous ceux qui ne sont pas accompagnés d'un nom. Celui de Trevisan en faisait partie.

– Vous a-t-on communiqué les listes ? » Ni l'un ni l'autre n'avait besoin de préciser qu'il s'agissait des listes d'appel faites depuis le numéro de Favero.

« Aucune trace d'un appel de ce numéro – en fait deux numéros, le cabinet et le domicile – depuis l'un ou l'autre des téléphones de Favero.

– Dans ce cas, pourquoi les avoir sur lui ?

– C'est exactement la question que nous nous posons, commenta della Corte d'un ton froid.

– Combien d'autres numéros figurent-ils sans nom ?

– Huit. Le premier est celui d'un bar de Mestre, le deuxième celui d'une cabine téléphonique en gare de Padoue, et les autres n'existent pas.

– « N'existent pas », que voulez-vous dire ?

– Qu'ils ne peuvent pas être des numéros de la Vénétie.

– Avez-vous vérifié dans d'autres villes, d'autres provinces ?

– Bien sûr. Soit ils ont trop de chiffres, soit ils ne correspondent pas à des numéros en Italie.

– Étrangers ?

– Il le faut bien.

– Pas de code de pays ?

– D'eux d'entre eux font penser à des numéros de pays de l'Est, deux autres pourraient être en Équateur ou en Thaïlande, et ne me demandez pas comment les types qui m'ont dit cela l'ont deviné. Ils travaillent encore sur les autres, répondit della Corte. Et il n'a jamais appelé aucun de ces numéros depuis l'un de ses téléphones – pas plus ceux de la région que ceux de l'étranger.

– N'empêche qu'il les avait dans son carnet.

– Exactement.

– Il a très bien pu les appeler depuis une cabine publique, suggéra Brunetti.

– Je le sais bien.

– Et les autres appels internationaux ? Y a-t-il des pays qu'il appelait souvent ?

– Il appelait des tas de pays, et souvent.

– Clientèle internationale ? demanda Brunetti.

– Certains des appels concernaient en effet des clients. Mais beaucoup ne concernent pas les personnes pour lesquelles il travaillait.

– Quels pays ?

– L'Autriche, la Hollande, la République dominicaine, commença della Corte. Attendez, je vais prendre la liste. » Il y eut le bruit du combiné que l'on repose, celui de feuilles que l'on manipule et la voix de della Corte revint. « Et la Pologne, la Roumanie, la Bulgarie.

– À quel rythme les appelait-il ?

– Deux fois par semaine, pour certains d'entre eux.

– Les mêmes numéros ?

– Souvent, mais pas toujours.

– Vous les avez identifiés ?

– Le numéro autrichien correspond à une agence de voyages à Vienne.

– Et les autres ?

– Je ne sais pas si vous connaissez les pays de l'Europe de l'Est, commissaire ; non seulement ils n'ont pas d'annuaire, mais ils ne disposent même pas d'un service de renseignements pour vous aider.

– La police ? »

Della Corte laissa échapper un reniflement de mépris.

« Avez-vous appelé ces numéros ?

– Oui. On ne répond pas.

– Aucun ?

– Aucun.

– Et les numéros du bar et de la gare ? » demanda Brunetti.

Il eut droit à un nouveau reniflement méprisant comme première réponse, puis della Corte s'expliqua : « J'ai eu de la chance. On m'a permis de remonter jusqu'à eux. » Le capitaine garda longtemps le silence et Brunetti attendit que son confrère lui présente la requête pour laquelle il l'avait appelé. « J'ai pensé que, étant donné que vous vous trouvez juste à côté, vous pourriez peut-être envoyer un de vos hommes surveiller le téléphone du bar.

– Où se trouve-t-il ? » demanda Brunetti, prenant un stylo sur son bureau, non sans se dire qu'il fallait faire bien attention à ne rien promettre.

« Cela veut-il dire que vous allez envoyer quelqu'un ?

– Je vais essayer, répondit honnêtement le commissaire.

– Je n'ai qu'un nom et une adresse. Je ne connais pas assez Mestre pour savoir où il se trouve. » Selon Brunetti, Mestre ne méritait pas d'être connue, et encore moins tout endroit particulier de cette ville.

– Bar *Pinetta*. Via Fagare, numéro 16. Vous savez où c'est ? demanda della Corte.

– La via Fagare n'est pas loin de la gare, il me semble. Mais je n'ai jamais entendu parler du bar. » Ayant plus ou moins accepté de donner ce petit coup de main, Brunetti se sentait en droit, à son tour, de demander quelques informations. « Avez-vous une idée sur ce qui les reliait ?

– Vous avez entendu parler de l'affaire des laboratoires pharmaceutiques ? demanda le capitaine en guise de réponse.

– Comme tout le monde. Vous pensez qu'ils pourraient être tous les deux mêlés à ça ?

– C'est une possibilité, louvoya della Corte. Quoi qu'il en soit, nous voulons vérifier d'abord tous ses clients. Il travaillait pour des tas de gens de la région.

– Ceux qui comptent ?

– Ceux qui comptent le plus. Depuis deux ans, il se faisait d'ailleurs appeler *consultant* au lieu d'expert-comptable.

– Il était bon ?

Le meilleur, d'après ce qu'on dit.

Assez bon pour comprendre quelque chose à la déclaration de revenus, hein ? » suggéra Brunetti, espérant, avec cette plaisanterie, créer un climat plus amical avec della Corte. Tous les Italiens partageaient un même mépris pour le fisc, mais cette année, avec une déclaration qui comptait trente-deux pages, et que le ministre des Finances en personne déclarait ne pas comprendre entièrement, ce mépris avait atteint de nouveaux sommets.

Della Corte marmonna une obscénité qui, tout en étant on ne peut plus claire sur ses sentiments vis-à-vis du fisc, n'avait rien de particulièrement amical. « Oui, il semble qu'il était fort, même dans ce domaine. Je vous le dis, la liste de ses clients rendraient la plupart de ses collègues verts de jalousie.

– Inclut-elle Medi-Tech ? » demanda Brunetti, citant le nom du plus gros des laboratoires compromis dans le scandale.

– Non. Il ne semble pas avoir eu quelque chose à voir dans leurs rapports avec le ministère. Et son travail pour le P-DG donne l'impression d'avoir été entièrement privé – autrement dit, uniquement sur ses revenus personnels.

– Il n'était pas impliqué dans le scandale ? demanda Brunetti, trouvant ce détail des plus intéressants.

– Pas que nous sachions.

– Existe-t-il un autre mobile pour... expliquer sa mort ? »

Della Corte ne répondit pas tout de suite. « Nous n'avons rien trouvé, en fait. Il était marié, il avait quarante-sept ans et était apparemment heureux. Quatre enfants, tous lancés dans des études brillantes et aucun d'eux, pour autant que nous le sachions, ne lui posait le moindre problème.

– Un meurtre, alors ?

– Très probablement.

– Vous allez en parler à la presse ?

– Non, pas tant que nous n'aurons rien de plus substantiel à leur dire, ou sauf si l'un d'eux met la main sur le rapport du médecin légiste, répondit della Corte, l'air de penser qu'il pouvait empêcher la chose de se produire pendant encore quelque temps.

– Et quand ils auront trouvé ? » Brunetti se méfiait des journalistes et des violences qu'ils pouvaient faire à la vérité.

« Je m'en occuperai le moment voulu, répondit della Corte avec brusquerie. Me ferez-vous savoir ce que vous aurez appris, dans ce bar ?

– Bien entendu. Puis-je vous appeler à la questure ? »

Della Corte lui donna le numéro de sa ligne directe. « Au fait, Brunetti, si vous trouvez quoi que ce soit, vous n'en parlez à personne sinon à moi, d'accord ?

– Évidemment, répondit le commissaire, bien que trouvant cette requête étrange.

– Quant à moi, je vous appellerai si je vois resurgir le nom de Trevisan. Voyez de votre côté les raisons que les deux hommes pouvaient avoir de se connaître. Un numéro de téléphone, ce n'est pas grand-chose. »

Brunetti en convint, mais se dit que ce n'en était pas moins quelque chose et, en ce qui concernait la mort de Trevisan, nettement plus que ce qu'ils avaient ici.

Les salutations de della Corte furent écourtées, comme si des choses plus importantes l'attendaient.

Brunetti reposa le téléphone, s'enfonça dans son siège et essaya d'imaginer le lien qui pouvait unir l'avocat de Venise au « consultant » de Padoue. Les deux hommes devaient avoir navigué dans les mêmes milieux sociaux et professionnels, et il n'y avait rien de bien étonnant à ce qu'ils soient en possession de leurs numéros respectifs. Étrange, toutefois, que celui de Trevisan eût été noté sans nom et en bien curieuse compagnie : deux téléphones publics et des numéros qui ne semblaient exister nulle part. Mais le plus étrange était que ce numéro figurât dans le carnet d'adresses d'un homme assassiné la même semaine que Trevisan.

12

BRUNETTI APPELA la signorina Elettra pour savoir si les Télécom avaient accédé à sa requête : fournir la liste de tous les appels téléphoniques de Trevisan au cours des six derniers mois. Il apprit que la jeune secrétaire avait posé le dossier sur son bureau la veille. Il raccrocha et se mit à trier les papiers qui s'empilaient devant lui, repoussant des rapports personnels dont il remettait l'achèvement à plus tard depuis quinze jours ainsi que la lettre d'un collègue de l'époque où il travaillait à Naples, trop déprimante pour être relue ou qu'il eût envie d'y répondre.

Le dossier des appels téléphoniques était bien là, une enveloppe de papier bulle contenant ce qui se révéla être quinze feuilles d'imprimante. D'un coup d'œil jeté à la première, il constata que seuls les appels longue distance y figuraient, qu'ils eussent été passés du bureau ou du domicile de Trevisan. Chaque colonne commençait par le numéro de code de la ville ou du pays étranger, suivi de celui du numéro appelé, de la date et de l'heure de l'appel, ainsi que de sa durée. Une colonne séparée, à droite, donnait la liste des villes et des pays auxquels correspondaient ces codes. Il parcourut rapidement le document et constata qu'il ne comportait pas les appels reçus par Trevisan. La demande n'avait peut-être pas été faite, ou bien il fallait plus de temps aux Télécom italiennes pour établir cette liste, ou peut-être encore, hypothèse tout aussi vraisemblable, quelque nouveau cauchemar bureaucratique avait-il été inventé pour officialiser une requête de ce genre, retardant d'autant l'information.

Brunetti parcourut la liste des villes, à droite. Aucune logique particulière ne se dégageait de la première page, mais, dès la quatrième, il devint clair que Trevisan – ou celui ou celle qui appelait à l'aide de son téléphone, il ne fallait pas oublier cette possibilité – composait trois numéros en Bulgarie avec une certaine régularité, soit au moins deux ou trois fois par mois. Il en allait de même avec la Hongrie et la Pologne. Il lui revint à l'esprit que della Corte avait mentionné ce pays, mais pas les autres. Il y avait également des appels pour la Hollande et l'Angleterre, lesquels s'expliquaient peut-être par la nature internationale du cabinet de Trevisan. La République dominicaine n'apparaissait nulle part, et les appels en direction de l'Autriche et de la Hollande, les autres pays mentionnés par della Corte, ne présentaient pas une fréquence particulière.

Le commissaire n'avait aucune idée de la quantité de travail qu'un avocat pouvait accomplir par téléphone, si bien qu'il n'aurait su dire si cette liste trahissait un nombre anormalement élevé d'appels.

Il appela le central et demanda qu'on lui passe le numéro que lui avait laissé della Corte. Lorsque celui-ci décrocha, Brunetti s'identifia et lui demanda de lui communiquer les numéros de Padoue et Mestre trouvés dans le carnet d'adresses de Favero.

Lorsque della Corte les lui eut fournis, Brunetti lui expliqua que s'il possédait bien une liste des appels de Trevisan, elle ne contenait que les coups de fil longue distance, et que donc le numéro de Mestre ne pouvait y figurer. « Voulez-vous que je vérifie pour le numéro de Padoue, cependant ?

– Demandez-moi plutôt si je veux mourir entre les bras d'une jeune fille, répondit della Corte. Vous aurez la même réponse. »

Supposant que cela voulait dire oui, Brunetti parcourut la liste, s'arrêtant à chaque fois qu'il voyait le 049, code de Padoue. Les trois premières pages ne donnèrent rien, mais il découvrit le numéro sur la cinquième et sur la neuvième. Il disparut ensuite pour réapparaître page 14, trois fois la même semaine.

L'information fut accueillie avec un petit marmonnement grave par della Corte. « Je crois que je vais faire surveiller ce téléphone, dit-il.

– Et moi je vais me débrouiller pour envoyer quelqu'un dans ce bar », lui répondit Brunetti, désireux, à présent, de savoir de quoi avait l'air l'établissement et qui le fréquentait, mais plus désireux encore d'avoir la liste des appels locaux de Trevisan pour vérifier que le numéro du bar n'y figurait pas.

Des années passées à voir les choses les plus terribles avaient fini par le convaincre que les coïncidences de ce genre n'existaient pas. Qu'un numéro de téléphone soit connu de deux hommes assassinés à quelques jours d'intervalle n'était pas le fait du hasard, pas une curiosité statistique bonne à commenter en passant et à oublier. Ce numéro de Padoue signifiait quelque chose, même s'il ignorait quoi pour le moment, et il eut soudain la certitude que celui du bar de Mestre allait apparaître sur la liste des appels locaux de Trevisan.

Promettant à della Corte de le tenir au courant dès qu'il aurait appris quelque chose, il appuya sur la fourche du téléphone et appela aussitôt Vianello, auquel il demanda de monter dans son bureau.

Le sergent se présenta quelques minutes plus tard. « Trevisan ? demanda-t-il, une expression de franche curiosité dans le regard.

– Oui. Je viens juste d'avoir un appel de la police de Padoue, à propos de Rino Favero.

– L'expert-comptable, celui qui travaillait pour le ministre de la Santé ? » Brunetti acquiesça et Vianello explosa, parlant avec une passion mal contenue. « Ils devraient tous faire pareil ! »

Brunetti le regarda, momentanément pris de court. « Faire quoi ?

– Se suicider, toute cette bande de salopards. » Tout aussi brusquement, le sergent se calma et s'assit.

« Qu'est-ce qui vous a mis dans cet état ? » voulut savoir Brunetti.

Au lieu de répondre, Vianello haussa les épaules et agita une main en l'air.

Brunetti attendit.

« L'éditorial dans le *Corriere* de ce matin, finit par expliquer Vianello.

– Qui disait ?

– Que l'on devrait avoir pitié de ces pauvres gens, poussés à se supprimer par la honte et les souffrances qu'on leur imposait, que les juges devraient les laisser sortir de prison, les rendre à leur femme et leurs enfants. J'ai oublié le reste ; j'en étais déjà malade. » Brunetti garda le silence ; le sergent continua donc. « Si on met en prison un type qui vole un portefeuille, on ne trouve pas d'éditoriaux, en tout cas pas dans le *Corriere,* pour supplier qu'il soit relâché ou qu'on ait pitié de lui. Et Dieu seul sait tout ce que ces porcs ont volé. Vos impôts, les miens. Des milliards, des milliers de milliards. » Soudain conscient que son ton montait de nouveau, Vianello eut ce même geste de la main qui balayait sa colère et demanda, d'une voix beaucoup plus calme : « Et alors, Favero ?

– Ce n'était pas un suicide. »

Le sergent parut très sincèrement surpris. « Qu'est-ce qui s'est passé ? demanda-t-il, ayant semble-t-il complètement oublié sa sortie.

– Il avait ingurgité tellement de barbituriques qu'il n'aurait jamais été en état de mettre le contact.

– Combien ?

– Quatre milligrammes », dit Brunetti, et avant que Vianello ne rétorque que quatre milligrammes n'étaient pas grand-chose, il précisa : « De Roipnol. » Tous deux savaient qu'ils dormiraient pendant plus de vingt-quatre heures avec une dose pareille.

« Quel rapport avec Trevisan ? »

Comme son patron, Vianello avait depuis longtemps cessé de croire aux coïncidences, et il écouta donc attentivement l'histoire des numéros de téléphone connus des deux hommes.

« Une cabine publique de la gare de Padoue et un bar de la via Fagare, dites-vous ?

– Oui, un bar, le *Pinetta*. Tu le connais ? »

Vianello détourna un moment les yeux, puis acquiesça. « Je crois, si c'est l'endroit auquel je pense. À la gauche de la gare.

– C'est possible. Je sais qu'il n'est pas loin de la gare, mais c'est la première fois que j'en entends parler.

– Oui, ça ne peut être que là. *Pinetta* ? »

Brunetti acquiesça, attendant que son subordonné en dise davantage.

« Si je ne me trompe pas, il est particulièrement mal famé. Beaucoup de Nord-Africains, de ces *Vous compras* qu'on voit partout. » Vianello marqua une pause, et Brunetti s'attendit à quelques remarques peu amènes sur les vendeurs illégaux qui encombraient les rues de Venise pour fourguer des faux sacs Gucci et des pseudo-statues africaines. Vianello le prit par surprise, cependant, lorsqu'il dit : « Les pauvres diables. »

Cela faisait longtemps que Brunetti avait abandonné tout espoir de relever un minimum de cohérence dans les propos politiques tenus par ses concitoyens, mais il n'était néanmoins pas préparé à une manifestation de sympathie, de la part de Vianello, pour ces vendeurs à la sauvette, les plus méprisés des centaines de milliers d'immigrés qui envahissaient l'Italie, dans l'espoir de se nourrir des miettes tombant sous la table de ce pays riche. Et voilà que cet homme qui non seulement avait voté pour la Lega Nord mais se disait en faveur d'une partition du pays en deux juste au nord de Rome, et allait jusqu'à rêver, dans ses moments de paroxysme, de la construction d'un mur pour contenir les barbares, c'est-à-dire les Africains, car tous étaient des Africains à partir de Rome – voilà que ce même homme parlait de ces mêmes Africains comme de « pauvres diables », l'air tout à fait sincère.

Cette remarque intriguait Brunetti, mais il ne tenait pas à s'y attarder pour le moment. « Avons-nous quelqu'un qui pourrait y passer la soirée ? demanda-t-il à la place.

– Pour y faire quoi, au juste ? voulut savoir Vianello, aussi soulagé que Brunetti de ne pas s'appesantir sur l'autre sujet.

– Y prendre un verre ou deux. Parler avec les gens. Voir qui donne des coups de téléphone. Ou y répond.

– Quelqu'un qui n'aurait pas l'air d'un flic, vous voulez dire ? »

Brunetti acquiesça.

« Pucetti ? proposa Vianello.

– Trop jeune, dit Brunetti en secouant la tête.

– Et probablement trop bon garçon, ajouta aussitôt le sergent.

– À vous entendre, l'endroit a l'air charmant.

– *Pinetta* est le genre de bar où je préfère entrer avec mon arme sur moi », répondit Vianello. Au bout d'un instant, il ajouta, sur un ton faussement désinvolte : « Voilà qui conviendrait mieux à Topa. »

Topa avait pris sa retraite de sergent de la police six mois auparavant, au bout de trente ans de service. Il s'appelait en réalité Romano, mais cela faisant cinquante ans qu'on ne lui donnait pas d'autre nom que Topa, c'est-à-dire depuis l'époque où il était un bébé grassouillet présentant une ressemblance frappante avec le bébé-souris que suggérait ce surnom*. Celui-ci lui était resté, même lorsque, devenu adulte, il fallut lui faire un uniforme sur mesure tant son tour de poitrine était impressionnant. Le surnom, affublé en plus d'une terminaison féminine, était d'une absurde incongruité, mais impossible à changer. Personne, cependant, ne se permettait d'en rire ; et si quelques malintentionnés avaient bien essayé de faire du tort à Topa pendant ses trente ans de service, aucun ne s'était moqué de son surnom.

Comme Brunetti ne réagissait pas, Vianello lui jeta un bref coup d'œil. « Je sais bien ce que vous pensez de lui, dottore », dit-il, ajoutant précipitamment, avant que le commissaire eût le temps de faire un commentaire : « Il ne serait même pas en mission, du moins pas officiellement. Il nous rendrait juste un petit service.

– En allant au *Pinetta* ? »

Vianello acquiesça.

« Ça ne me plaît pas. »

Vianello n'en continua pas moins. « Simplement un retraité qui va prendre un verre ou deux dans un bar, ou faire une partie de cartes... Un policier à la retraite a bien le droit d'aller dans un bar faire une partie de cartes s'il en a envie, non ? enchaîna-t-il, comme Brunetti ne réagissait pas.

– C'est précisément ce que je ne sais pas.

– Quoi ?

– S'il pourrait en avoir envie ou non. »

Aucun des deux, de toute évidence, ne tenait à revenir sur les raisons qui avaient poussé Topa à prendre une retraite anticipée. Un an auparavant, il avait arrêté le fils d'un conseiller municipal, âgé de vingt-trois ans, coupable d'avoir agressé une fillette de huit ans. Arrestation qui avait eu lieu tard le soir, au domicile du jeune

---

* Les Italiens ont judicieusement traduit « Mickey Mouse » par « Topolino ». *(NdT)*

homme, lequel était arrivé à la questure avec le bras gauche et le nez cassés. Topa maintenait que l'inculpé l'avait frappé en tentant de lui échapper ; le jeune homme affirmait que Topa s'était arrêté en chemin, l'avait entraîné dans une ruelle sombre et l'avait battu.

Le policier de service cette nuit-là, au moment où ils arrivèrent à la questure, avait essayé sans succès de décrire l'expression qu'avait eue Topa lorsque son prisonnier s'était mis à raconter sa version des faits. Le jeune homme ne la répéta jamais, et il n'y eut pas d'enquête officielle. Mais quelques jours plus tard, un bruit en provenance du bureau du vice-questeur commença à se répandre, bruit voulant qu'il fût temps pour Topa de prendre sa retraite. Ce qu'il fit, perdant une partie de sa pension. Le jeune homme fut condamné à deux ans d'assignation à résidence. Topa, qui avait une petite-fille âgée de sept ans, ne parla jamais à personne de l'arrestation, de son départ à la retraite ni de ce qui entourait ces événements.

Refusant de s'en tenir à l'expression qu'affichait Brunetti, Vianello demanda : « Dois-je l'appeler ? »

Le commissaire hésita un moment, et c'est avec la plus parfaite mauvaise grâce qu'il répondit : « Bon, d'accord. »

Le sergent se garda bien de sourire. « Il ne rentre pas du travail avant huit heures. Je l'appellerai à ce moment-là.

– Du travail ? » s'étonna Brunetti, sachant qu'il aurait mieux valu fermer les yeux. La loi interdisait aux retraités de travailler ; dans le cas contraire, ils risquaient de perdre leurs droits.

– Oui, du travail. » Vianello n'en dit pas davantage et se leva. « Est-ce qu'il y a autre chose, monsieur ? »

Brunetti n'avait pas oublié que Topa avait fait équipe avec Vianello pendant plus de sept ans et que ce dernier avait voulu donner sa démission lorsqu'on avait forcé son collègue à prendre sa retraite ; il avait fallu toute l'opiniâtreté du commissaire pour lui faire renoncer à cette décision. Aux yeux de Brunetti, Topa n'était pas le genre d'homme méritant que l'on prît pour lui une position morale aussi élevée.

« Non, rien d'autre. En descendant, peux-tu demander à la signorina Elettra de contacter les Télécom pour voir s'ils ne peuvent pas nous communiquer la liste des appels locaux de Trevisan ?

– Le *Pinetta* n'est pas le genre d'établissement auquel téléphone un juriste international », remarqua Vianello.

Ni celui qu'appelle un expert-comptable du calibre de Favero, non plus, songea Brunetti qui préféra garder cette réflexion pour lui. « On verra bien ce qu'il y aura sur les listes », dit-il d'un ton neutre. Vianello attendit un instant, vit que son patron n'ajoutait rien et quitta le bureau, laissant Brunetti spéculer sur les raisons qui pouvaient pousser des gens riches et ayant réussi à appeler des numéros de cabines publiques, en particulier dans des endroits aussi sordides que le *Pinetta*.

13

CE SOIR-LÀ, en l'absence de Raffi, le repas fut animé – ce fut le meilleur euphémisme qui vint à l'esprit de Brunetti – par une confrontation houleuse entre Chiara et sa mère, déclenchée lorsque la jeune fille annonça à son père qu'elle était allée faire ses devoirs de maths chez la meilleure amie de Francesca Trevisan.

Avant que l'adolescente ait eu le temps d'ajouter un mot de plus, Paola frappa vigoureusement sur la table. « Je refuse d'habiter la même maison qu'une espionne ! cria-t-elle.

– Je ne suis pas une espionne, se rebiffa Chiara. Je travaille pour la police. » Elle se tourna vers Brunetti. « N'est-ce pas, papa ? »

L'ignorant, il tendit le bras au-dessus de la table pour attraper la bouteille dans laquelle restait un fond de pinot noir.

« C'est pas vrai ? insista-t-elle.

– Peu importe, rugit Paola, que tu travailles ou non pour la police. C'est impensable, d'aller ainsi extorquer des informations à des amies !

– Mais papa, lui, est toujours en train d'extorquer des informations à ses amis. Il n'est pas un espion pour autant. »

Brunetti prit une gorgée de vin et observa sa femme par-dessus le rebord de son verre, pour voir comment elle allait réagir.

Paola le regarda, mais c'est à Chiara qu'elle s'adressa. « Le problème, ce n'est pas qu'il obtienne des informations de ses amis. Parce que quand il le fait, lui, ils savent qui il est et pour quelle raison il en a besoin.

– Eh bien, mes amies savent qui je suis et elles devraient être capables de comprendre pourquoi j'en ai besoin, rétorqua la gamine dont les joues s'empourpraient lentement.

– Ce n'est pas la même chose, et tu le sais très bien. »

Chiara marmonna quelque chose – *justement, si*, crut comprendre Brunetti, mais sa fille avait la tête penchée sur son assiette vide, et il n'en fut pas sûr.

Paola se tourna vers son mari. « Voudrais-tu expliquer la différence à ta fille, Guido ? » Comme toujours au plus fort d'un différend, prenant exemple sur certaines espèces négligentes de rongeurs, elle abandonnait toute prétention à la maternité et laissait au père le soin de s'occuper des petits.

« Ta mère a raison, dit-il. Lorsque j'interroge les gens, ils savent que je suis un policier, et ils me répondent donc en fonction de cela. Ils savent aussi qu'on pourra leur demander des comptes sur leurs déclarations, ce qui peut les inciter à la prudence, s'ils l'estiment nécessaire.

– Mais est-ce que tu ne pièges jamais les gens ? Ou, enchaîna-t-elle sans lui laisser le temps de répondre, est-ce que tu n'essaies pas, au moins ?

– Il est incontestable que j'ai fait et l'un et l'autre, reconnut-il. N'oublie pas, cependant, que quoi que te disent les gens, cela n'a aucune valeur légale. Ils ont toujours la possibilité de le nier, et ce serait alors ta parole contre la leur.

– Mais pourquoi mentirais-je, moi ?

– Et eux ? répliqua Brunetti.

– Qu'est-ce que ça peut faire, que ce qu'on lui a dit ait une valeur légale ou pas ? demanda Paola, se jetant à nouveau dans la bagarre. Ce n'est pas de ça qu'il est question, mais de trahison. Et, si ceux qui sont assis à cette table m'autorisent à employer le terme, ajouta-t-elle en les regardant tour à tour, d'honneur. »

Chiara, observa Brunetti, arbora son expression *Ça y est, voilà qu'elle est repartie*, et se tourna vers lui pour obtenir son soutien moral, mais il ne bougea pas.

« L'honneur ? demanda Chiara.

– Oui, l'honneur, répondit Paola, soudain calmée, mais pas moins dangereuse pour autant. On n'extorque pas des informations à ses amies. Il est indigne de se servir de ce qu'elles ont dit contre elles. »

Chiara protesta. « Mais rien de ce que m'a dit Susanna ne peut être utilisé contre elle ! »

Paola ferma un instant les yeux, puis prit un morceau de pain qu'elle se mit à réduire en miettes, geste qu'elle avait souvent quand elle s'énervait. « Peu importe que l'on puisse ou non faire usage contre elle de ce qu'elle t'a dit. Ce qu'il est mal de faire... Ce qu'il est mal de faire, répéta-t-elle, c'est de s'arranger pour qu'une amie te confie des choses en tête à tête, et ensuite d'aller les répéter ou d'en faire un usage d'une manière qu'elle n'avait pas à l'esprit lorsqu'elle s'est exprimée. Cela s'appelle trahir la confiance de quelqu'un.

– À t'entendre, on dirait un crime.

– C'est pire qu'un crime, rétorqua Paola. C'est mal.

– Mais pas un crime ? » intervint Brunetti depuis la touche.

Elle fondit sur lui. « Si ma mémoire est bonne, Guido, nous avons eu trois plombiers pendant deux jours à la maison, la semaine dernière. Pourrais-tu me montrer la facture de leurs travaux ? As-tu la preuve que l'argent que nous leur avons donné sera déclaré au fisc, et que des taxes seront payées dessus ? » Comme il ne disait rien, elle insista. « L'as-tu ? » Il s'obstina dans le silence. « C'est un crime, Guido, un crime, mais je te mets au défi, toi et tous ceux de ce gouvernement de porcs puants, de me prouver que c'est mal. »

Il tendit machinalement la main vers la bouteille, mais elle était vide.

« Ça ne te suffit pas ? » demanda Paola qui, comprit-il, ne parlait pas du vin. Il aurait bien aimé répondre que si, mais elle était montée sur ses grands chevaux, maintenant, et sa longue expérience lui disait qu'elle n'allait pas remettre pied à terre tant qu'elle n'en aurait pas terminé. Il regrettait simplement d'avoir fini le vin.

Du coin de l'œil, il vit Chiara se lever et se diriger vers le placard du bas. Elle revint s'asseoir en tenant deux petits verres et une bouteille de grappa, qu'elle poussa sans mot dire devant lui. Sa mère pouvait bien la traiter de tous les noms – traîtresse, espionne, monstre –, cette gosse était un ange.

Il vit Paola adresser un long regard à sa fille et eut le plaisir de remarquer que son expression s'adoucissait, quoique momentanément. Il remplit le verre minuscule, prit une gorgée et soupira.

Paola tendit la main par-dessus la table et prit la bouteille. Elle se servit, but un peu. Le cessez-le-feu tint bon.

« Je ne voulais pas te crier après pour cette histoire, Chiara.

– Oui, mais c'est exactement ce que tu as fait, observa l'adolescente, toujours réaliste.

– Je le sais, et je suis désolée. (Elle prit une autre gorgée.) Tu n'ignores pas que ce sont des choses qui comptent beaucoup pour moi.

– C'est dans tes livres que tu l'as pris, hein ? » demanda simplement Chiara, s'arrangeant pour laisser entendre que la carrière de professeur de littérature anglaise de sa mère avait, de quelque façon mystérieuse, exercé une influence pernicieuse sur son épanouissement moral.

Les deux parents cherchèrent en vain une trace de sarcasme ou de dédain dans le ton avec lequel elle avait lancé cette remarque, mais leur fille ne cherchait sincèrement qu'à s'informer.

« C'est probable, admit Paola. Ceux qui ont écrit ces livres savent ce qu'est l'honneur ; c'était quelque chose d'important pour eux. » Elle se tut, songeant à ce qu'elle venait de dire. « Mais pas seulement pour eux, les écrivains ; toute leur société estimait que certaines choses étaient importantes : l'honneur, la bonne renommée d'une personne, la parole donnée.

– Moi aussi, je trouve que ce sont des choses importantes, maman, dit Chiara, soudain très petite fille.

– Je n'en doute pas. Et moi aussi, et Raffi aussi, et ton père aussi. Mais elles ne sont pas importantes pour notre monde. Elles ne le sont plus.

– C'est pour ça que tu aimes tellement ces livres, maman ? »

Paola sourit et, pensa Brunetti, descendit enfin de ses grands chevaux pour répondre.

« Je suppose, *cara*. Sans compter que je dois mon poste à l'université à la connaissance que j'en ai. »

Le pragmatisme de Brunetti se heurtait depuis plus de vingt ans aux diverses formes que prenait l'idéalisme de Paola, et il avait toujours cru que *ces livres* représentaient pour elle bien plus que l'assurance d'un travail.

« Tu as beaucoup de devoirs à faire ce soir, Chiara ? » demanda Brunetti. Il pourrait lui demander plus tard, sinon demain matin, ce qu'elle avait appris auprès de l'amie de Francesca. Comprenant que c'était une façon polie de la congédier, elle répondit qu'elle en avait, en effet, et partit dans sa chambre, laissant ses parents poursuivre, s'ils le voulaient, cette discussion sur l'honneur.

« Je n'aurais jamais cru qu'elle prendrait mon offre aussi au sérieux, Paola. Pas jusqu'au point d'aller poser des questions aux gens », déclara Brunetti en manière d'explication, sinon, au moins en partie, d'excuse.

« Ce ne sont pas les informations qu'elle a pu obtenir qui me gênent, mais la manière dont elle s'y est prise qui ne me plaît pas. » Elle but une gorgée de grappa. « Crois-tu qu'elle ait compris ce que je voulais dire ?

– À mon avis, elle a compris tout ce que nous avons dit. Je ne suis pas sûr qu'elle soit d'accord avec tout, mais je ne doute pas qu'elle l'ait compris. » Puis, revenant à ce que Paola venait de dire, il demanda : « Aurais-tu d'autres exemples de choses qui seraient criminelles mais pas mal ? »

Elle fit tourner le petit verre entre les paumes de ses mains. « Ce ne serait pas bien difficile, étant donné les lois délirantes de ce pays. Il est bien plus difficile d'imaginer des choses qui sont mal, mais pas criminelles.

– Comme quoi, par exemple ?

– Laisser ses enfants regarder la télévision, répondit-elle avec un petit rire, apparemment lassée du sujet.

– Non, dis-moi, Paola, insista-t-il, intéressé. J'aimerais que tu me donnes un exemple. »

Avant de répondre, elle posa un doigt contre la bouteille d'eau minérale en verre. « Je sais que tu es fatigué de m'entendre le répéter, Guido, mais j'estime que les bouteilles en plastique, c'est mal, alors que leur emploi n'est certainement pas criminel. Cependant, ajouta-t-elle vivement, il n'est pas exclu qu'il le devienne dans quelques années. Si nous avons le moindre bon sens, évidemment.

– J'espérais un exemple plus noble. »

Elle réfléchit un moment. « Si nous avions élevé les enfants dans la croyance que la richesse de ma famille leur donnait des privilèges particuliers, nous aurions mal fait. » Il fut surpris que Paola choisisse cet exemple ; elle faisait rarement allusion à la fortune de ses parents, sauf pour la citer comme le type même de l'injustice sociale, lorsqu'une discussion politique dégénérait en prise de bec.

Ils échangèrent un regard mais, avant que Brunetti ait eu le temps de dire quelque chose, Paola continua. « Je ne suis pas sûre que cet exemple soit tellement plus noble, pourtant je crois que si je parlais avec mépris de toi, ce serait mal.

– Tu parles toujours avec mépris de moi, répliqua Brunetti avec un sourire un peu forcé.

– Non, Guido. J'adopte un ton méprisant en te parlant, à toi. C'est différent. Jamais je ne dirais la même chose en parlant de toi.

– Parce que ce serait déshonorant ?

– Précisément, dit-elle avec un sourire.

– Et ça ne l'est pas de me le dire à moi ?

– Bien sûr que non, en particulier si c'est vrai. Parce que cela reste entre nous, Guido, et que cela ne regarde en rien le reste du monde. »

Il reprit la bouteille de grappa. « J'ai l'impression qu'il est de plus en plus difficile de faire la différence, observa-t-il.

– Entre quoi et quoi ?

– Entre ce qui est mal et ce qui est criminel.

– Qu'est-ce qui te le fait penser, Guido ?

– Je ne sais pas très bien. Peut-être, comme je viens de te le dire, le fait que nous ne croyons plus aux anciennes valeurs, et que nous n'en avons pas trouvé de nouvelles ou d'autres pour les remplacer. »

Elle hocha la tête, méditant là-dessus.

« Et on a rejeté toutes les règles anciennes, poursuivit-il. Depuis cinquante ans, depuis la fin de la guerre, tout a été mis à bas. Par le gouvernement, par l'Église, par les partis politiques, par l'industrie et l'économie, par les militaires.

– Et par la police ?

– Oui, répondit-il sans la moindre hésitation, aussi par la police.

– Tu ne veux tout de même pas la quitter ? »

Il haussa les épaules et se resservit un peu de grappa. Elle attendit. « Il faut bien que quelqu'un essaie », dit-il finalement.

Elle se pencha sur la table et, lui prenant la joue dans le creux de ses mains, attira le visage de son mari à elle. « Si jamais je me permets de te faire encore un cours sur l'honneur, Guido, tu es autorisé à me frapper à coups de bouteille, d'accord ? »

Il tourna la tête et lui embrassa la main. « D'accord, à condition que tu me permettes d'en acheter en plastique. »

Deux heures plus tard, alors que Brunetti bâillait en lisant l'*Histoire secrète* de Procope, le téléphone sonna.

« Brunetti, dit-il en consultant sa montre.

– C'est Alvise, commissaire. Il m'a dit de vous appeler.

– Qui ça, t'a dit de m'appeler, Alvise ? » Il alla pêcher un vieux billet de vaporetto au fond de sa poche pour marquer la page du livre. Les coups de téléphone d'Alvise avaient tendance à être longs ou fumeux. Voire les deux.

« Le sergent, monsieur.

– Quel sergent, policier ? » demanda Brunetti. Cette fois, il referma le livre et le posa de côté.

« Le sergent Topa, monsieur. »

Une alerte retentit dans la tête de Brunetti. « Et pourquoi t'a-t-il demandé de m'appeler ?

– Parce qu'il voudrait vous parler, monsieur.

– Et pour quelle raison ne le fait-il pas lui-même ? Mon nom est dans l'annuaire, il me semble.

– Il ne peut pas, monsieur.

– Il ne peut pas ?

– Le règlement l'interdit.

– Mais quel règlement ? commença à s'énerver Brunetti, dont l'agacement devenait perceptible.

– Le règlement d'ici, monsieur.

– Où, ici, à la fin ?

– À la questure. Je suis de nuit, monsieur.

– Et qu'est-ce que le sergent Topa fiche là ?

– Il a été arrêté, monsieur. Ce sont les gars de Mestre qui l'ont ramassé, puis ils se sont rendu compte de ce qu'il était, enfin, de ce qu'il avait été. Sergent dans la police, je veux dire. Alors ils l'ont renvoyé ici. Ils lui ont dit qu'il pouvait venir tout seul. Ils nous ont appelés pour dire qu'il arrivait, mais ils ne l'ont pas accompagné.

– Si je comprends bien, le sergent Topa s'est arrêté lui-même ? »

Alvise réfléchit quelques instants avant de répondre. « C'est quelque chose comme ça, monsieur. D'ailleurs, je ne sais pas comment remplir le formulaire, à la question *Responsable de l'arrestation*. »

Brunetti éloigna un instant le téléphone de son oreille, puis le reprit et demanda : « Et pour quelle raison a-t-il été arrêté, Alvise ?

– Il a pris part à une bagarre, monsieur.

– Où ça ? voulut savoir Brunetti, qui avait cependant déjà son idée sur la réponse.

– À Mestre.

– Et avec qui s'est-il bagarré ?

– Un étranger.

– Et l'étranger, où est-il, lui ?

– Il est parti, monsieur. Ils se sont bagarrés, et l'étranger est parti.

– Comment sais-tu qu'il s'agit d'un étranger ?

– C'est ce que m'a dit le sergent Topa. Il avait un accent étranger.

– Mais si cet étranger est parti, qui a déposé plainte contre Topa, Alvise ?

– Je me dis que c'est pour cette raison que les gars de Mestre nous l'ont envoyé, monsieur. Ils ont sans doute pensé que nous saurions ce qu'il fallait faire.

– La police de Mestre t'a-t-elle demandé de remplir une déclaration d'arrestation ?

– Eh bien... non, monsieur, répondit Alvise après un silence particulièrement prolongé. Ils ont simplement dit à Topa de revenir ici et de faire un rapport sur ce qui s'était passé. Je n'avais que des formulaires d'arrestation sur la table, alors j'ai pensé que c'était ce qu'il fallait utiliser.

– Mais pourquoi ne l'as-tu pas laissé m'appeler ?

– Eh bien, il a commencé par appeler sa femme, et je sais qu'ils n'ont droit qu'à un seul coup de téléphone, commissaire.

– Ça, c'est à la télé, Alvise, à la télé américaine, répondit Brunetti, déployant de grands efforts pour ne pas perdre patience. Où se trouve le sergent Topa, en ce moment ?

– Il est allé se chercher un café.

– Pendant que tu remplissais ton constat ?

– Oui, monsieur. Il m'a semblé qu'il valait mieux le faire tant qu'il n'était pas là.

– Quand le sergent Topa sera de retour – il revient bien, n'est-ce pas ?

– Oh, oui, monsieur. Je lui ai dit de revenir. Enfin, je lui ai demandé et il m'a dit qu'il le ferait.

– Quand il sera de retour, dis-lui de ne pas bouger. J'arrive. » Sachant qu'il ne pourrait en supporter davantage, Brunetti raccrocha sans attendre la réponse d'Alvise.

Vingt minutes plus tard, après avoir expliqué à Paola qu'il lui fallait passer à la questure pour régler un petit problème, il se rendait directement dans la salle réservée aux policiers en tenue. Alvise était assis à un bureau, le sergent Topa en face de lui. L'homme, en un an, n'avait absolument pas changé. Il était petit, mais le torse en barrique ; le néon faisait briller sa calvitie, presque intégrale. Il tenait sa chaise en équilibre sur les pieds arrière et avait les bras croisés. Il leva la tête à l'arrivée de Brunetti, l'étudia un instant, l'œil sombre sous des sourcils noirs buissonnants, et laissa retomber bruyamment sa chaise. Puis il se leva et tendit la main à Brunetti : il n'était plus sergent de la police, mais un civil qui s'adressait d'égal à égal au commissaire et pouvait donc lui serrer la main. À ce geste, Brunetti se trouva de nouveau envahi du sentiment d'aversion que lui avait toujours inspiré le sergent, chez qui la violence mijotait toujours sous une surface paisible, un peu comme une assiettée de polenta n'attend que l'occasion de brûler la langue du convive trop pressé.

« Bonsoir, sergent, dit Brunetti en lui serrant la main.

– Commissaire », répondit-il, laconique.

Alvise se leva et regarda tour à tour les deux hommes, sans rien dire.

« On pourrait peut-être monter dans mon bureau, suggéra Brunetti.

– D'accord », dit Topa.

Brunetti alluma en entrant mais ne prit pas la peine d'enlever son manteau, espérant ainsi signifier à l'ancien policier qu'il n'avait pas beaucoup de temps à consacrer à l'affaire, et alla s'asseoir derrière son bureau. Topa s'installa sur une chaise.

« Eh bien ? demanda le commissaire.

– Vianello m'a appelé et m'a demandé d'aller faire un tour au *Pinetta*. J'en avais entendu parler, mais je n'y avais jamais mis les pieds. Ce qu'on racontait ne m'avait pas plu.

– Et qu'est-ce qu'on t'avait raconté ?

– Des tas de Noirs. Et des Slaves. Les Slaves sont encore pires. » Brunetti, qui avait tendance à être d'accord avec cette remarque, ne fit pas de commentaires.

Constatant qu'on n'allait pas le prier davantage de raconter son histoire, Topa renonça à ses commentaires sur les différences nationales et raciales et poursuivit. « J'ai commandé un verre de vin. Trois types jouaient aux cartes à une table, et j'ai été les regarder. Personne n'a eu l'air de s'en formaliser. J'ai repris du vin, et j'ai commencé à parler à un autre homme, au bar. L'un des types qui jouaient aux cartes s'en est allé, alors j'ai pris sa place et j'ai joué quelques parties. J'ai perdu environ dix mille lires, mais le joueur est revenu et je suis retourné au bar prendre un autre verre de vin. » Brunetti avait comme l'impression que Topa aurait eu une soirée bien plus passionnante en restant chez lui à regarder la télévision.

« Et cette bagarre, Topa ?

– J'y viens. Au bout d'environ un quart d'heure, un des types a quitté la partie de cartes et les autres m'ont demandé si je ne voulais pas prendre sa place. J'ai dit que non, mais l'homme qui était au bar avec moi est allé jouer quelques donnes. Puis l'homme qui était parti est revenu prendre un verre au bar. On a commencé à parler, et il m'a demandé si je voulais une femme. Je lui ai répondu que j'avais pas besoin de payer pour ça, qu'il y en avait plein que l'on pouvait avoir gratis, et lui m'a dit peut-être, mais pas des comme celles que lui pourrait me faire avoir.

– C'est-à-dire ?

– Il m'a affirmé qu'il pouvait me procurer des filles, des très jeunes filles. Je lui ai répondu que ça ne m'intéressait pas, que je préférais les femmes, les vraies femmes, à ce que lui me proposait. Alors il s'est mis à rire et a crié quelque chose, en slave, je crois, à un des types qui jouaient aux cartes. Ils ont ri. C'est à ce moment-là que je l'ai cogné.

– On t'avait demandé d'aller là-bas pour essayer de rapporter des informations, pas pour déclencher une bagarre, lui fit remarquer Brunetti sans chercher à dissimuler son irritation.

– On ne se paie pas ma tête comme ça, répondit Topa, sa voix prenant les intonations coléreuses et tendues dont Brunetti se souvenait.

– Crois-tu qu'il était sérieux ?

– Qui ?

– L'homme du bar. Celui qui t'a offert les filles.

– Je ne sais pas. C'est possible. Il n'avait pas l'air d'un maquereau, mais avec les Slaves, on ne sait jamais.

– Est-ce que tu le reconnaîtrais, si tu le revoyais ?

– Il a le nez cassé. Il ne doit pas être difficile à repérer.

– Tu en es certain ?

– De quoi ?

– Du nez.

– Bien sûr, que j'en suis certain, répondit Topa en levant la main droite. J'ai senti le cartilage se briser.

– Et tu le reconnaîtrais ? Même sur une photo ?

– Oui.

– Très bien, sergent. Il est trop tard pour faire quelque chose maintenant. Reviens demain matin regarder les photos, voir si tu le reconnais.

– Je croyais qu'Alvise voulait m'arrêter. »

Brunetti agita la main comme s'il chassait une mouche. « N'en parlons plus.

– On ne me parle pas comme ça, marmonna Topa entre ses dents.

– Demain matin, sergent », lui rappela Brunetti.

Topa lui adressa un coup d'œil qui rappela à Brunetti l'histoire de la dernière arrestation effectuée par l'ex-policier, se leva et quitta le bureau en laissant la porte ouverte derrière lui. Brunetti attendit dix minutes avant de partir à son tour. Il avait commencé à pleuvoir, le premier petit crachin glacé de l'hiver, mais il accueillit avec plaisir la sensation de froid qui venait lui fouetter le visage, après l'avoir senti s'échauffer sous l'effet du dégoût que lui avait inspiré Topa.

14

DEUX JOURS PLUS TARD, mais non sans que Brunetti eût été obligé de formuler une requête officielle, les Télécom de Venise donnaient à la police la liste des appels locaux effectués depuis le domicile et le bureau de Trevisan dans les six mois qui avaient précédé sa mort. Comme Brunetti s'y était attendu, certains de ces appels avaient eu le *Pinetta* pour destinataire ; ils ne présentaient cependant aucune régularité. Il vérifia la liste des appels longue distance adressés à la cabine téléphonique de Padoue, mais il ne trouva aucune correspondance entre les dates ou les heures des uns et des autres.

Il disposa les deux listes côte à côte sur son bureau et les étudia. Les appels locaux, contrairement aux autres, comprenaient aussi le nom et l'adresse de la personne qui avait souscrit à l'abonnement ; ces renseignements formaient une longue colonne, sur la droite, et se répartissaient sur plus de trente pages de numéros. Il entreprit de les lire, mais y renonça au bout de quelques minutes.

Il prit le document et quitta son bureau pour aller rejoindre le minuscule local de la signorina Elettra. La table installée devant la fenêtre paraissait neuve, mais c'était toujours le même vase soufflé à la main de Venini qui était posé dessus, rempli aujourd'hui de simples anémones multicolores, remarquables cependant par leur vivacité inégalable.

Pour être à la hauteur, la signorina Elettra portait un

foulard qui avait subtilisé le secret de sa couleur à un canari. « Bonjour, commissaire, dit-elle avec un sourire qui n'avait rien à envier à la gaieté des fleurs.

– Bonjour, signorina. J'ai un petit problème à vous soumettre. » D'un signe de tête amical vers l'ordinateur, il lui indiqua que le « vous » était à prendre au pluriel.

« Ça ? demanda-t-elle avec un coup d'œil pour les feuilles d'imprimantes qu'il tenait à la main.

– Oui. C'est la liste des coups de fil de Trevisan... enfin », ajouta-t-il, incapable de cacher la colère qu'il ressentait d'avoir eu à attendre aussi longtemps que les instances officielles consentissent à divulguer leurs informations.

« Oh, vous auriez dû me dire que vous les vouliez rapidement, commissaire.

– Un ami aux Télécom ? » demanda-t-il. L'étendue des relations de la signorina Elettra ne le surprenait plus.

« Oui, Giorgio, répondit-elle, sans s'expliquer davantage.

– Est-ce que vous pensez qu'il pourrait... »

Elle sourit et tendit la main. Il lui donna le document.

« Je voudrais que cette liste soit refaite en fonction de la fréquence des appels. »

La jeune femme prit une note sur son carnet. Son sourire suggérait que ce serait un jeu d'enfant. « Rien d'autre ?

– Si. J'aimerais savoir combien de ces numéros correspondent à des endroits publics : bars, restaurants, cabines téléphoniques. »

Nouveau sourire, nouvelle note. « C'est tout ?

– Non. Je serais ravi d'obtenir le numéro de l'assassin. » S'il s'était attendu à ce qu'elle prenne aussi cela en note, il fut déçu. « Je suppose cependant que ce ne sera pas possible, ajouta-t-il avec un sourire.

– Je ne le pense pas non plus, mais il figure peut-être sur la liste », répondit-elle avec un geste vers les feuilles.

Non seulement c'est possible, mais probable, pensa-t-il.

« Combien faudra-t-il de temps, d'après vous ? » En posant la question, il avait pensé en termes de jours.

La signorina Elettra consulta sa montre et alla jusqu'à la fin de la liasse pour se faire une idée du nombre de pages. « Si Giorgio est au bureau aujourd'hui, on pourrait l'avoir cet après-midi.

– Comment diable... ? laissa échapper Brunetti, sans avoir le temps de faire preuve de plus de flegme.

– J'ai fait installer un modem sur le poste du vice-questeur », expliqua-t-elle avec un geste vers une boîte métallique posée à quelques centimètres du téléphone. « Il suffit à Giorgio de rassembler les informations, de les programmer de manière à ce qu'elles se redisposent selon l'ordre voulu, et de les envoyer ensuite directement à mon imprimante... Les numéros arriveront organisés en fonction des fréquences d'appel, les dates et heures figureront ensuite. Voulez-vous savoir combien de temps ont duré les appels ? » Le stylo en suspens au-dessus de son carnet, elle attendit sa réponse.

« Volontiers. Et croyez-vous qu'il pourrait m'avoir la liste des appels faits depuis le téléphone public du bar de Mestre ? »

Elle acquiesça sans rien dire, écrivant toujours.

« Cet après-midi ? reprit Brunetti.

– Si Giorgio est là, certainement. »

Lorsque Brunetti la quitta, elle prenait son téléphone, sans aucun doute pour contacter le fameux Giorgio et, de connivence avec lui et l'appareil rectangulaire relié à son ordinateur, sauter tous les obstacles administratifs dressés par les Télécom pour protéger leurs informations – sans compter, éventuellement, toutes les lois obligeant à présenter un mandat explicite d'un juge pour les obtenir.

De retour dans son bureau, il rédigea un bref rapport à l'intention de Patta, auquel il prit la peine de joindre un aperçu de ce qu'il comptait faire les jours suivants. La première partie de l'exercice se révéla frustrante, tandis que la deuxième exigea de lui une bonne mesure d'imagination et d'optimisme ; il espérait cependant que cela suffirait à calmer le vice-questeur pour quelque temps. Cela fait, il téléphona à Ubaldo Lotto ; il lui expliqua qu'il avait besoin d'informations sur les activités de juriste de Trevisan et qu'il voulait le voir l'après-midi même. Après quelques hésitations et non sans avoir insisté sur le fait qu'il ne savait rien de ces activités juridiques, n'en connaissant que les aspects financiers, Lotto accepta à contrecœur de recevoir le policier à 17 h 30.

Le cabinet du comptable se trouvait comme par hasard dans le même bâtiment et au même étage que celui de feu l'avocat Trevisan, sur la via XXII Marzo, au-dessus de la Banca Commerciale d'Italia ; un homme d'affaires n'aurait pu rêver d'une meilleure adresse, à Venise. Brunetti s'y présenta quelques minutes avant l'heure du rendez-vous. On l'introduisit dans des bureaux qui ressemblaient tellement aux stéréotypes de ce genre d'endroit qu'un jeune et brillant réalisateur de télévision n'aurait pas hésité un instant à les choisir pour un scénario mettant en scène un jeune expert-comptable dynamique. Dans un espace qui faisait à peu près la moitié d'un court de tennis, on comptait huit bureaux, disposant chacun d'un terminal d'ordinateur, et tous entourés de paravents en toile vert tendre de moins d'un mètre cinquante de haut. Trois jeunes femmes et cinq jeunes gens étaient installés devant les écrans ; Brunetti trouva intéressant qu'aucun d'eux ne prît la peine de relever la tête à son passage, tandis qu'il suivait l'homme qui l'avait accueilli à la porte.

Son guide s'arrêta devant une porte, frappa deux coups, ouvrit sans attendre de réponse et tint le battant ouvert pour Brunetti. Lotto se tenait devant un grand placard ouvert, sur le mur du fond ; penché sur une étagère, il semblait chercher quelque chose. Le policier entendit la porte se refermer derrière lui et il se tourna pour voir si le jeune homme l'avait suivi à l'intérieur ou non. C'était non. Quand il revint à Lotto, ce fut pour constater que l'homme s'était redressé et tenait maintenant une bouteille de vermouth doux dans une main et deux petits verres dans l'autre.

« Voulez-vous boire quelque chose, commissaire ? J'ai l'habitude de prendre un verre à peu près à cette heure.

– Volontiers, répondit Brunetti, bien qu'il détestât les boissons sucrées. Avec plaisir. » Il sourit et Lotto lui fit signe de passer de l'autre côté de la pièce, où attendaient deux fauteuils à côté d'une table basse à pieds fins.

Lotto servit deux rations généreuses et apporta les verres. Brunetti prit celui qu'il lui tendait, le remercia, mais attendit que son hôte ait posé la bouteille sur la table et se soit installé avant de lever son verre et, affichant son sourire le plus engageant, de dire : « Tchin-tchin. » Le liquide sirupeux lui englua la langue et la gorge, laissant derrière lui un épais dépôt. L'alcool disparaissait au milieu de la douceur écœurante du sucre ; il avait l'impression d'avaler un mélange d'eau de toilette et de sirop d'abricot.

On ne pouvait voir, à travers les fenêtres, que les immeubles situés de l'autre côté de la rue, mais Brunetti n'en félicita pas moins Lotto pour ses bureaux. « Très élégant », dit-il.

L'expert-comptable leva son verre comme s'il repoussait le compliment. « Merci, dottore. Nous nous sommes efforcés de leur donner un aspect qui puisse faire penser à nos clients que leurs affaires sont dans de bonnes mains, et que nous savons comment les traiter.

– Ce ne doit pas être facile », avança Brunetti.

Une ombre traversa le visage de Lotto, pour disparaître aussitôt, emportant une partie de son sourire. « Je me demande si je vous ai bien compris, commissaire. »

Brunetti prit un air honteux, celui de quelqu'un qui a du mal à s'exprimer et qui, une fois de plus, a gaffé. « Je veux dire, avec toutes ces nouvelles lois, signor Lotto. Ce doit être très difficile de les comprendre et de savoir comment elles s'appliquent. Depuis que le nouveau gouvernement les a changées, mon comptable personnel a dû reconnaître qu'il n'était pas très sûr de ce qu'il devait faire, ni même de la façon dont il fallait remplir les formulaires. » Il reprit une gorgée de son verre – minuscule, cette fois, une gorgée de moineau, en vérité, et poursuivit : « Évidemment, mes revenus sont loin d'être compliqués au point de pouvoir créer la moindre confusion, mais j'imagine que vous devez avoir plusieurs clients dont les finances méritent l'attention d'un expert. » Nouvelle gorgée d'oiseau. « Évidemment, je ne comprends rien à ces choses, reprit-il en se permettant de jeter un coup d'œil à son vis-à-vis, lequel paraissait l'écouter attentivement. C'est pour cette raison que j'ai tenu à vous rencontrer, pour savoir si vous ne pourriez pas me donner les informations que vous jugeriez importantes sur les finances de maître Trevisan. Vous étiez son expert-comptable, si j'ai bien compris, et son homme d'affaires ?

– Oui », répondit Lotto, laconique. Puis d'un ton neutre il ajouta : « Et quel genre d'informations ? »

Brunetti sourit et eut un geste, mains ouvertes, doigts en étoile. « C'est précisément ce que je ne sais pas et la raison de ma présence ici. Étant donné que maître Trevisan vous confiait l'administration de ses finances, j'ai pensé que vous pourriez me dire si l'un de ses clients – je ne sais pas très bien comment formuler cela – n'aurait pas eu des raisons de ne pas être satisfait de son avocat.

– *De ne pas être satisfait*, commissaire ? »

Brunetti regarda ses genoux – jouant toujours le maladroit pris au piège de ses difficultés avec le langage, autrement dit une personne que le comptable pouvait s'imaginer tout aussi inepte en tant que policier.

Lotto finit par rompre le silence qui se prolongeait. « J'ai bien peur de ne toujours pas comprendre », admit-il. La sincérité un peu trop voyante de sa confusion fit plaisir à Brunetti, car elle suggérait que l'homme se croyait en compagnie de quelqu'un n'ayant pas l'habitude des choses complexes ou subtiles.

« Eh bien, signor Lotto, étant donné que nous n'avons pas de mobile pour ce meurtre...

– Ce n'était pas un vol ? l'interrompit Lotto, soulevant un sourcil étonné.

– Rien ne lui a été pris, signore.

– Mais le voleur aurait très bien pu être dérangé, non ? Surpris ? »

Brunetti donna à cette suggestion toute la considération qu'elle aurait méritée si personne n'y avait jamais pensé, comme il tenait fort à le faire croire à Lotto.

« C'est toujours possible », répondit-il, parlant comme à un égal. Il hocha la tête, l'air de méditer cette nouvelle éventualité. Puis, avec un entêtement de mulet, il revint à sa première hypothèse. « Mais si ce n'était pas le cas ? Si nous avons affaire à un meurtre délibéré, le mobile est alors à trouver dans son activité professionnelle. » Brunetti se demanda si l'autre n'allait tout de même pas couper court, devant la pesante lenteur avec laquelle avançait sa pensée, pour en arriver à la possibilité suivante, à savoir que le mobile fût à chercher dans la vie personnelle de Trevisan.

« Laisseriez-vous entendre qu'un client aurait pu accomplir un tel geste ? » demanda Lotto d'un ton qui dégoulinait d'incrédulité. Manifestement, ce policier n'avait aucune idée du genre de personnes avec lesquelles traitait Trevisan.

« Je sais bien que cela est peu probable, répondit Brunetti avec un sourire qu'il espéra nerveux. Mais il est possible que le signor Trevisan, en sa capacité d'avocat, ait eu en sa possession des informations dangereuses pour lui.

– Des informations sur un de ses clients ? C'est ce que vous suggérez, commissaire ? » Le ton exagérément choqué de Lotto était la preuve de sa certitude de pouvoir manipuler le policier.

« Oui.

– Impossible. »

Brunetti eut un nouveau petit sourire. « Je me rends bien compte que c'est difficile à admettre, mais il nous faut néanmoins consulter, ne serait-ce que pour exclure cette possibilité, la liste des clients du signor Trevisan, et j'ai pensé qu'en votre capacité d'homme d'affaires, vous pourriez nous la procurer.

– Allez-vous les mêler à cette histoire ? demanda Lotto faisant tout pour que Brunetti perçoive une indignation outragée dans son ton.

– Je vous assure que nous ferons tout ce qui est en notre pouvoir pour veiller à ce qu'ils ne sachent jamais que nous sommes en possession de leurs noms.

– Et si on ne vous fournissait pas ces noms ?

– Nous nous verrions dans l'obligation de demander un mandat à la cour. »

Lotto vida son verre et le posa sur la table basse. « Je suppose que je dois pouvoir vous en faire préparer une. » Sa répugnance était perceptible. Après tout, c'était à la police qu'il avait affaire. « Je tiens cependant à ce que vous gardiez présent à l'esprit le fait que ce sont des personnes qui n'ont pas l'habitude d'être soumises aux investigations de la police. »

En temps normal, Brunetti lui aurait fait remarquer que, depuis quelques années, la police soumettait surtout ce genre de personnes à ses investigations, mais il préféra garder cette repartie pour lui. « J'en suis bien conscient, signor Lotto », dit-il à la place.

L'expert-comptable s'éclaircit la gorge. « Ce sera tout ?

– Oui. » Brunetti fit tourbillonner le reste de liquide dans son verre, le regardant escalader la paroi et redescendre. « Il y avait bien un autre détail, mais je me demande si cela vaut la peine d'en parler. » La viscosité du liquide le faisait s'accrocher au verre.

« Quoi donc ? demanda Lotto, qui ne s'intéressait plus réellement à la conversation, du moment qu'était réglée la raison principale de la venue du policier.

– Rino Favero », dit Brunetti, lâchant le nom dans la pièce avec la légèreté d'un papillon qui voltige sans bruit dans les courants d'air.

« Quoi ? » s'exclama Lotto avec un étonnement trop fort pour être contenu. Satisfait, Brunetti cilla de la manière la plus bovine et regarda à nouveau le liquide qui engluait son verre. Lotto transforma sa question en un « Qui donc ? » plus neutre.

« Favero. Rino Favero. Il était expert-comptable, lui aussi. À Padoue, je crois. Je me demandais si vous ne l'auriez pas connu, signor Lotto.

– C'est un nom que j'ai pu entendre. Pourquoi me posez-vous la question ?

– Il est mort il y a peu. De ses propres mains. » Il semblait à Brunetti que c'était le genre d'euphémisme qu'on attendait d'un homme ayant sa position sociale pour parler du suicide d'un personnage comme Favero. Il se tut, attendant de voir si la curiosité de Lotto ne serait pas la plus forte.

« Pourquoi me posez-vous la question ?

– J'ai pensé que si vous l'aviez connu, ce serait un moment difficile pour vous – perdre deux amis en aussi peu de temps.

– Non, je ne le connaissais pas. Pas personnellement, en tout cas. »

Brunetti secoua la tête. « C'est bien triste.

– Oui », répondit Lotto d'un ton indifférent. Il se leva. « Encore autre chose, commissaire ? »

Brunetti se leva à son tour, regarda autour de lui comme s'il ne savait où poser son verre inachevé et laissa l'homme d'affaires le lui prendre et le placer à côté de l'autre, sur la table. « Non. Seulement la liste des clients.

– Demain, ou après-demain. » Lotto se dirigea vers la porte.

Le policier se dit que ce serait sans doute plutôt après demain que demain, mais cela ne l'empêcha pas de tendre la main à l'expert-comptable ni de se répandre en remerciements pour sa bonne volonté et le temps qu'il lui avait consacré.

Lotto raccompagna Brunetti jusqu'à l'entrée de ses bureaux, lui serra de nouveau la main et referma le battant derrière lui. Sur le palier, le commissaire s'arrêta un instant pour étudier la discrète plaque de cuivre apposée à droite de la porte en face : C. TREVISAN, AVVOCATO. Il ne doutait pas que la même atmosphère d'activité industrieuse régnait aussi derrière ces murs, et était maintenant convaincu qu'il y avait bien davantage que la proximité physique et le type de décoration qui rapprochaient les deux cabinets, tout comme il était certain qu'ils avaient l'un et l'autre un rapport avec Rino Favero.

15

LE LENDEMAIN MATIN, Brunetti trouva sur son bureau un fax du capitaine della Corte, de la police de Padoue : la copie du dossier de Rino Favero dont la mort, du moins aux yeux de la presse et du public, aurait eu le suicide pour cause. Il n'en apprit guère plus, par rapport à ce que della Corte lui avait dit par téléphone ; en revanche, il trouva intéressant ce que révélait le dossier sur la situation apparente de Favero dans la société et le monde des affaires de Padoue, ville provinciale riche et endormie à une demi-heure de Venise.

Spécialisé dans le droit des sociétés, Favero dirigeait un cabinet comptant sept employés et jouissait d'une excellente réputation, non seulement à Padoue mais dans toute la province. Sa clientèle comprenait, en plus d'une bonne partie des principaux hommes d'affaires de cette région riche d'industries, les doyens de trois facultés de l'université, l'une des meilleures d'Italie. Brunetti reconnut les noms de nombre des entreprises dont Favero gérait les finances, ainsi que ceux de plusieurs de ses clients privés. Il n'avait apparemment aucune spécialité : industries chimiques, ateliers du cuir, agences de voyages ou de travail temporaire, faculté des sciences faisaient appel à lui, et Brunetti ne voyait pas quel rapport pouvait exister entre eux.

Nerveux, désireux d'en découdre ou au moins de bouger, il songea un moment à se rendre à Padoue pour s'entretenir avec della Corte, pour finir par décider de lui téléphoner. Cela lui rappela que le capitaine avait insisté pour qu'il ne parle de Favero à personne d'autre que lui, avertissement qui laissait entendre que l'affaire présentait d'autres ramifications – jusque dans la police de Padoue, peut-être – dont della Corte avait préféré ne pas lui parler tout de suite.

« Della Corte, répondit le capitaine après avoir décroché dès la première sonnerie.

– Bonjour, capitaine. Brunetti, de Venise.

– Bonjour, commissaire.

– Je vous appelais pour savoir si vous aviez du nouveau, de votre côté.

– Il y en a.

– Sur Favero ?

– Oui, répondit laconiquement della Corte, avant d'ajouter : il semble que vous et moi ayons des amis communs, dottore.

– Ah bon ? fit Brunetti, surpris par cette remarque.

– Après notre entretien, hier, j'ai passé quelques coups de fil à un certain nombre de personnes. »

Brunetti ne dit rien.

« J'ai mentionné votre nom en passant. »

En passant, Brunetti en doutait. « Quelles personnes ?

– Riccardo Fosco, entre autres. À Milan.

– Ah, et comment va-t-il ? » demanda Brunetti, même s'il aurait préféré connaître la raison pour laquelle della Corte avait appelé un journaliste d'investigation pour lui parler d'un commissaire de police de Venise – le coup de téléphone à Fosco n'avait pas été donné par hasard.

« Il m'a dit un certain nombre de choses sur vous. Toutes en votre faveur. »

Encore deux ans auparavant, si on avait dit à Brunetti qu'un policier jugerait qu'il valait mieux appeler un journaliste pour savoir si l'on pouvait ou non faire confiance à un autre policier, il aurait été choqué ; aujourd'hui, il ne ressentait qu'un désespoir amer à l'idée qu'ils en étaient réduits à cela. « Et comment va Riccardo ? demanda-t-il d'un ton neutre.

– Bien, très bien. Il vous envoie ses amitiés.

– Il s'est marié ?

– Oui, l'an dernier.

– Vous faites partie de la chasse ? » voulut savoir Brunetti, allusion aux amis policiers de Fosco qui, des années après, espéraient encore trouver les responsables de l'attentat ayant fait du journaliste un infirme.

– Oui, mais sans résultat. Et vous ? » demanda della Corte, faisant ainsi plaisir à Brunetti en considérant comme évident que lui aussi espérait toujours mettre la main sur un indice, même si la piste était vieille de plus de cinq ans.

« Pas plus que vous. Aviez-vous appelé Fosco pour une autre raison ?

– Oui. Je me demandais s'il n'avait pas des informations sur Favero, quelque chose qui pourrait nous intéresser mais que nous risquions de ne pas trouver.

– Et c'était le cas ?

– Non, il ne savait rien. »

Suivant brusquement son intuition, Brunetti demanda : « L'avez-vous appelé de votre bureau ? »

Le capitaine émit un son qui pouvait passer pour un petit rire. « Non. » Brunetti ne fit pas de commentaires, et il s'ensuivit un assez long silence, au terme duquel della Corte ajouta : « Avez-vous une ligne directe dans votre bureau ? »

Brunetti lui donna le numéro.

« Je vous rappelle dans dix minutes. »

Pendant qu'il attendait, Brunetti joua avec l'idée d'appeler Fosco pour lui demander à son tour ce qu'il pensait de della Corte, mais il n'avait pas envie de bloquer sa ligne, et il supposa que le seul fait que le capitaine ait mentionné le journaliste était une recommandation suffisante.

Della Corte rappela finalement un quart d'heure plus tard. En fond sonore, Brunetti entendait le bruit de la circulation – les coups d'avertisseur, le ronflement des moteurs – qui couvrait presque la voix de l'officier, par moments.

« J'imagine que votre ligne est sûre », dit della Corte – façon d'expliquer que la sienne ne l'était pas.

Brunetti résista à l'impulsion de répliquer : « Sûre par rapport à qui ? », et demanda à la place : « Qu'est-ce qui cloche, dans votre affaire ?

– La cause du décès n'est plus la même. Maintenant, c'est un suicide. Officiellement.

– Que voulez-vous dire ?

– Le rapport d'autopsie parle à présent de deux milligrammes.

– À présent ?

– À présent, répéta della Corte.

Si bien que Favero aurait pu conduire ?

– Oui, amener la voiture au garage et s'y enfermer. Bref, se suicider. (La colère le faisait s'étrangler.) Et je n'arrive pas à trouver un juge prêt à signer un mandat pour procéder à une enquête pour meurtre et à exiger une exhumation du corps pour une contre-expertise.

– Comment avez-vous eu le rapport original dont vous m'avez parlé ?

– Oralement, par le médecin qui a pratiqué l'autopsie ; c'est l'un des assistants, à l'hôpital.

– Et ?

– Lorsque le rapport officiel est revenu – il avait pratiqué l'analyse de sang tout de suite après l'autopsie, mais avait envoyé les échantillons au labo pour confirmation –, on y lisait que le taux de barbituriques était deux fois plus bas que ce qu'il avait trouvé.

– A-t-il vérifié ses notes ? Et les échantillons ?

– Les unes et les autres ont disparu.

– Disparu ? »

Della Corte ne répondit même pas.

« Où étaient-ils ?
– Dans le laboratoire d'ana-path.
– D'ordinaire, qu'est-ce qu'on en fait ?
– Une fois le rapport officiel d'autopsie établi, on les garde pendant un an, puis on les détruit.
– Et cette fois ?
– Lorsque le rapport est arrivé, il a voulu aller vérifier ses notes, pour voir s'il ne s'était pas trompé. Après quoi il m'a appelé. (Della Corte marqua un temps d'arrêt avant de reprendre.) C'était il y a deux jours. Depuis, il m'a rappelé pour m'expliquer que c'était lui qui avait dû se tromper.
– Quelqu'un lui a fait la leçon ?
– Évidemment, répondit della Corte, le ton sec.
– Avez-vous dit quelque chose ?
– Non. Je n'ai pas trop aimé ce qu'il m'a raconté, la deuxième fois. J'ai préféré adopter sa version, à savoir que c'est le genre d'erreur qui se produit parfois. J'ai fait semblant d'être en colère contre lui, et je lui ai conseillé de faire plus attention, la prochaine fois qu'il pratiquerait une autopsie.
– Il vous a cru ? »
Le haussement d'épaules du capitaine fut presque perceptible à l'autre bout du fil. « Comment savoir ?
– Et ensuite ?
– Ensuite, j'ai appelé Fosco pour me renseigner sur vous. » Brunetti entendit des bruits bizarres sur la ligne et se demanda immédiatement si son propre téléphone n'était pas sur écoute, puis il identifia les bruits : le cliquetis des pièces avec lesquelles della Corte alimentait le téléphone. « Il ne me reste plus beaucoup de monnaie, commissaire. Ne pourrait-on pas se rencontrer ?
– Bien sûr. Pas officiellement, n'est-ce pas ?
– Absolument pas.
– Où ? demanda Brunetti.
– On coupe la poire en deux ? À Mestre ?

– Au *Pinetta* ?

– Ce soir, dix heures ?

– Comment vais-je vous reconnaître ? voulut savoir Brunetti, avec l'espoir que della Corte n'était pas un flic qui ressemblait trop à un flic.

– Je suis chauve. Et moi, comment vous reconnaîtrai-je ?

– J'ai l'air d'un flic. »

16

Il était 22 h 10 lorsque Brunetti descendit l'escalier, devant la gare de Mestre, et tourna à gauche ; il avait localisé la via Fagare en consultant les premières pages de l'annuaire de Venise. Comme d'habitude, les voitures s'agglutinaient jusque sous les panneaux de stationnement interdit, et une circulation fluide allait dans les deux sens. Il traversa et s'engagea dans la rue, tourna à droite au deuxième carrefour et prit la direction du centre. Les rideaux métalliques des nombreuses petites boutiques étaient baissés comme autant de herses contre de possibles invasions nocturnes.

De temps en temps, un souffle d'air venait faire tourbillonner papiers et feuilles mortes en cercles paresseux, à ses pieds ; la bruyante animation créée par les voitures, inhabituelle pour lui, le dérangeait, comme à chaque fois qu'il quittait Venise. Tout le monde se plaignait du climat vénitien, humide et impitoyable, mais Brunetti considérait que le raffut assourdissant du trafic était bien pire ; et lorsqu'on y ajoutait la puanteur qui montait des pots d'échappement, il n'en revenait pas que les gens puissent supporter les automobiles et les accepter comme éléments de leur vie quotidienne. Néanmoins, de plus en plus de Vénitiens étaient contraints, du fait du déclin de l'activité économique et du prix de plus en plus démentiel des loyers, de quitter la ville pour s'établir ici. Il comprenait le mécanisme, il admettait que les gens fussent chassés de la ville pour des raisons économiques. Mais en échange de quoi ? Quel marché sordide...

Au bout de quelques minutes, il aperçut, au carrefour suivant, une enseigne au néon. Les lettres étaient disposées verticalement le long du bâtiment, mais on lisait seulement *Pin – ta*. Gardant les mains au fond de ses poches, il lui suffit d'effacer les épaules pour entrer dans l'établissement sans avoir à pousser davantage la porte.

Le propriétaire avait manifestement trop vu de films américains, car le bar s'efforçait de ressembler, de manière caricaturale, à ceux dans lesquels l'acteur Victor Mature déclenche ses bagarres. La paroi, derrière le comptoir, était bien couverte de miroirs, mais tellement encrassés par la poussière et la fumée qu'ils ne renvoyaient que des reflets brouillés. Au lieu des nombreuses rangées de bouteilles que l'on trouve d'ordinaire dans les bars italiens, il n'y en avait qu'une seule, uniquement constituée de bourbon et de scotch. Quant au comptoir, il était en forme de fer à cheval et non droit et, à la place où aurait pu se tenir la machine à espresso, c'est-à-dire au milieu, trônait le barman, un tablier – qui avait dû être blanc en des temps meilleurs – serré autour de la taille.

Les tables étaient réparties des deux côtés du bar ; à celles du côté gauche, étaient assis des joueurs de cartes, par groupes de trois ou quatre. À celles de droite, des couples se livrant aussi, manifestement, à des jeux de hasard, mais d'un autre genre. Tous les murs étaient couverts d'agrandissements – des stars américaines du cinéma dont certaines paraissaient navrées du spectacle que les circonstances les obligeaient à regarder.

Quatre hommes et deux femmes se tenaient au bar. Le premier homme, petit, épais, tenait son verre à deux mains d'une attitude protectrice et en contemplait le contenu. Le deuxième, plus grand et plus mince, adossé au bar, paraissait étudier les joueurs de cartes, son regard allant lentement de l'un à l'autre. Le troisième, chauve, était évidemment della Corte. Quant au dernier, d'une minceur quasi squelettique, debout entre les deux femmes, il tournait nerveusement la tête vers celle qui, tour à tour, lui adressait la parole. Il jeta un coup d'œil à Brunetti en le voyant entrer, et les femmes se tournèrent pour suivre son regard et étudier le nouveau venu. L'expression des Trois Parques au moment où elles coupent le fil du destin d'un homme n'aurait pu être plus sinistre.

Brunetti s'avança et alla frapper à l'épaule l'homme mince au visage fortement buriné et souligné d'une moustache fournie. Parlant avec un fort accent vénitien et beaucoup plus fort qu'il n'était nécessaire, il lui lança : « Ciao, Bepe, *come stai* ? Désolé d'être aussi en retard, mais ma salope de femme.. » Il n'acheva pas sa phrase, préférant agiter la main dans un geste de colère qui s'adressait à toutes les salopes, à toutes les épouses. Il se tourna vers le barman et lui dit, d'un ton encore plus fort : « *Amico mio*, donne-moi un whisky », avant de se tourner vers della Corte et de lui demander ce qu'il buvait. Il prit soin, ce faisant, de faire pivoter tout son corps, pas seulement la tête, et même de le faire pivoter un peu trop. Pour garder l'équilibre il posa une main sur le bar, grommelant un autre « Salope » dans sa barbe.

Lorsque son verre arriva, il le vida d'un seul trait, le fit retomber bruyamment sur le bar et s'essuya la bouche d'un revers de main. Un deuxième verre apparut devant lui mais, avant qu'il ait pu s'en emparer, la main de della Corte s'en était saisie.

« Tchin-tchin, Guido, dit alors della Corte, levant le verre et l'inclinant vers Brunetti, avec un geste trahissant une vieille amitié. Je suis bien content que tu aies pu t'en débarrasser ; » Il prit une bonne rasade, puis une deuxième. « Vas-tu venir à la chasse avec nous, ce week-end ? »

Les deux hommes n'avaient préparé aucun dialogue en vue de cette rencontre, et Brunetti estima que ce sujet de conversation, pour deux ivrognes d'âge moyen fourvoyés dans un bar minable de Mestre, en valait bien un autre. Il répondit qu'il ne demandait que ça, mais que « sa salope de femme » voulait justement qu'il reste à la maison ce week-end parce que c'était leur anniversaire de mariage et qu'elle espérait qu'il l'emmènerait dîner au restaurant. C'était bien la peine d'avoir une cuisinière à la maison pour qu'elle ne lui fasse pas la bouffe ! Au bout de quelques minutes de ces échanges, un des couples attablés se leva et quitta l'établissement. Della Corte commanda une nouvelle tournée et, tirant Brunetti par la manche, l'entraîna jusqu'à la table libérée et l'aida à s'asseoir. Une fois les verres arrivés, Brunetti, le menton dans la paume de la main, demanda à voix basse : « Cela fait longtemps que vous êtes ici ?

– Environ une demi-heure », répondit le capitaine – d'une voix qui n'avait plus rien d'aviné ni de l'accent vénitien qu'il avait adopté pour parler au bar.

« Et alors ?

– Le type accoudé au bar, celui qui est avec les deux femmes… », commença della Corte. Il s'arrêta pour prendre une gorgée de whisky. « De temps en temps, un type arrive dans le bar et lui parle. Deux fois, l'une des filles est allée prendre un verre avec le type. Une fois, elle est partie en compagnie du type, revenant seule environ vingt minutes plus tard.

– Du boulot rapide », commenta Brunetti. Della Corte acquiesça et reprit un peu de whisky.

« À voir son aspect, reprit le capitaine, je dirais qu'il carbure à l'héroïne. » Il leva les yeux vers le bar et afficha un large sourire lorsque l'une des filles croisa son regard.

« Vous en êtes sûr ?

– J'ai travaillé aux stups pendant six ans. Des comme lui, j'en ai vu des centaines.

– Rien de neuf à Padoue ? » demanda Brunetti. Ils ne

manifestèrent apparemment aucun intérêt pour les autres personnes du bar, pendant cette conversation, mais chacun d'eux mémorisait les têtes et surveillait attentivement ce qui se passait.

Della Corte secoua la tête. « J'ai arrêté d'en parler, mais j'ai envoyé au labo un homme en qui j'ai toute confiance, afin qu'il voie si rien d'autre ne manquait.

– Et ?

– Celui qui a fait le coup s'est montré très méticuleux. Tous les comptes rendus et tous les échantillons des autopsies faites le même jour manquent.

– Il y en a eu combien ?

– Trois.

– Trois autopsies, à Padoue ? s'étonna Brunetti.

– Deux vieillards étaient morts à l'hôpital. Ils avaient mangé de la viande avariée. Salmonelle. Les comptes rendus du médecin et les échantillons avaient disparu. »

Brunetti hocha la tête. « Qui a pu faire ça ? Ou qui a pu vouloir les faire disparaître ?

– Celui qui avait administré les barbituriques, à mon avis. »

Brunetti acquiesça.

Le barman vint faire un tour entre les tables. Brunetti releva la tête et lui fit signe de remettre ça, bien que son deuxième verre, devant lui, fût encore presque intact.

« Vu ce que sont payés les employés du labo, deux ou trois cent mille lires doivent suffire pour s'y trouver un collaborateur », observa della Corte.

Deux hommes entrèrent ensemble dans le bar, parlant et riant fort, de cette manière typique de ceux qui veulent se faire remarquer.

« Rien sur Trevisan ? » demanda della Corte.

Brunetti fit non de la tête, avec la pesante solennité dont les ivrognes soulignent les choses les plus banales.

« Et donc ? reprit le capitaine.

– L'un de nous deux va devoir goûter à la marchandise », répondit Brunetti alors que le barman s'approchait de leur table. Il leva les yeux, sourit à l'homme, lui fit signe de poser les verres et de se rapprocher. Lorsqu'il fut assez prêt, il lui glissa à l'oreille : « Un verre pour les demoiselles », avec un geste incertain en direction des deux filles, toujours accoudées au bar de part et d'autre du type maigre.

Le barman acquiesça, retourna derrière son comptoir et remplit deux coupes d'un vin blanc mousseux. Brunetti ne doutait pas qu'il s'agissait de la qualité la plus exécrable de Prosecco, ni qu'il serait transformé en champagne français sur l'addition. Le barman apporta les verres au trio debout devant le bar et se pencha pour dire quelque chose à l'homme ; celui-ci jeta un coup d'œil en direction de Brunetti, puis se tourna vers celle des deux femmes qui était à sa gauche et lui parla un instant. La fille, une fausse rousse avec des cheveux lui cascadant sur les épaules, à la peau mate, de petite taille, regarda l'homme, les verres, puis se tourna vers Brunetti. Le policier lui sourit, se leva à demi et lui adressa une courbette maladroite.

« Ma parole, vous perdez la tête », dit della Corte avec un grand sourire, tendant la main pour prendre son verre.

Brunetti adressa un geste au trio du bar, et repoussa du pied la chaise vide qui se trouvait à sa gauche. Il sourit de nouveau à la femme et lui indiqua le siège. La rouquine prit son verre et commença à se diriger vers la table des deux policiers. Ce que voyant, après lui avoir adressé un dernier sourire, Brunetti se tourna vers della Corte et lui demanda à voix basse : « Êtes-vous venu en voiture ? »

Le capitaine acquiesça.

« Bien. Partez dès qu'elle sera là. Attendez-moi dans votre voiture et suivez-nous quand nous sortirons d'ici. »

Della Corte se leva à l'instant où arrivait la fille, faillit la heurter et prit un air étonné en la voyant. Il l'étudia quelques secondes. « Bonsoir, mademoiselle. Je vous en prie, asseyez-vous », dit-il, reprenant son accent vénitien exagéré et lui souriant largement.

La fille rassembla ses jupes et s'installa à côté de Brunetti. Elle lui sourit et il se rendit compte que, sous le maquillage épais, elle était jolie : des dents régulières, des yeux sombres et un petit nez mutin. « Bonsoir, dit-elle, murmurant presque. Merci pour le champagne. »

Della Corte tendit la main à Brunetti. « Il faut que j'y aille, Guido. Je te passe un coup de fil la semaine prochaine. »

Le commissaire ignora la main tendue, toute son attention dirigée vers la femme. Della Corte se tourna vers les hommes accoudés au bar, sourit, haussa les épaules et partit, refermant la porte derrière lui.

« Tu t'appelles Guido ? » demanda la femme. L'emploi du tutoiement suffisait à faire clairement comprendre de quoi il retournait.

« Oui, Guido Bassetti. Et toi, mon chou, comment t'appelles-tu ?

– Mara, répondit-elle en éclatant de rire comme si elle venait de dire quelque chose de drôle. Qu'est-ce que tu fais dans la vie, Guido ? » Il n'en fallut pas plus pour que Brunetti détecte, sous les paroles, un accent étranger ; une langue latine, sans aucun doute, mais il n'aurait su dire si c'était du portugais ou de l'espagnol ; encore plus clair était le double sens de la question, avec la manière dont elle avait appuyé sur le prénom.

« Je suis plombier », répliqua Brunetti, l'air d'être très content de lui. Il fit en même temps un geste vulgaire qui montrait qu'il avait compris la suggestion de la question.

« Oh, c'est intéressant. » La fille éclata de nouveau de rire, sans cependant rien trouver de plus à répondre.

Brunetti se rendit compte que son second verre était encore passablement plein et le troisième intact. Il but une partie du deuxième et prit le troisième à la main.

« Tu es une très jolie fille, Mara », dit-il sans faire le moindre effort pour déguiser le fait que cela n'avait strictement aucun rapport avec l'affaire en cours. Elle paraissait s'en moquer.

« C'est ton ami, là, au bar ? » demanda Brunetti avec un geste du menton. L'autre femme venait de partir et l'homme maigre se retrouvait tout seul.

« Oui.

– Vis-tu près d'ici ? demanda Brunetti, qui n'avait pas envie de perdre davantage de temps.

– Oui.

– On peut y aller ?

– Oui. » Elle sourit de nouveau et il la vit qui se forçait à adopter une expression chaleureuse et intéressée.

Il afficha lui-même toute la bonne humeur qu'il pouvait. « Combien ?

– Cent mille », répondit-elle avec l'alacrité de celle à qui l'on a déjà trop souvent posé cette question.

Brunetti se mit à rire, prit une autre gorgée de whisky, se leva, faisant exprès de repousser vivement sa chaise de manière à la renverser. « Tu n'y penses pas, petite Mara. J'ai une femme à la maison. Elle me le fera pour rien. »

Elle haussa les épaules et consulta sa montre. Il était onze heures, et personne n'était entré dans le bar au cours des vingt dernières minutes. Il la voyait se livrer à des calculs de temps et d'occasion.

« Cinquante », dit-elle, préférant apparemment épargner et son temps, et son énergie.

Brunetti reposa le verre encore à moitié plein sur la table et lui prit le bras. « Très bien, petite Mara, je vais te montrer ce qu'un homme, un vrai, est capable de faire. »

Elle n'offrit aucune résistance et se leva. Brunetti l'entraîna ainsi jusqu'au bar. « Combien je vous dois ? » demanda-t-il au barman.

Ce dernier répondit sans hésitation :

« Soixante-trois mille lires.

– Vous êtes cinglé ? rétorqua Brunetti, avec colère. Soixante-trois mille, pour trois verres d'un mauvais whisky ?

– Plus deux pour votre ami et le champagne pour les dames, lui fit observer le barman.

– Ah oui, les dames », dit Brunetti d'un ton sarcastique. Il tira néanmoins son portefeuille de sa poche. Il prit un billet de cinquante mille, un de dix mille et trois de mille lires et les jeta sur le comptoir. Avant qu'il ait eu le temps de remettre son portefeuille en place, Mara lui prenait le bras.

« Vous pouvez donner l'argent à mon ami », dit-elle avec un mouvement du menton au maigrichon, lequel observait la scène sans sourire. Brunetti regarda autour de lui, rouge de confusion, comme s'il cherchait quelqu'un avec qui partager son incompréhension. Il ne trouva personne. Il prit un billet de cinquante mille dans son portefeuille et le jeta sur le comptoir sans regarder le maigrichon, qui lui-même ne prit même pas la peine de vérifier le compte. Puis, dans une tentative pour restaurer son amour-propre, le policier saisit la femme par le bras et l'entraîna vers la porte. Elle s'arrêta un instant, le temps de décrocher du portemanteau une veste en faux léopard, et rejoignit Brunetti dans la rue ; il claqua violemment la porte derrière eux.

Une fois dehors, Mara tourna à gauche sans attendre son client. Elle marchait à petits pas rapides, rendus d'autant plus courts par une jupe étroite et des talons hauts, et Brunetti n'eut aucun mal à la rejoindre. Elle tourna à gauche au premier coin de rue et s'arrêta à la hauteur de la troisième porte, la clef déjà à la main. Elle ouvrit et entra sans se soucier de vérifier que Brunetti la suivait ; il s'arrêta un instant, et eut le temps de voir une voiture qui s'engageait dans la rue étroite et faisait deux appels de phares. Puis il suivit la fille.

En haut de l'unique volée de marches, elle ouvrit une porte à droite, la laissant ouverte pour Brunetti. Il entra dans la pièce et vit un canapé bas recouvert d'une couverture aux rayures bariolées, un bureau et deux chaises, et une fenêtre fermée par des volets. Elle alluma. La suspension se réduisait à une ampoule nue de faible intensité pendant au bout de son fil.

Sans se tourner vers lui, Mara enleva sa fausse fourrure et la déposa avec soin sur le dos d'une chaise ; puis elle s'assit au bord du lit pour se déchausser, poussant un soupir de soulagement lorsqu'elle se retrouva pieds nus. Toujours sans le regarder, elle dégrafa sa jupe, la retira et la posa sur la veste avec le même soin. Dessous, elle ne portait rien. Elle alla s'asseoir, puis s'allonger sur le divan. Pas une fois elle n'avait tourné les yeux vers lui.

« Il y a un supplément si tu veux me toucher les seins », dit-elle, se tournant de côté pour arranger la couverture qui avait glissé du dossier contre son épaule.

Brunetti s'avança jusqu'à la chaise restée libre et s'assit. « D'où es-tu, Mara ? » lui demanda-t-il de sa voix normale, abandonnant le dialecte vénitien pour l'italien.

Elle leva brusquement la tête vers lui, étonnée soit par la question, soit par le ton de conversation normale avec lequel elle avait été posée. « Écoute, mon petit plombier, répondit-elle d'un ton qui trahissait la fatigue plus que la colère, tu n'es pas venu ici pour parler, et moi non plus, alors fais ta petite affaire, que je puisse retourner bosser, d'accord ? » Sur quoi elle s'allongea complètement et écarta largement les jambes.

Brunetti détourna les yeux. « D'où viens-tu, Mara ? » répéta-t-il.

Elle referma les jambes et se mit en position assise au bord du canapé pour lui faire face. « Écoute-moi bien, toi. Si tu veux baiser, c'est tout de suite, t'entends ? Je ne vais pas passer la nuit ici à raconter ma vie, et d'ailleurs ça ne te regarde pas, d'où je viens.

– Ce ne serait pas du Brésil ? » demanda-t-il, ayant cru reconnaître l'accent.

Elle émit un grognement de colère écœurée, se leva, prit sa jupe, l'enfila par le bas, et la reboutonna d'une main nerveuse. Du bout du pied, elle essaya de récupérer ses souliers, passés sous le lit lorsqu'elle s'en était débarrassée d'une secousse. Puis elle s'assit sur le bord du lit pour les remettre.

« On pourrait l'arrêter, tu sais, reprit Brunetti du même ton calme. Il a accepté l'argent. Avec ça, il est bon pour deux mois à l'ombre. »

Les lanières qui retenaient les chaussures à ses chevilles étaient bien fixées, mais elle ne redressa pas la tête, ni ne fit mine de se relever. Elle restait assise, tête baissée, l'oreille tendue.

« À mon avis, tu ne tiens pas à ce que cela lui arrive, n'est-ce pas ? »

Elle émit un reniflement où le dégoût le disputait à l'incrédulité.

« Et pense à ce qu'il serait capable de faire en ressortant, Mara. Tu ne t'es pas rendu compte que j'étais flic. Il y a des chances pour qu'il t'en fasse porter la responsabilité. »

Elle leva enfin les yeux sur lui et tendit la main. « Montrez-moi votre identification. »

Brunetti la lui donna.

« Qu'est-ce que vous voulez ? demanda-t-elle en rendant sa carte au policier.

– Que tu me dises d'où tu viens.

– Pourquoi ? Pour me renvoyer chez moi ? dit-elle, soutenant son regard.

– Je n'appartiens pas aux services d'immigration, Mara. Que tu sois ici légalement ou pas, peu m'importe.

– Alors, qu'est-ce que vous voulez ? » Il y avait de la colère dans sa voix, cette fois.

« Je te l'ai dit. Savoir d'où tu viens. »

Elle n'hésita qu'un instant, cherchant à deviner le piège, n'en trouva pas. « De São Paulo. » Il avait eu raison ; le léger accent était bien brésilien.

« Depuis combien de temps es-tu ici ?

– Deux ans.

– Pour travailler comme prostituée ? demanda-t-il, s'efforçant de prononcer ce mot sur le ton du constat, non de la condamnation.

– Oui.

– As-tu toujours travaillé pour cet homme ? »

Elle leva de nouveau les yeux vers lui. « Je ne vous dirai pas son nom.

– Je ne te le demande pas, Mara. Seulement si c'est pour lui que tu as toujours travaillé. »

Elle répondit quelque chose, mais à voix tellement basse qu'il ne comprit pas.

« Pardon ?

– Non.

– Et toujours dans ce bar ?

– Non.

– Où travaillais-tu avant ?

– Ailleurs, répondit-elle évasivement.

– Et depuis combien de temps travailles-tu dans ce bar ?

– Depuis septembre.

– Pourquoi ?

– Pourquoi quoi ?

– Pourquoi être venue dans ce bar-ci ?

– À cause du froid. Je n'y suis pas habituée, et je suis tombée malade l'hiver dernier, à travailler dehors. Alors il m'a dit que je pourrais travailler dans un bar, cette année.

– Je vois. Et combien d'autres filles y a-t-il ?

– Dans le bar ?

– Oui.

– Trois.

– Et dans la rue ?
– Je ne sais pas. Quatre, six ? Aucune idée.
– Est-ce qu'il y a d'autres Brésiliennes ?
– Oui, deux.
– Et les autres, d'où viennent-elles ?
– Je ne sais pas.
– Et le téléphone ?
– Quoi ? s'étonna-t-elle, plissant les yeux avec une confusion qui pouvait n'être pas feinte.
– Le téléphone, dans le bar. Qui y reçoit des appels ? Lui ? »
Manifestement, la question l'intriguait. « Je ne sais pas, avoua-t-elle. Tout le monde s'en sert.
– Mais qui appelle-t-on ? »
Elle réfléchit quelques instants. « Je ne vois pas.
– Lui ? »
Elle haussa les épaules, voulut regarder ailleurs, mais Brunetti claqua des doigts sous son nez et elle lui fit de nouveau face.
« Est-ce qu'il reçoit des appels ?
– Des fois, répondit-elle en jetant un bref coup d'œil à sa montre ! Normalement, tu devrais avoir fini. »
Brunetti consulta sa propre montre. Un quart d'heure s'était écoulé.
« Combien de temps te laisse-t-il prendre ?
– Un quart d'heure, en général. Il permet aux vieux d'en prendre un peu plus, si ce sont des clients réguliers. Mais si je ne reviens pas assez vite, il va me poser des questions. Il voudra savoir pourquoi j'ai mis tant de temps. »
À la manière dont elle avait parlé, il était clair que la fille répondrait à toutes les questions que le mac lui poserait. Il envisagea un instant de laisser savoir à l'homme que la police posait des questions à son sujet. Il étudia la tête baissée de la jeune femme, essayant de déterminer son âge. Vingt-cinq ans ? Vingt ?

« Très bien », dit-il en se levant.

Elle eut un mouvement de recul devant ce brusque mouvement et le regarda. « C'est tout ?

– Oui, c'est tout.

– Pas un vite-fait ?

– Quoi ? demanda-t-il sans comprendre.

– Un vite-fait. Quand les flics viennent poser des questions, d'habitude, c'est comme ça que ça se passe. » Elle avait parlé d'un ton neutre, fatigué, nullement revendicatif.

« Non, pas avec moi. » Il se dirigea vers la porte.

Elle se leva, s'empara de sa veste et l'enfila. Il tint la porte pour elle et la suivit sur le palier. Elle referma à clef et s'engagea dans l'escalier. En bas, elle ouvrit vivement la porte d'entrée du bâtiment, tourna à droite en sortant, et prit la direction du bar sans se retourner. Brunetti partit dans la direction opposée et alla se placer, au bout de la rue, sous la lumière d'un lampadaire ; quelques instants plus tard, la voiture noire de della Corte s'arrêtait à côté de lui.

17

« EH BIEN ? » demanda della Corte pendant que Brunetti se glissait sur le siège du passager. Le commissaire apprécia l'absence de la moindre note égrillarde dans la question.

« Elle est brésilienne et travaille pour le type qui était au bar. D'après elle, on l'appelle de temps en temps au téléphone.

– Et... ? » demanda della Corte. Il engagea une vitesse et repartit lentement en direction de la gare.

« Et c'est tout... C'est tout ce qu'elle m'a dit, mais je crois qu'on peut en déduire pas mal de choses.

– Par exemple ?

– Par exemple, le fait qu'elle est illégale. Comme elle n'a pas de permis de séjour, elle n'a guère son mot à dire sur ce qu'elle fait pour gagner sa vie.

– Elle le fait peut-être parce que ça lui plaît, suggéra della Corte.

– Vous en avez rencontré, vous, des tapins comme ça ? »

Le capitaine ignora la question, tourna à l'angle de la rue et stoppa devant la gare. Il serra le frein à main mais laissa tourner le moteur. « Et maintenant, qu'est-ce qu'on fait ?

– Je crois qu'il va falloir arrêter son souteneur. Au moins, de cette façon, nous pourrons savoir à qui nous avons affaire. On pourrait peut-être aussi reparler avec la fille pendant que nous le tiendrons.

– Vous croyez qu'elle dira quelque chose ? »

Brunetti haussa les épaules. « Peut-être, si elle n'a pas peur d'être renvoyée au Brésil pour cela.

– Quelles chances a-t-on ?

– Cela va dépendre de qui lui parlera.

– Une femme, peut-être ?

– Ce serait probablement mieux, admit le commissaire.

– Vous avez quelqu'un ?

– Oui, une psychiatre qui travaille pour nous de temps en temps. Je pourrais essayer de convaincre Mara de lui parler.

– Mara ? demanda della Corte.

– C'est le prénom qu'elle m'a donné. J'aime à croire qu'on lui a au moins permis de conserver son vrai nom.

– Quand allez-vous arrêter le souteneur ?

– Dès que possible.

– Vous avez une idée sur la façon dont vous allez vous y prendre ?

– Le plus simple sera de l'alpaguer lorsque l'un des clients de Mara mettra de l'argent pour lui sur le bar.

– Combien de temps allez-vous pouvoir le garder à l'ombre avec un tel motif ?

– Dépendra de ce que nous trouverons sur lui, s'il a déjà un casier, ou s'il a déjà fait l'objet d'enquêtes. » Brunetti réfléchit quelques instants. « Si vous avez raison, pour l'héroïne, deux heures devraient suffire. »

Le capitaine eut un sourire qui n'était pas beau. « Je ne me trompe pas, pour l'héroïne. » Comme Brunetti ne répondait pas, il demanda : « Et jusque-là ?

– Je travaille dans plusieurs directions. Il faut que j'en apprenne un peu plus sur la famille de Trevisan et sur son activité professionnelle.

– Des choses particulières ?

– Non, pas vraiment. Simplement un ou deux trucs qui m'intriguent, des petites choses qui ne collent pas. » Brunetti ne voulait pas en dire davantage pour l'instant. « Et vous ?

– On va faire la même chose avec Favero, mais c'est fou ce qu'il y aura comme vérifications à faire, en particulier autour de son activité professionnelle. » Della Corte se tut un instant, avant d'ajouter : « Je n'aurais jamais imaginé que ces types gagnaient autant.

– Les experts-comptables ?

– Oui. Des centaines de millions par an, on dirait. Et ce ne sont que les revenus qu'il déclare, alors je vous laisse imaginer ce qu'il peut se faire en dessous-de-table. » Il suffisait en effet à Brunetti de se rappeler quelques uns des noms, sur la liste des clients de Favero, pour s'imaginer l'étendue de ses gains, déclarés et non déclarés.

Il ouvrit la portière, descendit, fit le tour de la voiture et se pencha sur la vitre baissée de della Corte. « Je vais envoyer une de mes équipes ici demain soir. Si Mara et son souteneur sont au bar, ce sera facile de les coincer.

– Les deux ?

– Oui. Passer une nuit en cellule lui déliera peut-être un peu la langue.

– J'avais compris que vous vouliez la confier à une psychiatre, s'étonna le capitaine.

– Je le veux toujours. Mais j'ai envie qu'elle goûte un peu de la prison avant. La peur a tendance à rendre les gens plus bavards, les femmes en particulier.

– Le parfait monstre froid, en somme », fit della Corte, non sans un certain respect dans le ton.

Brunetti haussa les épaules. « Elle détient peut-être des informations qui concernent un meurtre. Plus elle aura peur, plus elle sera perdue, plus il est vraisemblable qu'elle nous dise ce qu'elle sait. »

Le capitaine sourit et desserra le frein. « Un instant, j'ai cru que vous alliez me faire le coup de la pute au cœur d'or. »

Brunetti se redressa et partit vers la gare. Au bout de deux ou trois pas, il se retourna ; della Corte faisait remonter sa vitre tout en s'éloignant lentement. « Personne n'a un cœur d'or ! »

La voiture accéléra sans que son chauffeur ait donné l'impression d'avoir entendu.

Le lendemain matin, la signorina Elettra accueillit Brunetti en lui disant qu'elle avait bien trouvé un article du *Gazzettino* concernant Trevisan, mais à propos d'une affaire parfaitement banale : le montage d'une entreprise de tourisme sous la double égide des chambres de commerce de Venise et de Prague. Quant à la vie privée de la signora Trevisan, au moins d'après le colporteur de ragots de ce journal, elle était tout aussi lisse.

Brunetti avait eu beau s'attendre à un résultat de cet ordre, il fut cependant un peu déçu. Il demanda à la signorina Elettra de voir si Giorgio – il se surprit à en parler comme s'il s'agissait d'un vieil ami commun – ne pourrait pas leur fournir la liste des appels téléphoniques partis du *Pinetta* ou reçus par le bar. Ces instructions données, il se contenta de parcourir son courrier et de passer quelques coups de fil motivés par certaines des lettres.

Puis il appela Vianello et organisa avec lui l'expédition de trois hommes au *Pinetta,* le soir même, pour procéder à l'arrestation de Mara et de son proxénète. Il n'eut plus d'autre possibilité, ensuite, que de s'attaquer aux dossiers qui s'étaient accumulés sur son bureau, en dépit du mal qu'il avait à se concentrer sur ce qu'il lisait : les statistiques du ministère de l'Intérieur sur les prévisions en matière de personnel pour les cinq années à venir, le rapport sur le coût d'un branchement par ordinateur sur Interpol, les caractéristiques et les performances d'une nouvelle arme de poing. Dégoûté, il finit par repousser toutes ces paperasses loin de lui. Le vice-questeur avait récemment reçu un mémorandum de ce même ministère de l'Intérieur l'informant que le budget de la police nationale allait être réduit, l'année prochaine, d'au moins quinze pour cent et peut-être de vingt, et qu'il ne fallait prévoir aucune augmentation dans un avenir proche. Et ces mabouls de Rome continuaient d'envoyer des projections et des plans comme s'il y avait toujours plus d'argent à dépenser, comme s'il n'avait pas été volé ou détourné vers des comptes secrets en Suisse.

Il reprit le papier portant le descriptif du pistolet qui ne serait jamais acheté et, au dos, établit la liste des gens auxquels il voulait parler : la veuve de Trevisan, sa fille Francesca, son beau-frère et quelqu'un qui serait capable de lui donner des informations précises sur les activités de juriste du défunt avocat, comme sur sa vie personnelle.

Il dressa une deuxième colonne – celle des choses qui lui travaillaient l'esprit : l'histoire du prétendu risque d'enlèvement encouru par Francesca (ou bien s'était-elle vantée ?) ; la répugnance de Lotto à fournir une liste des clients de Trevisan ; la surprise de ce même Lotto en entendant mentionner le nom de Favero.

Mais, dominant tout cela, se rendit-il compte, il y avait la question des numéros de téléphone et des coups de fil donnés à tant d'endroits différents, toujours sans logique ni cohérence apparentes, toujours sans raison explicable.

Tandis qu'il se penchait pour récupérer l'annuaire, dans le tiroir du bas de son bureau, il se dit qu'il ferait bien de suivre l'exemple de Favero et d'avoir un calepin sur lequel il reporterait les numéros qu'il appelait le plus souvent. Mais il n'avait jamais composé celui qu'il cherchait, n'ayant jamais voulu jusqu'ici demander la faveur qui lui était due.

Trois ans auparavant, son ami Danilo, le pharmacien, l'avait appelé en début de soirée et lui avait demandé de venir le voir à son appartement. Il l'avait trouvé avec un œil gonflé et presque fermé, l'air de sortir d'un pugilat. Il avait effectivement été victime de violence, mais à sens unique seulement, dans la mesure où il n'avait opposé aucune résistance au jeune homme qui avait forcé la porte de la pharmacie au moment précis où il allait baisser le rideau. Il n'en avait pas opposé non plus lorsque son agresseur avait fracturé le placard dans lequel il conservait les narcotiques et s'était emparé de sept ampoules de morphine. Danilo, cependant, avait reconnu son cambrioleur et lui avait dit, lorsque celui-ci était reparti, « Tu ne devrais pas faire ça, Roberto », remarque qui avait suffi à déclencher la fureur du jeune homme. Il avait frappé le pharmacien, qui était allé s'effondrer contre l'angle de l'une de ses vitrines.

Roberto, comme non seulement Danilo et Brunetti mais presque tous les policiers de la ville le savaient, était le fils unique de Mario Beniamin, président de la Cour d'assises de Venise. Jusqu'à ce jour, la toxicomanie du jeune Roberto ne l'avait jamais poussé à la violence, car il s'arrangeait pour obtenir de fausses ordonnances avec ce qu'il arrivait à tirer des objets qu'il volait dans sa famille ou chez des amis. Mais avec l'agression du pharmacien, même si elle n'avait pas été intentionnelle, Roberto venait de rejoindre la cohorte des criminels de la ville. Après avoir parlé avec Danilo, Brunetti était allé chez le juge et y était resté plus d'une heure ; le lendemain matin, Mario Beniamin accompagnait son fils jusque dans une clinique privée, près de Zurich, où Roberto passa les six mois suivants, avant d'en sortir pour devenir apprenti dans un atelier de poterie, près de Milan.

Cette faveur, faite spontanément de la part de Brunetti, était depuis restée sans contrepartie – un peu à la manière dont une paire de chaussures coûteuse restait abandonnée au fond d'un placard, oubliée jusqu'au jour où on tombe accidentellement dessus (non sans qu'on se dise qu'il fallait être fou pour s'être laissé aller à faire un tel achat).

Brunetti composa le numéro du tribunal et c'est une voix de femme qui lui répondit, à la troisième sonnerie.

Il donna son nom et demanda à parler au juge Beniamin.

Au bout d'une minute, le juge prit la ligne. « Bonjour, commissaire. Je m'attendais à votre coup de fil.

– Oui, répondit simplement Brunetti. J'aimerais vous parler, votre honneur.

– Aujourd'hui ?

– Si cela vous convient.

– Je peux vous accorder une demi-heure, cet après-midi à dix-sept heures. Cela vous suffira-t-il ?

– Je le pense, votre honneur.

– Alors à tout à l'heure, ici au tribunal, commissaire. » Le juge raccrocha sur ses mots.

Le palais de justice et premier tribunal de la ville est situé au pied du pont du Rialto, non pas du côté de Saint-Marc, mais de celui du marché aux fruits et légumes. En fait, ceux qui se rendent au marché de bonne heure croisent parfois des hommes ou des femmes, menottes aux poignets, que des policiers conduisent vers l'une des nombreuses entrées du tribunal, et il n'est pas rare de voir des carabiniers, mitraillette au côté, en faction au milieu des cageots de choux et de raisins. Brunetti exhiba son identification aux gardiens en arme, à l'entrée, et escalada les deux volées de l'escalier en marbre qui conduisait à l'étage où officiait le juge Beniamin. Chaque palier comportait une grande fenêtre donnant sur les Fondazione dei Tedeschi, le centre d'activité de tous les commerçants allemands, à l'époque de la Sérénissime République, et aujourd'hui la poste centrale. À l'étage, deux carabiniers armés de fusils d'assaut et portant des gilets pare-balles lui redemandèrent de s'identifier.

« Avez-vous une arme sur vous, commissaire ? » lui demanda l'un d'eux après avoir examiné attentivement sa carte d'identité d'officier de police.

Brunetti regretta d'avoir oublié de se séparer de son pistolet avant de partir ; la chasse aux juges était ouverte depuis si longtemps en Italie que tout le monde était nerveux et (mais trop tard) très prudent. Avec lenteur, il écarta largement les pans de son veston et laissa le garde le dépouiller de son arme.

La troisième porte à droite était celle de Beniamin. Brunetti frappa deux coups, et une voix lui dit d'entrer.

Au cours des années écoulées depuis sa visite au domicile du juge, les chemins des deux hommes s'étaient croisés, de temps en temps, et ils s'étaient salués ; cela faisait toutefois une bonne année que Brunetti ne l'avait pas vu, et il fut frappé de le trouver aussi changé physiquement. Alors que Beniamin n'avait qu'une dizaine d'années de plus que lui, il lui parut maintenant assez vieux pour être son père. Deux plis profonds partaient de son nez, contournaient ses lèvres et allaient se perdre sous son menton. Ses yeux, naguère d'un brun profond, paraissaient embrumés, comme si on avait oublié de les dépoussiérer. De plus, engoncé dans les plis de la sévère robe noire qui symbolisait sa fonction, il paraissait en être surtout le prisonnier, tellement il avait perdu de poids.

« Asseyez-vous, commissaire », dit Beniamin. La voix, elle, était la même, avec son timbre sonore et profond, une voix de chanteur.

« Merci, votre honneur », répondit Brunetti en prenant place sur l'une des quatre chaises qui faisaient face au bureau du juge.

« Je suis désolé d'avoir à vous dire que je vais disposer de moins de temps que ce que je pensais. » Le juge marqua un temps d'arrêt, comme s'il réécoutait ce qu'il venait de déclarer. Il eut un petit sourire triste et ajouta : « Cet après-midi, du moins. Si vous pouviez être bref, je vous en serais reconnaissant. Sinon, nous aurons un nouvel entretien dans deux jours.

– Bien sûr, votre honneur. Il va sans dire que j'apprécie d'être reçu aussi vite. » Il se tut et les yeux des deux hommes se croisèrent ; ils étaient conscients l'un et l'autre du vide de ces formules.

« Oui, fut tout ce que répondit le juge.

– Carlo Trevisan.

– Lui, précisément ?

– Qui profite de sa mort ? Quelles étaient ses relations avec son beau-frère ? Avec son épouse ? Pourquoi sa fille a-t-elle raconté que, cinq ans auparavant, ses parents ont craint qu'elle ne soit enlevée ? Et quel genre d'entente – s'il y en a une – a-t-il conclue avec la Mafia ? »

Le juge Beniamin n'avait pris aucune note, se contentant d'écouter les questions. Il s'accouda au bureau et ouvrit la main, doigts tendus.

« Il y a deux ans, un nouvel avocat, Salvatore Martucci, a rejoint le cabinet en apportant sa propre clientèle. Leur accord stipulait qu'au bout d'un an, Martucci serait associé à Trevisan à parts égales dans le cabinet. On raconte que ce dernier aurait refusé d'honorer cette clause du contrat. Avec la mort de Trevisan, Martucci se trouve seul à la tête du cabinet. » Le juge fit disparaître son pouce.

« Le beau-frère est un personnage particulièrement fuyant et rusé. Une rumeur sans fondements solides, et qui pourrait me valoir des poursuites pour calomnie si je la répétais en public, veut que quiconque souhaite payer moins d'impôts sur des affaires menées à l'échelle internationale, ou désire savoir comment soudoyer les douanes pour qu'un chargement arrive ici sans être inspecté, sait très bien que c'est à lui qu'il faut s'adresser en priorité. » C'est son index, cette fois, qui se replia.

« Sa femme a une liaison avec Martucci. » Disparition du majeur.

« Il y a environ cinq ans, Trevisan – ici aussi, il ne s'agit que d'une rumeur – aurait été impliqué dans un imbroglio financier avec deux hommes de la Mafia de Palerme. Des hommes très violents. J'ignore quelle est la nature de cette affaire, si elle a un caractère criminel ou non, ou même s'il s'est trouvé impliqué dedans volontairement ou pas, mais je sais en revanche que ces hommes s'intéressaient beaucoup à lui, ou qu'il s'intéressait à eux, à cause de l'ouverture, paraissant alors imminente, des frontières avec les pays de l'Est, ce qui allait se traduire par davantage d'affaires entre ceux-ci et l'Italie. La Mafia passe pour avoir enlevé ou même assassiné les enfants de ceux qui refusaient leurs offres d'affaires. Il paraît que, pendant un certain temps, Trevisan est resté terrorisé ; mais on dit aussi que sa peur s'est dissipée. » Ramenant les deux derniers doigts à l'intérieur de sa paume, Beniamin ajouta : « Je pense que j'ai répondu à toutes vos questions. »

Brunetti se leva. « Merci, votre honneur.

– Vous êtes le bienvenu, commissaire. »

Il ne fut pas fait allusion à Roberto, mort d'une overdose un an auparavant, ni du cancer qui rongeait le foie du juge. Le policier sortit, récupéra son arme de service auprès du gardien, et quitta la cour du bâtiment.

18

À PEINE ARRIVÉ AU BUREAU, le lendemain matin, Brunetti composa le numéro personnel de Barbara Zorzi. Dès le bip, il annonça : « Ici Guido Brunetti, docteur. Si vous êtes chez vous, pouvez-vous décrocher ? J'ai de nouveau besoin de vous parler de Trevisan. J'ai appris que...

– Oui ? dit-elle, lui coupant la parole sans le surprendre pour autant, ni échanger avec lui les plaisanteries et les salutations habituelles.

– J'aimerais savoir si les visites de la signora Trevisan à votre cabinet avaient quelque chose à voir avec une grossesse. » Et avant qu'elle ait pu répondre, il ajouta : « Pas pour sa fille, pour elle.

– Pourquoi voulez-vous le savoir ?

– D'après le rapport d'autopsie, son mari aurait subi une vasectomie.

– Il y a combien de temps ?

– Je ne sais pas. Cela change-t-il quelque chose ? »

Elle garda longtemps le silence. « Non, je suppose que non. En effet, quand elle est venue me voir, il y a deux ans, elle pensait qu'elle était enceinte. Elle avait quarante et un ans, à l'époque, et cela n'aurait donc rien eu d'impossible.

– Et elle ne l'était pas ?

– Non.

– Paraissait-elle particulièrement perturbée par cette perspective ?

– À l'époque, je n'ai pas trouvé ; du moins, pas davantage que toute femme de son âge l'aurait été – convaincue qu'une grossesse, cela appartenait au passé. Mais à l'heure actuelle, je dirais qu'effectivement, l'idée d'être enceinte la perturbait beaucoup.

– Merci, dit Brunetti.

– C'est tout ?

– Oui.

– Vous ne me demandez pas le nom de celui qui aurait pu être le père ?

– Non. Je pense que si vous aviez cru que c'était quelqu'un d'autre que Trevisan, vous m'en auriez parlé l'autre jour. »

Elle ne répondit pas tout de suite, et dut faire un effort pour s'arracher le premier mot. « Oui. Je l'aurais sans doute fait.

– Bien.

– Peut-être.

– Merci », dit Brunetti, raccrochant aussitôt.

Il appela ensuite le cabinet de Trevisan pour obtenir un rendez-vous de maître Salvatore Martucci, mais on lui répondit que l'avocat était en voyage d'affaires à Milan et qu'il rappellerait le commissaire Brunetti dès son retour. Aucun nouveau document n'étant venu s'empiler sur son bureau, il dut se contenter d'étudier la liste qu'il avait établie la veille et de réfléchir sur ce que lui avait appris le juge.

Pas un seul instant, l'idée de remettre en question la véracité de ce que lui avait révélé Beniamin (ou de perdre du temps à essayer de le confirmer) ne lui vint à l'esprit. Étant donné les liens que Trevisan avait vraisemblablement noués avec la Mafia, sa mort lui apparaissait de plus en plus comme une exécution, aussi soudaine et anonyme que la foudre. Avec un nom pareil, Martucci devait être originaire du Sud ; Brunetti se mit lui-même en garde contre des préjugés qui risquaient de le conduire à tirer des conclusions trop hâtives, en particulier si l'on découvrait que Martucci était sicilien.

Restait la fille, Francesca, et la peur d'un enlèvement manifestée par ses parents. Avant de partir de chez lui, le matin, Brunetti avait dit à Chiara que, la police ayant éclairci l'histoire du kidnapping, il n'avait plus besoin de son aide. La possibilité, aussi lointaine qu'elle fût, que quelqu'un apprît l'intérêt que sa fille portait à une question intéressant la Mafia mettait Brunetti profondément mal à l'aise, et il pensait que traiter la chose comme un détail ayant perdu toute importance était le meilleur moyen de la dissuader de poursuivre son enquête.

Il fut tiré de ces réflexions par un coup frappé à la porte. Il lança un *« Avanti »,* et, levant les yeux, vit la signorina Elettra qui poussait le battant et faisait entrer un homme. « Je voudrais vous présenter le signor Giorgio Rondini. Il aimerait avoir un entretien avec vous. »

Le nouveau venu la dépassait d'une bonne tête mais ne devait cependant pas peser beaucoup plus lourd qu'elle. Aussi émacié qu'un personnage du Greco, la barbichette noire et pointue que portait le signor Rondini, s'ajoutant à des yeux sombres qui regardaient le monde sous des sourcils noirs et épais, ne faisaient qu'accentuer cette ressemblance.

« Je vous en prie, asseyez-vous, signor Rondini, dit Brunetti en se levant. En quoi puis-je vous être utile ? »

Pendant que le visiteur s'installait, la signorina Elettra retourna jusqu'à la porte, dans l'encadrement de laquelle elle s'arrêta et resta immobile, jusqu'à ce que Brunetti regarde vers elle ; sur quoi, montrant Rondini du doigt elle articula en silence, comme si elle s'adressait à un sourd de fraîche date, *Gi-or-gi-o.* Brunetti lui adressa le plus discret des signes de tête. *« Grazie, signorina. »* La secrétaire referma la porte derrière elle.

Les deux hommes gardèrent un moment le silence. Rondini regardait autour de lui, tandis que Brunetti consultait la liste qu'il avait sous les yeux. C'est finalement le visiteur qui prit le premier la parole. « Je suis venu vous demander un conseil, commissaire.

– Oui, signor Rondini ?

– C'est à propos de la condamnation.

– De la condamnation, signor Rondini ?

– Oui, à cause de ce qui est arrivé, sur la plage. » Il eut un petit sourire d'encouragement, comme s'il incitait Brunetti à se souvenir d'une histoire dont il aurait dû avoir entendu parler.

« Je suis désolé, signor Rondini, mais je ne vois pas de quelle condamnation vous me parlez. Pourriez-vous être un peu plus explicite ? »

Le sourire de l'homme disparut, remplacé par une expression de pénible embarras.

« Elettra ne vous a rien dit ?

– Non. Pour autant que je sache, elle ne m'en a pas touché mot. » Devant la mine de plus en plus déconfite de son visiteur, Brunetti ajouta, avec un sourire : « Elle ne m'a parlé de vous que pour me dire à quel point vous nous aviez aidés, évidemment. C'est grâce à vous que notre enquête a pu faire autant de progrès. » Que l'enquête n'ait en réalité accompli aucun vrai progrès ne faisait pas nécessairement de cette réponse un mensonge – ce qui n'aurait de toute façon pas empêché Brunetti de la donner.

Comme Rondini continuait de garder le silence, c'est le commissaire qui le relança. « Vous pourriez peut-être me dire l'essentiel, et je verrai à ce moment-là en quoi je peux vous aider. »

Le visiteur joignit les mains sur ses genoux, et massa doucement les doigts de la droite avec ceux de la gauche. « Comme je l'ai dit, c'est à propos de la condamnation. » Il leva la tête et Brunetti, souriant, l'engagea à poursuivre d'un signe de tête. « Pour attentat à la pudeur. » Le policier continua de sourire, ce qui parut encourager Rondini.

« Voyez-vous, commissaire, j'étais allé sur cette plage, il y a deux étés de cela. À l'Alberoni. » Brunetti ne se départit toujours pas de son sourire, même si l'endroit, tout au bout du Lido, était devenu tellement fréquenté par les homosexuels qu'il avait reçu le sobriquet de Plage du Péché. Si son sourire ne changea pas, ses yeux étudièrent le visage et les mains de l'homme avec une attention plus aiguë.

« Non, non, commissaire, reprit Rondini en secouant la tête. Ce n'est pas moi, c'est mon frère. » Il s'interrompit et secoua de nouveau la tête, à la fois confus et embrouillé. « Je ne fais que rendre les choses pires encore. » Il sourit plus nerveusement qu'avant et poussa un soupir. « Recommençons. » Brunetti acquiesça à cette idée. « Mon frère est journaliste. Cet été, il devait faire un article sur la plage en question, et il m'a demandé de l'accompagner. Il se disait qu'on aurait l'air d'un couple, de cette façon, et que les autres nous ficheraient la paix. Nous ficheraient la paix, mais accepteraient de nous parler. » Il s'interrompit à nouveau et regarda ses mains qui s'agitaient sur ses genoux.

Comme il n'ajoutait rien et n'avait pas l'air de vouloir continuer, Brunetti lui demanda : « Et qu'est-ce qui s'est passé ? » Devant le silence persistant de l'homme, il insista : « Cet incident ? »

Rondini inspira profondément et reprit enfin la parole. « Je suis allé nager, et comme ensuite j'avais un peu froid, j'ai décidé de me rhabiller. Mon frère était un peu plus loin, sur la plage, et parlait avec quelqu'un. Je me croyais seul. En tout cas, il n'y avait personne à moins de vingt mètres. Je me suis assis et j'ai retiré mon maillot de bain mouillé ; et juste au moment où j'enfilais mon pantalon, deux policiers ont surgi de je ne sais où et m'ont dit de me lever. J'ai voulu finir d'enfiler mon pantalon, mais l'un d'eux m'en a empêché en marchant sur le bas. » Il parlait d'une voix de plus en plus serrée, mais Brunetti n'aurait su dire si c'était de l'embarras ou de la colère que ressentait son visiteur.

Giorgio leva machinalement une main et se mit à se gratter la barbe. « J'ai donc essayé de remettre mon maillot de bain, mais l'autre policier l'a pris.

– Et ensuite, signor Rondini ? demanda Brunetti, craignant un nouveau silence.

– Je me suis levé.

– Et ?

– Et ils ont dressé un procès-verbal m'accusant d'attentat à la pudeur dans un lieu public.

– Vous êtes-vous expliqué auprès d'eux ?

– Oui.

– Et ?

– Ils ne m'ont pas cru.

– Et votre frère ? Il n'était pas revenu dans l'intervalle ?

– Non, tout cela s'est passé en moins de cinq minutes. Le temps qu'il soit là, ils avaient établi leur procès-verbal et étaient repartis.

– Qu'est-ce que vous avez fait, alors ?

– Rien, répondit Rondini, regardant le commissaire dans les yeux. Mon frère m'a dit de ne pas m'inquiéter, qu'ils devaient m'informer s'ils voulaient intenter des poursuites.

– Et l'ont-ils fait ?

– Non. En tout cas, je n'en ai jamais entendu parler. Toujours est-il que, deux mois plus tard, un ami m'a appelé pour me dire qu'il avait vu mon nom dans le *Gazzettino*. Il y avait eu plus ou moins un procès, mais on ne m'avait jamais rien notifié. Pas d'amende, rien. Pas un instant, je n'ai eu vent de quoi que ce soit, jusqu'au moment où j'ai reçu une lettre m'annonçant que j'avais été condamné. »

Brunetti réfléchit quelques instants, ne trouvant pas l'histoire particulièrement étrange. Ce genre d'infraction pouvait très bien passer à travers les failles du système judiciaire et il était tout à fait possible de se retrouver condamné sans avoir été formellement inculpé. Ce qu'il ne comprenait pas, c'était ce qui motivait la démarche de Rondini auprès de lui.

« Avez-vous essayé de faire changer la décision ?

– Oui. Mais on m'a dit que c'était trop tard, que j'aurais dû faire quelque chose avant la procédure. Ce n'était pas un procès, ni rien de tel. » Brunetti acquiesça, connaissant bien ce mode de fonctionnement, dans le cadre des affaires mineures. « Ce qui signifie que j'ai été condamné pour un crime.

– Non, pour un simple délit, le corrigea Brunetti.

– Mais condamné tout de même », fit remarquer Rondini.

Le policier inclina la tête de côté et souleva un sourcil, espérant avoir une expression sceptique suffisamment convaincante. « Je ne pense pas qu'il y ait là de quoi vous empêcher de dormir, signor Rondini.

– Je suis sur le point de me marier. » La réponse prit Brunetti complètement au dépourvu.

« J'ai bien peur de ne pas voir le rapport... »

La voix de l'homme, de nouveau, s'étrangla. « Ma fiancée... Je ne voudrais surtout pas que sa famille apprenne que j'ai été condamné pour attentat à la pudeur sur une plage d'homosexuels.

– Et votre fiancée, est-elle au courant ? »

Rondini fut sur le point de donner une réponse, puis changea d'avis. « Non. Je ne la connaissais pas au moment des faits et, depuis, je n'ai jamais pu trouver le moment propice pour lui en parler. Ou une façon de lui en parler. Avec mon frère et mes amis, on plaisante à propos de cette histoire, maintenant, mais j'ai l'impression qu'elle ne la trouverait pas drôle. » Il chassa d'un haussement d'épaules le malaise que ce fait pouvait lui faire ressentir. « Et sa famille encore moins.

– Et vous êtes venu me voir en espérant que je pourrais faire quelque chose pour vous ?

– Oui. Elettra m'a beaucoup parlé de vous, m'a dit que vous étiez très puissant, à la questure. » Il avait parlé avec un ton plein de déférence ; pire encore, plein d'espoir.

Brunetti eut un haussement d'épaules devant le compliment. « À quoi avez-vous pensé ?

– J'aurais besoin de deux choses. Que vous changiez mon casier... » Il vit que Brunetti était sur le point de soulever une objection et ajouta précipitamment : « Je suis sûr que vous pouvez faire quelque chose d'aussi simple que cela.

– Cela signifie altérer un document officiel de l'État, signor Rondini, dit Brunetti en prenant un ton sévère.

– Mais Elettra m'a dit que... » Il n'alla pas plus loin, toutefois.

Brunetti préférait ne pas savoir comment il aurait terminé sa phrase. « Sans doute croyez-vous que c'est aussi simple que cela, mais ce n'est pas le cas. »

Rondini le regarda, nullement découragé, sans toutefois oser formuler son objection. « Puis-je vous parler de la deuxième chose ?

– Bien sûr.

– Il me faudrait une lettre expliquant que le procès-verbal qui a déclenché l'affaire était une erreur et que j'ai été innocenté devant la Cour. En fait, ce serait bien s'il y avait des excuses pour les ennuis que j'ai subis. »

Brunetti fut tenté de rejeter cette demande comme étant impossible. « Pourquoi en avez-vous besoin ? demanda-t-il.

– Pour ma fiancée. Et pour sa famille. Si jamais ils en entendaient parler.

– Mais si la condamnation disparaissait du casier, à quoi vous servirait la lettre, voulut savoir le commissaire, qui se corrigea immédiatement : À condition qu'on puisse le faire, bien entendu.

– Ne vous inquiétez pas pour le casier, dottore. »

Rondini avait parlé avec une telle autorité que Brunetti se rappela soudain que l'homme travaillait au service informatique des Télécom. Il se souvint également de la petite boîte rectangulaire, à côté de l'ordinateur de la signorina Elettra.

« Et de qui devrait émaner cette lettre ?

– J'aimerais qu'elle vienne de la questure. Mais je sais que c'est impossible », ajouta-t-il précipitamment.

Brunetti remarqua que, dès l'instant où Rondini avait eu l'impression d'avoir obtenu quelque chose et que le reste n'était plus que la négociation de points de détail, ses mains avaient cessé de s'agiter. Elles étaient à présent posées sur ses genoux, immobiles, et lui-même paraissait presque détendu sur sa chaise.

« Une lettre émanant d'un commissaire suffirait-elle ?

– Oui, je crois.

– Et pour ce qui est de faire disparaître le procès-verbal de nos dossiers ? »

Rondini eut un geste vague de la main. « Un jour ou deux. »

Brunetti préférait ignorer lequel des deux, Rondini ou Elettra, se chargerait de cette tâche, et se garda donc de poser la question. « Dans deux ou trois jours, j'irai faire une vérification dans nos archives pour voir si nous avons un dossier sur vous.

– Il n'y en aura pas », l'assura l'informaticien. Il avait répondu sans arrogance, seulement avec certitude.

« Quand j'aurai fait cette vérification, j'écrirai la lettre. »

Rondini se leva et tendit la main au-dessus du bureau de Brunetti. « Si jamais je peux vous rendre service, dottore, n'importe quoi, vous savez où je travaille, n'est-ce pas ? » dit-il pendant qu'ils se serraient la main. Le policier le raccompagna jusqu'à la porte. Lorsque son visiteur fut parti, il descendit voir la signorina Elettra.

« Vous lui avez parlé ? » lui demanda-t-elle.

Brunetti se demandait s'il devait ou non s'offenser de

la facilité avec laquelle elle envisageait d'altérer des documents officiels de l'État et de procéder à rien moins que des faux en écriture. Il choisit l'ironie.

« Je suis étonné que vous ayez seulement pris la peine de lui demander de me parler. Et que vous n'ayez pas réglé cette affaire toute seule. »

Elle eut un sourire radieux. « Eh bien, évidemment, j'y avais pensé, mais je me suis dit que ce serait mieux s'il vous parlait avant.

– À cause du changement dans les archives ?

– Oh, non. J'aurais pu le faire toute seule, ça ne m'aurait pas demandé plus d'une minute. » Une formalité sans importance, vraiment, à la façon dont elle en parlait.

« Mais est-ce qu'il n'y a pas un mot de passe secret pour empêcher les gens de pénétrer dans notre ordinateur ? »

Elle hésita un instant. « Il y a bien un mot de passe, c'est vrai, mais il n'est pas très secret.

– Qui le connaît ?

– Aucune idée. Mais il ne sera pas difficile à trouver.

– Et à utiliser ?

– Probablement. »

Brunetti préféra ne pas creuser davantage la question. « À cause de la lettre, alors ? demanda-t-il, supposant que Rondini l'avait informée de la requête qu'il allait présenter.

– Oh, non plus, dottore. J'aurais très bien pu la lui écrire. Mais j'ai pensé que ce serait bien pour lui de vous rencontrer, pour lui montrer que vous êtes d'accord pour l'aider.

– Au cas où nous aurions besoin d'autres informations de la part des Télécom ? demanda-t-il, renonçant à poursuivre dans la veine ironique.

– Exactement. » Sur quoi elle eut un sourire absolument ravi : le commissaire commençait enfin à comprendre comment fonctionnaient les choses.

19

TOUTES LES SPÉCULATIONS de Brunetti sur le signor Rondini, cependant, furent chassées de son esprit par la nouvelle qui le fit jaillir à demi rasé de sa salle de bains, le lendemain matin. On avait retrouvé Ubaldo Lotto, le beau-frère de feu Carlo Trevisan, assassiné dans sa Lancia, laquelle était garée sur une route secondaire non loin de la nationale qui reliait Mestre à Mogliano Veneto. Il avait été abattu, semblait-il, de trois coups de feu tirés à bout portant par une personne assise à côté de lui, sur le siège du passager.

C'est un habitant de la région qui l'avait découvert vers cinq heures du matin. Il avait ralenti à cause de la chaussée rendue boueuse par la pluie de la nuit, et de l'obstacle que présentait la grosse voiture rangée sur le bas-côté de la route étroite. Mais ce qu'il avait vu en passant ne lui avait pas plu : le chauffeur écroulé contre son volant, tandis que le moteur du véhicule tournait encore. Il s'était arrêté et, revenu sur ses pas, avait regardé à l'intérieur et vu le sang qui maculait le siège. Il avait aussitôt appelé la police. Une fois sur place, les forces de l'ordre avaient entouré la Lancia d'un cordon de sécurité et entrepris de rechercher des indices sur le ou les meurtriers. Ils trouvèrent les traces d'une autre voiture qui s'était garée derrière celle de Lotto, mais la pluie battante d'automne avait complètement brouillé les empreintes de pneus, les rendant inutilisables. Le premier policier qui ouvrit la portière crut défaillir tant étaient fortes les odeurs – celles du sang et des matières fécales mêlées aux lourds effluves d'une eau de toilette, le tout exalté par le chauffage du véhicule qui avait continué à tourner, poussé au maximum, pendant les longues heures que Lotto avait passées effondré sur le volant, dans les bras de la mort. Les techniciens de la police examinèrent avec soin la scène du crime puis, une fois la voiture remorquée dans le garage de la police, à Mestre, passèrent l'intérieur au peigne fin à la recherche de fibres, de cheveux, ou de toute autre particule de matière organique pouvant donner une information sur le passager de la voiture.

La Lancia avait déjà été remorquée lorsque Brunetti et Vianello, que la police de Mestre était venue chercher en véhicule de patrouille, arrivèrent sur la scène du meurtre. De l'arrière, tout ce qu'ils voyaient se réduisait à une route secondaire étroite bordée d'arbres qui dégouttaient encore de pluie, alors que celle-ci s'était arrêtée à l'aube. Au garage, ils découvrirent une berline Lancia marron, sur le siège avant de laquelle les taches prenaient peu à peu la même couleur que la voiture. À la morgue, ils trouvèrent la personne que l'on avait appelée pour identifier le corps et qui se trouva être Salvatore Martucci – dernier survivant du cabinet Trevisan. Un éclair dans les yeux de Vianello, suivi d'un léger signe de tête en direction de l'homme, apprit à Brunetti que c'est à cet avocat, qui avait manifesté si peu de chagrin en apprenant l'assassinat de son associé, que le sergent avait déjà eu affaire.

Mince et noueux, Martucci était plus grand que la plupart de ses compatriotes du Sud et ses cheveux, qu'il portait plus courts que la mode l'exigeait, étaient blond roux ; cette combinaison d'éléments faisait de lui une résurgence de l'ancien apport normand, lorsque leurs hordes, au XIe siècle, avaient envahi la Sicile ; leur héritage génétique restait encore visible dans les yeux vert clair de nombreux Siciliens, comme dans les expressions françaises que l'on retrouvait parfois dans leur dialecte.

Au moment de l'arrivée des deux policiers, Martucci sortait tout juste de la morgue. L'un et l'autre furent frappés par le fait qu'avec ses yeux soulignés de cernes profonds et la pâleur extrême de son teint, il aurait très bien pu passer lui-même pour un cadavre.

« Maître Martucci ? » demanda Brunetti en s'arrêtant devant lui.

L'avocat le regarda comme s'il ne le voyait pas, puis se tourna vers Vianello qu'il parut en revanche remarquer, peut-être à cause de son uniforme bleu. « Oui ?

– Je suis le commissaire Guido Brunetti. J'aimerais vous poser quelques questions concernant le signor Lotto.

– Je ne sais rien », répondit Martucci. En dépit du ton monocorde avec lequel il s'était exprimé, son accent sicilien transparaissait toujours.

« Vous vivez un moment difficile, je le comprends bien, signor Martucci, mais nous devons vous poser un certain nombre de questions.

– Je ne sais rien, répéta le Sicilien.

– Signor Martucci, reprit Brunetti, qui se plaça à côté de Vianello de manière à bloquer le passage à l'avocat, j'ai bien peur que, si vous refusez de nous parler, nous ne puissions faire autrement que de poser ces mêmes questions à la signora Trevisan.

– Qu'est-ce que Franca a à voir là-dedans ? » rétorqua Martucci. Il avait relevé brusquement la tête et ses yeux allaient rapidement de Brunetti à Vianello.

« L'homme assassiné est son frère. Et son mari est mort, de la même manière, il y a moins d'une semaine. »

Martucci détourna la tête pour méditer cette réponse. Brunetti était curieux de voir si l'homme n'allait pas remettre cette similitude en question, prétendre qu'elle était purement fortuite. « Très bien. Que voulez-vous savoir ? se contenta-t-il de dire.

– Nous pourrions peut-être aller dans l'un des bureaux », suggéra Brunetti, qui avait déjà demandé au médecin légiste s'il pouvait utiliser celui de son adjoint. Il fit demi-tour sans attendre la réponse et Martucci lui emboîta le pas, suivi de Vianello ; ce dernier n'avait toujours rien dit, ni laissé entendre qu'il avait déjà eu un entretien avec l'avocat. Brunetti ouvrit la porte et fit passer Martucci. Lorsque les trois hommes furent assis, Brunetti reprit la parole. « Vous pourriez déjà nous dire où vous vous trouviez la nuit dernière, signor Martucci.

– Je ne vois pas en quoi cela est nécessaire, répondit l'homme d'une voix qui exprimait davantage la confusion qu'un désir de résister.

– Nous allons vouloir savoir où se trouvaient, la nuit dernière, toutes les personnes qui connaissaient le signor Lotto. C'est le genre de renseignements, comme vous devez le savoir, maître, qu'il est indispensable de rassembler dans toute enquête sur un meurtre.

– J'étais chez moi.

– Quelqu'un était-il avec vous ?

– Non.

– Êtes-vous marié, signor Martucci ?

– Oui. Mais nous sommes séparés.

– Vous vivez seul ?

– Oui.

– Vous avez des enfants ?

– Oui. Deux.

– Vivent-ils avec vous ou avec votre femme ?

– Je ne vois pas quel est le rapport avec Lotto.

– C'est à vous que nous nous intéressons pour le moment, signor Martucci, pas au signor Lotto, répondit Brunetti. Vos enfants habitent-ils chez votre femme ?

– Oui.

– Votre séparation est-elle officielle et doit-elle conduire à un divorce ?

– Nous n'en avons jamais parlé.

– Pourriez-vous vous montrer un peu plus explicite, signor Martucci ? » insista le commissaire, même s'il savait que cette situation était relativement courante.

L'avocat, quand il répondit, avait dans la voix ce calme mortel qui est le gage de la vérité. « J'ai beau être juriste, l'idée de devoir supporter la procédure d'un divorce me terrifie. Ma femme ferait tout pour m'empêcher de l'obtenir.

– Si bien que vous ne lui en avez jamais parlé ?

– Jamais. Je la connais suffisamment bien pour savoir quelle réponse elle me donnerait. Elle n'y consentirait pas, et je n'ai aucun élément sur lequel fonder un divorce. Si j'essayais de l'obtenir malgré elle, elle me prendrait tout ce que j'ai.

– Et elle, dispose-t-elle d'éléments qui justifieraient une demande en divorce de sa part, signor Martucci ? » demanda Brunetti. Comme l'avocat ne répondait pas, il tourna la question différemment, employant un euphémisme. « Voyez-vous quelqu'un d'autre, signor Martucci ?

– Non. » Martucci avait répondu sur-le-champ.

« Je trouve cela difficile à croire, observa Brunetti avec un sourire complice.

– Que voulez-vous dire ?

– Vous êtes plutôt bel homme, encore jeune, exerçant une profession dans laquelle vous réussissez bien, manifestement. Il ne doit pas manquer de femmes pour vous trouver séduisant et qui ne demanderaient qu'à être l'objet de vos attentions. »

L'avocat ne répondit pas.

« Aucune ? insista Brunetti.

– Aucune.

– Ainsi vous étiez donc seul, la nuit dernière ?

– Je vous l'ai déjà dit, commissaire.

– Ah, oui, c'est vrai. »

Martucci se leva brusquement. « Si vous n'avez pas d'autres questions, j'aimerais bien partir. »

Brunetti eut un geste paisible de la main. « Encore quelques-unes, signor Martucci. »

Devant le regard du policier, l'avocat se rassit.

« Quelle était la nature de vos relations avec le signor Trevisan ?

– Je travaillais pour lui.

– Pour lui ou avec lui ?

– Les deux, pourrait-on dire. » Brunetti lui adressa un regard inquisiteur. « J'ai commencé en travaillant pour lui, puis avec lui. » Il regarda Brunetti, comprit que c'était un peu court, et reprit : « L'année dernière, nous sommes convenus qu'à la fin de cette année-ci, je deviendrais son associé dans le cabinet.

– Associé à égalité de parts ?

– Nous n'en avions pas parlé », répondit Martucci d'un ton neutre, sans détourner les yeux.

Brunetti estima que c'était une faute de taille, en particulier de la part d'avocats d'affaires. Une faute ou bien, étant donné que le seul autre témoin de cet accord était mort, autre chose.

« Et dans l'éventualité de sa mort ?

– Nous n'en avions pas parlé.

– Pourquoi ? »

La voix de Martucci se durcit. « Cela me semble évident. Les gens n'envisagent pas de mourir.

– Ils meurent, néanmoins », lui fit observer Brunetti.

L'homme ignora cette remarque.

« Et maintenant que le signor Trevisan est mort, allez-vous reprendre le cabinet à votre compte ?

– Si la signora Trevisan me le demande, oui.

– Je vois, je vois, dit Brunetti, comme pour lui-même. Si bien qu'en un sens on peut dire que vous héritez la clientèle du signor Trevisan ? »

Martucci fit un effort visible pour se contenir. « Si ses clients veulent bien m'accorder leur confiance, oui.

– Et vous l'accordent-ils ?

– La mort de maître Trevisan est encore trop récente pour que je puisse le savoir.

– Et le signor Lotto, voulut savoir Brunetti, changeant le cours de l'interrogatoire, quel était son rôle dans votre cabinet ?

– Il était notre expert-comptable et notre homme d'affaires.

– Aussi bien pour vous que pour le signor Trevisan, du jour où vous avez travaillé ensemble ?

– Oui.

– Et après la mort du signor Trevisan, est-ce que le signor Lotto est resté votre expert-comptable ?

– Bien entendu. Il était très au courant de toutes nos affaires. Cela faisait plus de quinze ans qu'il travaillait pour Carlo.

– Et envisagiez-vous de le garder ?

– Cela allait de soi.

– Le signor Lotto avait-il une participation légale quelconque dans le cabinet ?

– Je crois que je ne comprends pas très bien... »

Cela aussi parut insolite à Brunetti, non seulement parce que la question qu'il avait posée était parfaitement claire, mais également parce que Martucci, en tant qu'avocat d'affaires, aurait dû la comprendre immédiatement. « Le cabinet était-il constitué en société, et le signor Lotto en détenait-il des parts ? »

Martucci réfléchit un certain temps avant de répondre. « À ma connaissance, non, mais ils avaient pu conclure une sorte d'accord privé entre eux.

Et de quel genre d'accord aurait-il pu s'agir ?

– Aucune idée. Ce qu'ils auraient décidé.

– Je vois », dit Brunetti. Puis, s'exprimant sur le ton le plus banal, il demanda : « Et la signora Trevisan ? »

Par son silence, Martucci montra clairement qu'il s'attendait à cette question. « Quoi, la signora Trevisan ?

– Garde-t-elle des intérêts dans l'affaire ?

– Cela dépend du testament qu'il a rédigé.
– Vous n'avez pas participé à sa rédaction ?
– Non, il s'en est occupé lui-même.
– Et vous n'avez aucune idée de son contenu ?
– Non, bien sûr que non. Je ne vois d'ailleurs pas pourquoi j'aurais dû.
– Je me disais qu'étant son associé... » Brunetti laissa la phrase en suspens, se contentant d'un geste vague de la main pour la terminer.

« Je n'étais pas encore son associé, puisque l'affaire devait se conclure au début de l'année prochaine.
– Oui, c'est vrai, reconnut Brunetti. Mais j'avais pensé qu'en tant que son collaborateur le plus proche, vous auriez pu avoir une idée de son contenu.
– Pas du tout.
– Je vois. » Brunetti se leva. « Je crois que ce sera tout pour aujourd'hui, signor Martucci. Je vous suis très reconnaissant de votre collaboration.
– C'est tout ? s'étonna l'avocat. Je peux partir ?
– Bien sûr », répondit Brunetti qui, pour preuve de sa bonne foi, alla même jusqu'à lui ouvrir la porte et à la tenir pour lui. Avec les salutations d'usage, l'avocat prit congé. Brunetti et Vianello attendirent quelques minutes et quittèrent à leur tour le bâtiment pour retourner à Venise.

Le temps que la vedette de la police les ramène à l'embarcadère de la questure, les deux policiers étaient d'accord pour dire que si Martucci avait paru préparé aux questions posées sur la signora Trevisan, réagissant avec sang-froid à celles-ci, celles concernant son défunt mari et leur partenariat l'avaient manifestement rendu nerveux. Cela faisait si longtemps que Vianello travaillait avec Brunetti que celui-ci n'eut même pas besoin de lui dire de procéder aux vérifications habituelles – voisins, amis, épouse – sur la version des faits présentée par Martucci pour voir s'il n'y avait pas moyen de vérifier qu'il était bien chez lui la nuit dernière. L'autopsie n'avait pas encore eu lieu, et du fait de la chaleur intense qui avait régné dans la voiture et de son effet sur le cadavre, l'heure exacte de la mort allait être difficile à déterminer.

Alors qu'ils traversaient le grand hall d'entrée de la questure, Brunetti s'immobilisa brusquement et se tourna vers Vianello. « Le réservoir ! s'exclama-t-il.

– Quoi ?

– Le réservoir d'essence. Demande-leur de mesurer ce qui reste dedans et de trouver quand, si possible, il a fait le plein pour la dernière fois. Cela nous donnera peut-être une idée du temps pendant lequel le moteur a tourné, et nous aidera à calculer l'heure à laquelle on l'a tué. »

Vianello acquiesça. Cela n'apporterait pas forcément beaucoup de précisions, mais pourrait compléter les résultats de l'autopsie, au cas où ils seraient trop vagues. Même si, pour le moment, l'heure de la mort n'était pas un élément crucial de l'enquête.

Le sergent partit de son côté, et Brunetti emprunta l'escalier pour gagner son bureau. Avant d'y arriver, cependant, il rencontra la signorina Elettra, qui arrivait en haut des marches. « Ah, vous voilà, commissaire. Le vice-questeur vous a demandé. » Brunetti s'arrêta et la regarda descendre vers lui. Un long foulard couleur safran, aussi léger que de la fumée, flottait derrière elle, gonflé par l'air chaud qui circulait dans la cage d'escalier. Si la *Victoire de Samothrace* était descendue de son piédestal après avoir retrouvé sa tête et avait pris le grand escalier du Louvre, elle aurait probablement eu cet aspect.

« Oui ? dit Brunetti quand elle fut à sa hauteur.

– Le vice-questeur, monsieur. Il a dit qu'il aimerait beaucoup vous parler.

– Qu'il aimerait beaucoup me parler ? » répéta Brunetti, impressionné par la formule. Paola plaisantait souvent sur un personnage de Dickens qui avait coutume de prévoir l'arrivée d'événements funestes en annonçant que le vent tournait ; Brunetti ne se rappelait pas quel personnage, ni d'où venait le vent du malheur, mais il savait en revanche que, lorsque Patta employait une expression comme « aimerait beaucoup », c'est que le vent avait effectivement tourné dans la mauvaise direction.

« Est-il dans son bureau ? demanda Brunetti qui fit demi-tour pour accompagner la jeune femme.

– Oui, et il a passé l'essentiel de la matinée au téléphone. » Autre signe que la tempête menaçait.

« Avanti ! » lança le vice-questeur Patta lorsque le commissaire frappa à la porte. « Ah, bonjour, Brunetti. Je vous en prie, asseyez-vous. Il y a un certain nombre de choses dont j'aimerais m'entretenir avec vous. » Trois phrases empreintes de courtoisie avant qu'il ait pris un siège ? Brunetti fut aussitôt sur ses gardes.

Il alla s'installer sur son fauteuil habituel. « Oui, monsieur ? » fit-il en tirant son calepin de sa poche, espérant ainsi faire montre du sérieux avec lequel il voulait que Patta croie qu'il traitait cette réunion.

« J'aimerais que vous me disiez ce que vous savez de la mort de Rino Favero.

– De Favero, monsieur ?

– Oui, un comptable de Padoue que l'on a trouvé mort dans son garage, la semaine dernière. » Patta marqua ce qu'il pensait être un temps d'arrêt lourd de signification, et ajouta : « Un suicide.

– Ah oui, Favero. J'ai appris que le nom de Trevisan figurait dans son carnet d'adresses.

– Je suis sûr qu'il devait y avoir beaucoup d'adresses dans ce carnet, observa Patta.

– Le numéro de téléphone de Trevisan s'y trouvait, mais sans son nom.

– Je vois. Autre chose ?

– Il y avait un certain nombre d'autres numéros curieux. Nous essayons de les vérifier.

– Nous, commissaire, nous ? » Il n'y avait que curiosité

polie dans le ton du vice-questeur. Quelqu'un qui l'aurait moins bien connu n'aurait entendu que cela, pas la menace sous-jacente.

– La police de Padoue, je veux dire.

– Et ont-ils trouvé ce qu'étaient ces numéros curieux ?

– Non, monsieur.

– Enquêtez-vous sur la mort de Favero ?

– Nullement, monsieur, répondit honnêtement Brunetti.

– Bien. » Patta regarda son bureau, déplaça un mémo de messages téléphoniques et consulta le papier qui se trouvait dessous. « Et Trevisan ? Qu'avez-vous de neuf ?

– Il vient d'y avoir un autre assassinat.

– Lotto ? Oui, je sais. Vous pensez qu'ils ont un rapport ? »

Brunetti prit une profonde inspiration avant de répondre. Les deux hommes étaient en affaires et avaient été abattus de la même manière, peut-être avec la même arme, et le vice-questeur lui demandait si les crimes avaient un rapport...

« Oui, monsieur, je le pense.

– Dans ce cas, il me semble que vous feriez mieux de consacrer tout votre temps et toute votre énergie à enquêter sur ces deux meurtres, et de laisser les gens de Padoue s'occuper de l'affaire Favero. C'est eux qu'elle concerne. » Il déplaça la feuille de papier, qui en cachait en fait une autre.

« Il y a quelque chose d'autre, monsieur ? demanda Brunetti.

– Non, je crois que ce sera tout », répondit Patta sans prendre la peine de relever la tête.

Brunetti remit le calepin dans sa poche, se leva et quitta le bureau, intrigué par la courtoisie liminaire de son supérieur. Il s'arrêta devant le bureau de la signorina Elettra.

« Vous ne sauriez pas, par hasard, avec qui il a parlé ?

– Non, mais je peux vous dire par contre qu'il déjeune au *Do Forni* », répondit-elle, nommant un restaurant naguère célèbre pour sa carte, aujourd'hui pour ses additions.

« C'est vous qui avez été chargée de la réservation ?

– Non. En fait, l'un de ces coups de téléphone a dû s'accompagner d'une invitation plus intéressante, car il m'a demandé d'annuler sa propre réservation au *Corte Sconto.* » Autre restaurant hors de prix. Avant que Brunetti trouve le courage de demander à une employée de la police de faire bon marché de sa déontologie, la signorina Elettra lui glissa : « Je pourrais peut-être appeler cet après-midi pour leur demander s'ils n'auraient pas trouvé l'agenda du vice-questeur. Comme il n'en a jamais sur lui, c'est des plus improbables. Je m'arrangerai pour leur faire dire en compagnie de qui il était, sous prétexte de les appeler pour leur demander la même chose.

– Je vous en serais très reconnaissant », dit Brunetti. Il n'avait aucune idée de l'importance éventuelle que pouvait avoir cette information, mais il avait appris, au cours des années, qu'il était utile de se faire une idée de ce que mijotait Patta et de ses types de fréquentation, en particulier au cours de ces rares éclaircies où le vice-questeur le traitait avec politesse.

20

Brunetti était de retour dans son bureau depuis une heure lorsqu'il reçut un coup de fil de della Corte, qui l'appelait depuis une cabine téléphonique de Padoue. C'est du moins l'impression qu'eut Brunetti, qui avait encore des difficultés à suivre ce que lui disait son correspondant, tant était puissant le vacarme de la circulation, en fond sonore.

« Nous avons trouvé le restaurant où il a pris son dernier repas, le soir de sa mort », dit della Corte sans que Brunetti ait besoin d'explication pour savoir que ce « il » renvoyait à Favero.

Le commissaire s'épargna la peine de demander comment et où ses collègues de Padoue avaient trouvé ce renseignement et posa l'unique question pertinente :

« Était-il seul ?

– Non, répondit le capitaine vivement. Avec une femme, qui avait dix bonnes années de moins que lui. Très bien habillée et, d'après le serveur, très séduisante.

– Et ? insista Brunetti, bien conscient que cette description ne permettrait guère de faire une identification.

– Une seconde... Ça y est, je l'ai. Environ trente-cinq ans, cheveux blonds, ni courts, ni longs. La même taille que Favero. » Se souvenant du rapport d'autopsie de l'expert-comptable, Brunetti se dit qu'elle devait être grande, pour une femme. « Il ne l'a pas beaucoup entendu parler, mais elle lui a fait l'effet de devoir coûter aussi cher que ses vêtements – c'est du moins ainsi qu'il me l'a décrite.

– Où étaient-ils ?

– Dans un restaurant du quartier de l'université.

– Comment l'avez-vous trouvé ? » Il ne résistait pas, en fin de compte, à la curiosité.

« Les gens qui y travaillent ne sont pas des lecteurs du *Gazzettino*, si bien qu'ils n'ont pas vu la photo de Favero qui accompagnait l'article. Le serveur est tombé dessus par hasard ce matin, en feuilletant une pile de vieux journaux pendant qu'il attendait son tour, chez le coiffeur. Il a reconnu Favero et nous a appelés. Je viens juste de l'apprendre et je ne l'ai pas encore interrogé moi-même. J'ai pensé que vous aimeriez peut-être être avec moi pour cela.

– Quand ?

– C'est un restaurant. Pour le déjeuner ? »

Brunetti consulta sa montre. Il était onze heures moins vingt. « Il me faut une demi-heure pour rejoindre la gare. Je prendrai ensuite le premier train. Pouvez-vous m'attendre à Padoue ?

– J'y serai », répondit della Corte avant de raccrocher.

Le capitaine tint parole ; il était en retrait sur le quai lorsque le train entra en gare de Padoue. Brunetti se fraya un chemin au milieu des étudiants de l'université qui se bousculaient pour monter les premiers, dès l'ouverture des portes.

Les deux hommes se serrèrent la main et quittèrent le quai par le passage souterrain pour rejoindre la voiture de police qui les attendait, moteur tournant au ralenti, chauffeur au volant, devant la gare.

Tandis que le véhicule s'engageait au milieu d'une circulation proche de l'asphyxie, Brunetti demanda : « Quelqu'un de chez vous n'aurait-il pas pris contact avec mon patron ?

– Patta ? demanda della Corte, avec un bref soupir qui pouvait signifier n'importe quoi. Ou rien du tout.

– Oui.

– Pas que je sache. Pourquoi ?

– Il m'a suggéré de laisser la police de Padoue s'occuper de la mort de Favero. De son suicide. Je me demandais si cette suggestion ne serait pas venue d'ici.

– Pas impossible.

– Avez-vous eu d'autres ennuis ?

– Non, pas vraiment. Tout le monde traite l'affaire comme s'il s'agissait d'un suicide. C'est à titre personnel que je continue.

– Comme maintenant ? demanda Brunetti avec un geste de la main englobant la voiture.

– Oui. J'ai encore la liberté de déjeuner là où ça me chante.

– Et d'inviter un ami de Venise ?

– Exactement », lui confirma della Corte alors que le véhicule se garait devant un restaurant. Le chauffeur en uniforme jaillit de son siège et vint ouvrir la portière arrière. « Va déjeuner quelque part, Rinaldi, et sois de retour à trois heures », lui dit della Corte.

Le jeune policier salua et remonta dans sa voiture.

Deux pins de Norfolk miniatures, dans de grandes poteries de terre cuite, flanquaient l'entrée du restaurant. La porte s'ouvrit automatiquement à leur approche. À l'intérieur, ils furent accueillis par un homme en costume sombre, avec des yeux de basset. « Bonjour, messieurs.

– Bonjour. Capitaine della Corte. J'ai réservé une table pour deux par téléphone.

– En effet. Elle est prête. Si vous voulez bien me suivre. »

L'homme s'arrêta pour prendre deux grands menus au passage, sur une desserte, puis les conduisit dans une salle si petite qu'elle ne contenait que six ou sept tables, dont une seule était libre. À travers une arche élevée, Brunetti vit une deuxième salle qui paraissait pleine d'hommes d'affaires. Comme les hautes fenêtres ne laissaient passer que peu de lumière, l'établissement était éclairé par des ampoules dissimulées contre les poutres de chêne du plafond. Ils passèrent devant une table ronde couverte de hors-d'œuvre en tout genre : salami, coquilles Saint-Jacques, jambon de Parme, poulpe. À la table libre, le maître d'hôtel tint la chaise de Brunetti, puis plaça un menu devant chacun d'eux. « Puis-je vous offrir un Prosecco, messieurs ? »

Les deux policiers acquiescèrent, et l'homme s'éloigna.

« C'est le patron ? demanda Brunetti.

– Oui.

– Pourquoi a-t-il l'air aussi inquiet ?

– Qui ne l'est pas, quand la police vient vous poser des questions ? » observa della Corte. Il prit le menu, lequel parut capter toute son attention ; il le tenait à bout de bras. « On m'a dit que le canard était excellent, ici », dit-il en le reposant.

Brunetti étudia à son tour le menu, juste le temps de voir que rien ne le tentait davantage. Il le referma et le posa à côté de son assiette au moment où le propriétaire revenait avec une bouteille de Prosecco. Il emplit les deux verres tulipe, à droite des assiettes, et passa ensuite la bouteille au serveur qui l'escortait. « Avez-vous choisi, capitaine ?

– En entrée, je prendrai les fettucine aux truffes », dit della Corte. D'un signe de tête, Brunetti donna son accord. « Et ensuite, le canard. » Brunetti approuva de nouveau de la tête.

« Puis-je vous suggérer un Merlot del Piave, pour accompagner cela ? »

Della Corte acquiesça. Le maître d'hôtel lui adressa une courbette minimaliste et s'éloigna.

Della Corte souleva son verre et prit une gorgée de vin pétillant, imité par Brunetti. Jusqu'à l'arrivée du hors-d'œuvre, les deux hommes parlèrent de tout et de rien, della Corte expliquant que les élections locales qui venaient d'avoir lieu allaient probablement se traduire par un chamboulement total dans la police de Padoue, au moins aux plus hauts niveaux.

Brunetti, qui n'avait pas oublié à quel point il s'était montré lamentable lors des dernières municipales de Venise, acquiesça mais ne dit rien. Il avait trouvé les deux candidats en lice aussi peu attrayants l'un que l'autre : d'un côté un philosophe dénué d'expérience politique proposé par les ex-communistes, et de l'autre un homme d'affaires propulsé par la Lega – si bien qu'il était sorti de l'isoloir sans avoir été capable de voter, chose qu'il n'avait jamais avouée à Paola ; celle-ci, tellement heureuse de la victoire du philosophe, n'avait pas eu un seul instant l'idée de lui demander pour qui il avait voté. Ces élections allaient peut-être provoquer une amorce de changement ; mais il en doutait. Cela faisait trop longtemps qu'il fréquentait les antichambres du pouvoir pour s'imaginer que tout changement éventuel serait autre chose qu'un simple ravalement de façade.

Il reporta son attention sur la table et les fettucine brillantes de beurre, dans son assiette. Le propriétaire revint, tenant d'une main un plat de service blanc dans lequel trônait une petite truffe, et de l'autre une râpe. Il posa le plat sur la table, se pencha sur l'assiette de della Corte, fit tomber quelques copeaux de truffes sur les pâtes, se redressa et recommença la même opération au-dessus de l'assiette de Brunetti. Une odeur boisée, botrytisée, monta aussitôt des fettucine encore fumantes et enveloppa non seulement les convives mais tout le secteur de leur table. Brunetti enroula une première fourchette de pâtes et commença à manger, s'abandonnant sans retenue au plaisir sensuel que lui procurait le mélange du beurre, des nouilles cuites à la perfection et du goût prenant et savoureux de la truffe.

Della Corte était manifestement du genre à ne pas gâter un bon plat en l'assaisonnant d'une conversation, si bien que les deux hommes n'échangèrent que quelques rares réflexions jusqu'à la fin du repas – le canard s'était révélé presque aussi bon que l'entrée, même si pour Brunetti, il n'y avait rien au-dessus de la truffe – quand ils se retrouvèrent repus, un petit verre de calvados devant eux.

C'est à ce moment-là qu'un homme de petite taille, joyeusement replet, s'approcha de leur table. Il portait les mêmes veste blanche et large ceinture de tissu que leur serveur. « Le signor Germani m'a dit que vous vouliez me parler, capitaine.

– C'est vous que j'ai eu au téléphone ce matin ? » lui demanda della Corte, poussant une chaise et l'invitant d'un geste à s'asseoir.

L'homme recula encore un peu la chaise pour pouvoir y installer sa considérable bedaine. « Oui, monsieur, c'est bien moi.

– J'aimerais que vous répétiez ce que vous m'avez dit, pour le bénéfice de mon collègue », lui demanda della Corte avec un signe de tête en direction de Brunetti.

C'est cependant au capitaine que le serveur s'adressa. « Comme je vous l'ai dit au téléphone, monsieur, je ne l'ai pas reconnu tout de suite en ouvrant le journal. C'est pendant que le coiffeur me coupait les cheveux que ça m'est revenu tout d'un coup, sans que je sache comment. Alors j'ai appelé la police. »

Della Corte sourit et hocha la tête comme s'il complimentait l'homme pour le sens civique dont il avait fait preuve. « Continuez.

– Je ne crois pas que j'ai grand-chose d'autre à ajouter par rapport à ce que je vous ai dit ce matin. Il était avec une femme. Je vous l'ai décrite au téléphone.

– Ayez l'amabilité de nous le répéter.

– Elle était grande, aussi grande que lui, les yeux clairs, le teint pâle, les cheveux presque blonds. Il était déjà venu ici avec elle.

– Quand cela ?

– Un mois auparavant, environ, et une fois pendant l'été, mais je ne sais pas quand, exactement. Je me souviens seulement qu'il faisait chaud et qu'elle portait une robe jaune.

– Comment se comportaient-ils ? demanda le capitaine.

– Comment ils se comportaient ? Vous voulez dire... leurs manières ?

– Non. Comment se comportaient-ils l'un vis-à-vis de l'autre ?

– Oh. Vous voulez savoir s'il y avait quelque chose entre eux ?

– Oui, répondit della Corte, l'encourageant d'un signe de tête.

– Non, je ne pense pas. » L'homme s'interrompit pour réfléchir quelques instants. « Il est évident qu'ils n'étaient pas mariés. Je ne sais pas ce qui me le fait dire, enchaîna le serveur avant que della Corte ait eu le temps de lui poser la question, mais j'ai bien dû voir un million de couples, pendant toutes ces années, et ceux qui sont mariés ont une façon particulière de se comporter. Que ce soit un bon ou un mauvais mariage, ils sont toujours à l'aise l'un vis-à-vis de l'autre – même s'ils se détestent. » Il eut un geste de la main qui disait qu'il renonçait à s'expliquer davantage sur un sujet aussi complexe. Brunetti voyait exactement ce qu'il voulait dire même si, comme lui, il n'aurait jamais été capable de formuler ses raisons.

« Et ce couple ne vous a pas donné cette impression ? » demanda Brunetti, parlant pour la première fois.

Le serveur secoua la tête.

« Savez-vous de quoi ils parlaient ?

– Non, mais de choses qui avaient l'air de leur faire plaisir. À un moment, pendant le repas, il lui a montré des papiers. Elle les a examinés pendant une ou deux minutes. C'est alors qu'elle a mis ses lunettes.

– Avez-vous une idée de ce qu'étaient ces papiers ? demanda della Corte.

– Non. Lorsque j'ai apporté les pâtes, elle les lui a rendus.

– Qu'en a-t-il fait ?

– Il a dû les remettre dans sa poche. Je n'ai pas fait attention. » Brunetti adressa un coup d'œil à della Corte, qui secoua la tête pour lui indiquer que l'on n'avait découvert aucun papier sur le corps de Favero.

« Pourriez-vous nous la décrire avec un peu plus de précision ?

– Eh bien, comme je vous l'ai dit, elle devait avoir autour de trente-cinq ans. Grande, blonde, mais pas naturellement. Elle avait le teint qui allait avec et les yeux clairs, elle ne faisait peut-être que s'éclaircir un peu...

– Rien d'autre ? intervint Brunetti en prenant une gorgée de calvados pour laisser entendre que sa question ne revêtait pas d'importance particulière.

– Eh bien si, maintenant qu'il est mort, qu'il s'est lui-même donné la mort... je ne sais pas si je l'ai remarqué sur le moment ou bien si je ne me suis pas mis à y penser depuis que j'ai appris ce qui lui était arrivé. » Ni Brunetti ni della Corte ne posèrent la moindre question. « Il y avait quelque chose qui clochait entre eux. » Il tendit le bras, recueillit quelques miettes de pain dans le creux de sa main, puis, constatant qu'il ne savait où les mettre, les glissa dans sa poche.

Devant le silence des deux policiers, il reprit la parole, parlant lentement, suivant le cours de pensées qui lui venaient à l'esprit pour la première fois. « C'était à peu près au milieu du repas, pendant qu'elle étudiait les papiers. Elle a levé les yeux et a eu un drôle de regard pour lui.

– Comment ça, un drôle de regard ? demanda della Corte pour l'obliger à aller plus loin.

– Je ne sais pas très bien. Ce n'était pas de la colère, non, ni un sentiment de ce genre. On aurait dit qu'elle le regardait comme une bête dans un zoo, comme si elle n'avait jamais vu quelqu'un comme lui. Vous savez, comme s'il appartenait à une espèce différente, ou comme s'il venait de débarquer d'une soucoupe volante. Je ne sais pas si ce que je dis est bien clair... ajouta-t-il en laissant mourir sa phrase sans la conclure.

– Son regard avait-il quelque chose de menaçant, d'hostile ?

– Oh non, pas du tout. » Il secoua la tête dans un effort pour être convaincant. « C'est ce qu'il y avait de tellement bizarre, cette absence de toute colère. Un regard... vide. » Il fourra les mains dans les poches et eut un sourire embarrassé. « Je suis désolé. Mes explications ne sont pas fameuses.

– Et lui, l'a-t-il remarqué ? demanda Brunetti.

– Non. Il lui servait du vin. Mais moi, je l'ai vu.

– Et les autres fois ? Est-ce qu'ils donnaient l'impression de bien s'entendre ?

– Oh, oui. Tout à fait bien. Je ne voudrais pas avoir l'air de dire qu'ils s'entendaient moins bien ce soir-là. Leur attitude était toujours très amicale, mais d'une manière un peu formelle.

– Lui a-t-il montré des papiers, les autres fois ?

– Non, il ne me semble pas. On aurait dit des amis, ou plutôt des associés en affaires, qui déjeunaient ensemble. Au fond, c'est de cela qu'ils avaient l'air : de deux hommes d'affaires qui profitent de l'occasion d'un rendez-vous. C'est peut-être ce qui me paraissait si étrange, une jeune femme aussi séduisante, lui qui était également bel homme – et il n'y avait rien de cette tension qu'on décèle en général entre un homme et une femme, absolument rien. Oui, maintenant que j'y pense, c'est cela qui me paraissait si curieux. » Le serveur sourit, content d'avoir enfin trouvé.

« Vous souvenez-vous du vin qu'ils ont pris ? » demanda Brunetti. L'homme et della Corte eurent l'air étonnés.

Le serveur réfléchit un instant. « Du barolo, répondit-il

finalement. Un excellent rouge bien charpenté. Allait très bien avec le bifteck. Et ils ont pris du *vin santo* avec le dessert.

– A-t-il quitté la table, à un moment ou un autre ? » s'enquit Brunetti, se faisant la réflexion qu'il devait être facile de mettre quelque chose dans un tel vin bien charpenté.

« Je ne m'en souviens pas. C'est possible.

– Et savez-vous s'il a payé avec une carte de crédit ?

– Non, en liquide, cette fois... les autres fois aussi, il me semble bien.

– Savez-vous s'il est venu à d'autres occasions ? Quand vous n'étiez pas de service ?

– J'ai demandé à mes collègues, mais personne ne se souvenait d'eux. Je n'en ai pas l'impression. Nous sommes fermés les mardis et mercredis, et je suis là tous les autres jours. Je n'ai pas manqué une journée de travail depuis quatorze ans et s'ils sont venus, j'étais forcément ici. Je me rappelle les avoir vus seulement les trois fois dont j'ai parlé. C'est une femme que l'on n'oublie pas. »

Della Corte jeta un coup d'œil à Brunetti, mais celui-ci secoua la tête. Il n'avait plus de questions à poser, pour l'instant. Le capitaine retira une carte de visite de l'une de ses poches. « Si quelque chose vous revient à l'esprit, vous pouvez me joindre à la questure », dit-il en lui tendant la carte. Puis il ajouta, du ton le plus naturel possible : « Demandez-moi personnellement. »

Le serveur rangea la carte, se leva et commença à s'éloigner, pour s'arrêter brusquement et faire demi-tour. « Voulez-vous ses lunettes ? demanda-t-il sans autre explication.

– Pardon ? fit della Corte.

– Ses lunettes. Elle les a oubliées ici, sur la chaise à côté de la sienne. Elle a dû les enlever après avoir lu les papiers et ne pas les ranger tout de suite. On les a trouvées après leur départ. Les voulez-vous ? »

Della Corte retrouva tout de suite ses esprits. « Oui, bien entendu. »

Le serveur disparut pour revenir quelques instants plus tard, tenant une paire de lunettes montées sur fil. Il les brandit et, avec une joie presque enfantine, leur dit : « Regardez ! » Les attrapant par l'extrémité des branches, il les tordit dans tous les sens, comme si la monture était en caoutchouc et qu'il faisait un tour de prestidigitation. Après les avoir quasiment transformées en bretzel, il les relâcha, et elles reprirent immédiatement leur forme normale. « N'est-ce pas remarquable ? » Puis il tendit les lunettes à della Corte et repartit en direction de la porte donnant sur les cuisines.

« Comment se fait-il qu'elles ne cassent pas ? s'étonna della Corte, tenant les lunettes d'une main et les tordant de l'autre, comme l'avait fait le serveur.

– C'est du titanium, répondit Brunetti, même si la question avait été purement rhétorique.

– Du quoi ?

– Du titanium. Ma femme a acheté une nouvelle paire, le mois dernier, et elle m'en a parlé. Vous permettez ? » demanda-t-il en tendant la main. Della Corte les lui donna et Brunetti se mit à les examiner de près, à la recherche du nom du fabricant. Il le trouva à l'intérieur de la branche droite, près de la charnière. « Regardez », dit-il en le montrant à della Corte, le doigt à hauteur des minuscules caractères.

« Qu'est-ce que c'est ? Je n'ai pas mes lunettes, s'excusa le capitaine.

– Elles sont japonaises. Du moins, il me semble. Il n'y a que les Japonais qui en fabriquent.

– Les Japonais ? Ils font des lunettes ?

– Les montures, expliqua Brunetti. Et je dirais que celles-ci, sans les verres, valent presque un million de lires. C'est en tout cas ce que m'a dit ma femme. Si elles sont en titanium, comme je le pense, ajouta-t-il en les tordant encore une fois complètement pour les laisser reprendre brusquement leur forme dès qu'il les relâcha, c'est ce qu'elles doivent coûter. » Un sourire s'épanouit sur le visage de Brunetti, qui regardait les lunettes comme si c'était un million de lires en petites coupures et qu'on venait de lui annoncer qu'il était à lui.

« Qu'est-ce qui vous amuse ? demanda della Corte.

– Il devrait être très facile, expliqua-t-il, de retrouver l'origine d'une monture qui coûte non seulement un million de lires, mais qui de plus vient du Japon. »

Le même million de lires fit à nouveau son apparition, mais cette fois dans le sourire du capitaine.

21

C'EST À L'INITIATIVE DE BRUNETTI qu'ils apportèrent les lunettes chez un opticien, qui détermina leur type de correction afin d'en rendre plus facile l'identification. Étant donné qu'il s'agissait, comme l'avait fait remarquer le commissaire, d'une monture non seulement coûteuse, mais importée, il aurait dû être facile d'en retrouver la trace ; c'était cependant ne pas tenir compte du fait que della Corte, ayant reçu l'ordre de considérer la mort de Favero comme un suicide, devait prendre sur son temps personnel pour rechercher l'opticien qui avait pu les vendre – et ne pas tenir compte, non plus, d'un autre détail : elles avaient pu être achetées ailleurs qu'à Padoue.

Brunetti fit ce qu'il put de son côté, donnant pour tâche à l'une de ses jeunes recrues de téléphoner à tous les opticiens de la région Venise-Mestre pour leur demander s'ils vendaient ce genre de monture et, si oui, s'ils y avaient adapté des verres de telle définition. Puis il reporta son attention sur le trio Trevisan-Lotto-Martucci, centrant son intérêt sur les survivants, la veuve et l'associé, qui allaient profiter de la mort de l'avocat. La veuve en hériterait probablement, et Martucci avait des chances d'hériter de la veuve. Le meurtre de Lotto, cependant, ne cadrait pas avec une hypothèse fondée sur une implication du couple Martucci-Trevisan. Il était bien conscient qu'époux et épouses en viennent parfois à se haïr au point d'avoir envie de s'entre-tuer (et souvent de le faire), mais il avait du mal à croire qu'une sœur puisse tuer son frère. On peut remplacer un mari, et même des enfants, à la rigueur, mais des parents âgés ne peuvent vous donner un autre frère ou une autre sœur. Antigone a sacrifié sa vie à cette vérité. Brunetti comprit qu'il allait devoir de nouveau parler à la signora Trevisan, comme à maître Martucci ; il se dit qu'il serait peut-être intéressant de les interroger ensemble et de voir la tournure que prendraient les choses.

Avant d'en venir là, toutefois, il lui fallait s'intéresser aux documents qui s'étaient accumulés entre-temps sur son bureau. Il y trouva, comme promis, la liste des clients de Trevisan, sept pages tapées à la machine, en lignes serrées de noms et d'adresses classés dans un ordre alphabétique parfait – et parfaitement neutre. Il la parcourut rapidement, ne pouvant retenir un petit sifflement surpris en découvrant certains noms ; Trevisan occupait sérieusement le terrain parmi les citoyens les plus riches de la ville, comme dans les rangs de ceux qui passaient pour son aristocratie. Revenant à la première page, il en entreprit une lecture systématique. Il prit conscience que, aux yeux d'un non-Vénitien, il aurait eu l'air de faire un travail méticuleux de pure analyse ; mais quiconque né et élevé au milieu des rumeurs et cabales incestueuses de la Sérénissime aurait compris qu'en réalité, il flairait les ragots, les commérages et les calomnies à chaque nom qu'il découvrait. Baggio, par exemple, le patron du port autonome, un habitué du pouvoir et des méthodes musclées ; Seno, propriétaire de la plus grande verrerie de Murano, qui employait plus de trois cents personnes et dont les infortunés concurrents étaient régulièrement victimes de mouvements de grève ou d'incendies inexplicables ; Brandoni, le comte Brandoni, dont les origines nobiliaires étaient aussi obscures que celles de son immense fortune.

Certaines des personnes de la liste jouissaient de la plus haute et de la plus pure des réputations ; ce que Brunetti trouva de plus particulier fut la promiscuité des noms, les plus respectés frayant avec les plus douteux, les plus honorés avec les plus équivoques. Arrivé à la lettre F, il chercha le nom de son propre beau-père, mais le comte Orazio Falier ne figurait pas sur la liste. Il mit celle-ci de côté, sachant qu'il n'allait pas avoir le choix : il lui faudrait interroger toutes ces personnes, une à une. Il se reprocha sa répugnance à appeler son beau-père pour lui demander ce qu'il savait de Trevisan. Ou de ses clients.

Sous la liste se trouvait le rapport laborieusement tapé à la machine et inhabituellement long du policier Gravini ; il y expliquait que la prostituée brésilienne et son souteneur étaient venus au *Pinetta* la veille, et qu'il avait « initié » une arrestation. « Initié ? » s'entendit dire Brunetti à voix haute. Voilà ce qui arrivait, lorsqu'on engageait des diplômés de l'université. Quand le commissaire appela en bas pour savoir ce que l'on avait fait d'eux, il apprit qu'on les avait fait venir de la prison, ce matin, et qu'ils étaient en garde à vue dans deux pièces séparées, sur ordre de Gravini, au cas où Brunetti aurait voulu les interroger.

Il y avait ensuite un fax de la police de Padoue, qui lui apprit que la balle retrouvée dans le corps de Lotto avait été tirée par un pistolet de calibre .22, mais que, pour l'instant, on n'avait pas cherché à déterminer s'il s'agissait de la même arme que celle qui avait servi pour Trevisan. Brunetti avait la conviction intime que les tests ne feraient que confirmer ce qu'il savait déjà.

Une fournée de fax formait le bas de la pile ; ils émanaient des Télécom italiennes et contenaient les numéros de téléphone, ceux qu'il avait demandé à la signorina Elettra de se procurer auprès de Giorgio. À l'évocation du signor Rondini et des nombreuses listes qu'il lui devait, Brunetti se rappela qu'il lui avait promis une lettre qu'il n'avait toujours pas écrite. Le fait que Rondini éprouve le besoin d'avoir une lettre à présenter à sa fiancée, juste

« au cas où », le laissa songeur sur les motifs qui le poussaient à l'épouser – mais cela faisait longtemps qu'il avait renoncé à comprendre pourquoi on se mariait.

Il dut aussi s'avouer qu'il n'avait aucune idée de ce qu'il espérait apprendre soit de Mara, soit de son proxénète, mais décida néanmoins d'aller les questionner. Il descendit donc au premier, où se trouvaient les petites pièces fermées dans lesquelles la police interrogeait d'ordinaire les suspects ou toute personne dont on espérait obtenir un renseignement.

Devant l'une de ces pièces attendait Gravini, un beau jeune homme entré dans la police un an auparavant, après avoir passé les deux années précédentes à chercher vainement un employeur prêt à donner du travail à un diplômé de philosophie de vingt-sept ans sans expérience professionnelle. Brunetti s'était souvent demandé ce qui avait poussé Gravini à s'enrôler, de quels préceptes philosophiques il s'était inspiré pour endosser la tenue, le pistolet et la casquette des forces de l'ordre. À moins – l'idée lui vint brusquement à l'esprit, sortie de nulle part – que Gravini ait trouvé, dans le vice-questeur Patta, l'incarnation parfaite du roi-philosophe de Platon.

« Bonjour, monsieur », dit le jeune policier, qui salua d'un geste décidé et ne manifesta aucune surprise en voyant que son supérieur riait tout seul. Les philosophes, paraît-il, font peu de cas de ces détails.

« Lequel des deux est ici ? » demanda Brunetti avec un mouvement de tête vers la porte devant laquelle Gravini montait la garde.

« La femme, monsieur. » Il tendit à Brunetti un dossier à couverture bleu foncé. « C'est le casier de l'homme. Il n'y a rien sur elle. »

Le commissaire prit le document et étudia les deux pages agrafées dans le cartonnage. Le parcours habituel : agressions, vente de drogue, proxénétisme aggravé. Franco Silvestri ? Un parmi tant d'autres. Après avoir lu attentivement le dossier, il le rendit à Gravini. « Avez-vous eu des difficultés pour les arrêter ?

– Pas avec elle, monsieur. On aurait presque dit qu'elle s'y attendait. Mais l'homme a tenté de s'échapper. Ruffo et Vallot attendaient dehors et l'ont coincé.

– Bien joué, Gravini. Qui a eu l'idée de te les adjoindre ?

– Eh bien, monsieur, répondit Gravini en toussotant, je leur ai dit ce que je devais faire et ils m'ont proposé de m'accompagner. Sur leur temps libre, vous comprenez.

– Tu t'entends bien avec eux, n'est-ce pas, Gravini ?

– Oui, monsieur, en effet.

– Bien, bien. Bon, allons voir ce qu'elle a à nous raconter. » Brunetti entra dans la petite pièce sinistre, qu'éclairaient seulement une modeste fenêtre aux vitres encrassées, bien trop haute sur le mur pour qu'on puisse espérer l'atteindre en sautant, et une unique ampoule de soixante watts prise dans un plafonnier grillagé.

Mara se tenait assise au bord de l'une des trois chaises, seul mobilier de la salle : il n'y avait ni table ni évier, rien que ces trois sièges à dossier droit et, sur le sol, des mégots éparpillés. Elle leva les yeux à l'entrée de Brunetti, le reconnut et lui dit bonjour d'une voix détendue. Elle paraissait fatiguée, comme si elle venait de passer une nuit blanche, mais pas particulièrement perturbée par le fait de se trouver ici. Elle avait posé sur le dossier d'une autre chaise la fausse fourrure qu'elle avait portée l'autre soir, mais sa blouse et sa jupe étaient nouvelles, bien que froissées comme si elle avait dormi avec. Son maquillage s'était effacé, ou elle s'en était débarrassée ; toujours est-il que, sans lui, elle paraissait plus jeune, presque adolescente.

« Ce n'est pas la première fois que cela t'arrive, j'imagine ? demanda Brunetti, s'asseyant sur la chaise restante.

– Je ne compte même plus... Vous n'auriez pas des cigarettes ? J'ai fini les miennes et votre flic, là dehors, refuse d'ouvrir. »

Brunetti se leva, alla frapper trois coups au battant et demanda à Gravini s'il n'avait pas des cigarettes ; celui-ci lui tendit un paquet entamé que le commissaire apporta à Mara.

« Merci. » Elle tira un briquet de plastique de sa poche. « Ce sont elles qui ont eu la peau de ma mère », ajouta-t-elle. Elle promena la cigarette à hauteur de ses yeux, étudiant la traînée de fumée qu'elle laissait. « C'est ce que j'ai demandé qu'on mette sur son certificat de décès, mais les docteurs n'ont pas voulu. Ils ont écrit *cancer*, mais ils auraient mieux fait de mettre *Marlboro*. Elle m'a suppliée de ne jamais commencer, et je lui ai promis.

– A-t-elle découvert que tu fumais ? »

Mara secoua la tête. « Non, jamais. Elle n'a jamais su, pour les cigarettes ni pour tout un tas de trucs.

– Comme quoi ?

– Comme que j'étais enceinte quand elle est morte. De quatre mois, mais c'était la première fois et j'étais jeune, alors ça ne se voyait pas.

– Cela aurait peut-être pu lui faire plaisir, non ? Sachant en particulier qu'elle allait mourir.

– J'avais quinze ans.

– Oh !... fit Brunetti, détournant les yeux. En as-tu d'autres ?

– D'autres quoi ? demanda-t-elle, confuse.

– D'autres enfants. Tu as dit que c'était ton premier.

– Non, j'ai dit que c'était la première fois que j'étais enceinte. Le bébé est né, mais j'ai fait une fausse couche, la deuxième fois, et depuis, je fais attention.

– Et où est-il, cet enfant ?

– Au Brésil, chez la sœur de ma mère.

– C'est un garçon, ou une fille ?

– Une fille.

– Quel âge a-t-elle, aujourd'hui ?

– Six ans. » Elle sourit à l'évocation de la fillette. Elle regarda par terre, puis releva la tête vers Brunetti, commença à dire quelque chose, s'arrêta. « J'ai... j'ai une photo d'elle, si vous voulez la voir.

– Oui, volontiers », répondit-il en rapprochant sa chaise.

Elle jeta sa cigarette par terre et glissa une main dans l'échancrure de sa blouse ; elle en ressortit un médaillon en plaqué or de la taille d'une grosse pièce de monnaie. Elle appuya sur le mécanisme d'ouverture et le tendit à Brunetti, qui se pencha dessus pour l'examiner. D'un côté, il vit un bébé au visage rond, quasiment étranglé par ses langes, et de l'autre une petite fille aux longues tresses noires, se tenant debout, raide, empruntée, dans ce qui paraissait être un uniforme d'écolière. « Elle va à l'école chez les sœurs, expliqua la jeune femme, rentrant le menton pour regarder la photo. Je crois que c'est mieux, pour les enfants.

– Oui, je le crois aussi. Notre fille a été chez les sœurs jusqu'à la fin du primaire.

– Quel âge a-t-elle ? » demanda Mara. Elle referma le médaillon et le remit dans sa blouse.

« Quatorze ans. C'est un âge difficile », ajouta-t-il avec un soupir, se rappelant trop tard ce que Mara venait de lui raconter quelques instants auparavant.

Heureusement, elle parut l'avoir oublié, elle aussi, car elle se contenta de dire : « Oui, c'est dur. J'espère que c'est une gentille fille. »

Brunetti sourit, fier de pouvoir répondre que oui, c'était une fille très gentille.

« Vous avez d'autres enfants ?

– Oui, un garçon, qui a dix-sept ans. »

Elle hocha la tête, comme si elle ne savait que trop bien ce qu'il fallait attendre des adolescents de dix-sept ans. Un long moment de silence passa. Brunetti eut un geste vague, qui englobait la pièce. « Pourquoi venir ici ? »

Mara haussa les épaules. « Pourquoi pas ?

– Avec un enfant au Brésil, le bureau n'est pas à côté »,

remarqua-t-il avec un sourire qui fit qu'elle ne se formalisa pas.

– Je gagne assez d'argent pour en envoyer à ma tante, cela suffit pour payer l'école, et une bonne nourriture, et un nouvel uniforme quand elle en a besoin. » Elle avait parlé d'un ton tendu, orgueil ou colère, il n'aurait su dire.

« Et tu n'aurais pas pu trouver du travail à São Paulo, par exemple ? De façon à ne pas t'éloigner d'elle ?

– J'ai quitté l'école à neuf ans parce qu'il fallait bien que quelqu'un s'occupe des mioches. La maladie de ma mère a duré longtemps, et j'étais la seule fille. Ensuite, après la naissance de ma fille, j'ai trouvé un boulot dans un bar. » Elle vit son expression et ajouta : « Non, ce n'était pas le même genre. Je ne faisais que servir à boire. »

Comme elle n'avait pas l'air de vouloir ajouter quelque chose, il demanda : « Combien de temps as-tu gardé ce travail ?

– Trois ans. Ça payait le loyer, à manger pour moi, Ana et ma tante, qui s'occupait de la petite. Sauf qu'après, il ne restait pas grand-chose. » Elle s'interrompit à nouveau, mais Brunetti sentit qu'elle était prête à tout déballer.

« Et ensuite ?

– Ensuite, il y a eu Eduardo, mon *latin lover* », dit-elle avec amertume, employant l'expression anglaise tout en écrasant de la pointe de sa chaussure l'un des mégots éparpillés sur le sol, jusqu'à ce qu'il soit réduit en bouillie.

« Eduardo ?

– Eduardo Alfieri. C'est en tout cas le nom qu'il m'a donné. Il m'a vue dans le bar, un soir. Il est resté jusqu'à la fermeture et il m'a demandé si je ne voulais pas aller prendre un café quelque part. Pas un verre, figurez-vous, un café, comme si j'étais une fille respectable à qui il voulait faire la cour.

– Et qu'est-ce qui s'est passé ?

– Vous n'avez pas une idée ? répliqua-t-elle, le ton de nouveau amer. On a été boire un café, et il est revenu tous les soirs au bar, m'invitant à chaque fois à aller prendre un café après la fermeture, toujours respectueux, toujours poli. Même ma grand-mère l'aurait trouvé bien, tellement il était respectueux. C'était la première fois qu'un homme me traitait autrement que comme un corps bon à baiser, et j'ai donc fait ce que toute fille aurait fait à ma place. Je suis tombée amoureuse de lui.

– Oui, dit Brunetti, oui...

– Et il a dit qu'il voulait m'épouser, mais il fallait pour cela que j'aille en Italie, que je fasse la connaissance de sa famille. Il a dit qu'il s'occuperait de tout, du visa, de me trouver un travail sur place. Il m'a dit que je n'aurais pas de mal à apprendre l'italien. » Elle eut un sourire nostalgique. « C'est probablement la seule chose vraie dans tout ce qu'il m'a raconté, le salopard.

– Et qu'est-ce qui s'est passé ?

– Je suis venue en Italie. J'ai signé tous les papiers, je suis montée à bord d'un avion Alitalia, et je me suis retrouvée à Milan le temps de le dire ; Eduardo m'attendait à l'aéroport. » Elle regarda Brunetti avec une expression calme et ouverte. « Vous avez déjà entendu cette histoire mille fois, sans doute ?

– Presque. Des problèmes avec les papiers ? »

Elle sourit, presque avec humour, au souvenir de ce qu'elle était alors, de son ancienne innocence. « Exactement. Des problèmes avec les papiers. La bureaucratie. Mais il allait me conduire à son appartement, et tout irait très bien. J'étais amoureuse, alors je l'ai cru. Ce soir-là, il m'a demandé de lui donner mon passeport pour pouvoir aller faire les papiers en vue du mariage, le lendemain. » Elle sortit une cigarette du paquet, puis la remit dedans. « Est-ce que je ne pourrais pas avoir un café ? »

Brunetti alla de nouveau frapper à la porte et demanda à Gravini de leur apporter du café et des sandwichs.

Lorsqu'il revint s'asseoir, elle venait d'allumer sa cigarette. « Je l'ai revu une fois, une seule fois. Il est revenu plus tard dans la soirée et m'a dit qu'il y avait de sérieux problèmes avec mon visa, et qu'on ne pourrait pas se marier tant qu'ils ne seraient pas réglés. Je ne sais pas quand j'ai arrêté de le croire et quand j'ai compris ce qui se passait.

– Pourquoi ne pas être allée à la police ? » demanda-t-il.

L'étonnement qui se peignit sur le visage de la jeune femme n'était pas feint. « La police ? C'était lui qui avait mon passeport, et il m'a montré l'un des papiers que j'avais signés – il avait même pris la peine de faire officialiser ma signature par un acte notarié, en disant qu'on aurait moins d'ennuis en Italie grâce à ça... D'après le papier, il m'aurait prêté cinquante millions de lires.

– Et ensuite ?

– Il m'a dit qu'il m'avait trouvé un boulot dans un bar, et tout ce que j'avais à faire, c'était travailler jusqu'à ce que je l'aie remboursé...

– Et ?

– Il m'a amenée voir le propriétaire du bar, et le type a dit que je pouvais avoir le travail. Je devais gagner, je crois, quelque chose comme un million de lires par mois, mais le type m'a expliqué qu'il fallait en déduire le loyer de ma chambre, au-dessus du bar. Je ne pouvais pas aller habiter ailleurs, puisque je n'avais plus ni passeport ni visa. Il fallait aussi déduire quelque chose pour mes repas et les vêtements qu'il me donnait. Eduardo ne m'a jamais apporté mes valises, et je n'avais que les vêtements que je portais sur moi. En fin de compte, j'arrivais à gagner cinquante mille lires par mois. Je ne parlais pas l'italien, mais je savais compter, et j'ai calculé que je ne pourrais même pas envoyer trente dollars par mois à ma tante. Ce n'est pas beaucoup, pour une vieille femme qui s'occupe d'un enfant, même au Brésil. »

On frappa, et la porte s'ouvrit. Brunetti alla prendre le plateau de métal qu'apportait Gravini. Lorsqu'il revint, Mara avait tiré la troisième chaise entre les leurs et elle lui fit signe de poser le plateau dessus. Ils versèrent tous deux du sucre dans leur café. D'un mouvement du menton, il lui indiqua les sandwichs mais elle secoua la tête.

« Je veux d'abord finir, dit-elle en prenant une gorgée de café. Je n'étais pas idiote. Il ne me restait pas beaucoup de solutions. J'ai donc été travailler au bar. J'ai trouvé ça dur, au début, mais j'ai fini par m'y habituer. Cela fait deux ans.

– Et qu'est-il arrivé depuis pour que tu te retrouves à Mestre ?

– J'ai été malade. Une pneumonie, je crois. Je déteste ce climat. Ce froid, ajouta-t-elle en frissonnant inconsciemment, rien que d'y penser. Le bar a complètement brûlé pendant que j'étais à l'hôpital. On a dit que c'était un incendie volontaire. Je ne sais pas. J'espère bien. Mais lorsque je suis sortie, Franco (elle eut un mouvement de tête vers la gauche, comme si elle le savait dans la cellule voisine) est arrivé. C'est lui qui a payé la note et il m'a ramenée ici. J'ai toujours travaillé pour lui, depuis. » Elle vida sa tasse et la reposa sur le plateau.

C'était une histoire, effectivement, que Brunetti avait trop souvent entendue, mais c'était la première fois qu'on la lui racontait sans la moindre note d'apitoiement sur soi-même, sans que son héroïne cherche à se présenter comme la victime involontaire de forces qui la dépassaient.

« Est-ce qu'il a, demanda Brunetti avec un signe de tête vers la gauche (même si Franco se trouvait en réalité dans la pièce de droite), est-ce qu'il a quelque chose à voir avec le bar de Milan, ou avec celui dans lequel tu travailles maintenant ? Ou avec Eduardo ? »

Elle regardait obstinément le plancher. « Je ne sais pas. » Brunetti ne dit rien, et elle ajouta finalement :

« Je crois qu'il m'a achetée. Ou qu'il a racheté mon contrat. » Elle releva la tête. « Pourquoi voulez-vous le savoir ? »

Brunetti ne vit aucune raison de lui mentir. « Nous avons trouvé le numéro de téléphone du *Pinetta* dans le cadre d'une autre enquête. On essaie de faire le rapprochement.

– C'est quoi, l'autre enquête ?

– Je ne peux pas te le dire. Mais, jusqu'ici, elle ne concerne ni toi, ni Eduardo, ni personne.

– Je peux vous poser une question ? »

À chaque fois que Chiara lui faisait le coup, Brunetti lui répondait qu'elle pouvait tout aussi bien lui donner la réponse, mais cette fois-ci, il dit : « Bien sûr.

– Est-ce que cela a un rapport avec... commença-t-elle, s'interrompant pour chercher le mot juste. Avec celles d'entre nous qui sont mortes ?

– Je ne comprends pas ce que tu veux dire par *nous*.

– Les putes.

– Non. » Il avait répondu aussitôt, et elle le crut. « Pourquoi me le demandes-tu ?

– Comme ça. Il y a des bruits qui courent. » Elle prit un sandwich du plateau et commença à le grignoter délicatement, chassant les miettes qui tombaient sur sa blouse d'un geste distrait.

« Et quelle sorte de bruits ?

– Oh, juste des choses, dit-elle, prenant une autre petite bouchée.

– Écoute, Mara, dit Brunetti, ne sachant trop quel ton employer. S'il y a quelque chose que tu as envie de me dire ou de me demander, cela restera entre nous. » Puis avant qu'elle ait pu répondre, il ajouta : « Sauf s'il s'agit d'un crime. Mais si tu veux simplement me dire quelque chose, ou me poser une question sur quelque chose, c'est entre nous.

– Pas officiel ?

– Non, pas officiel.
– Comment vous appelez-vous ?
– Guido. »
Elle sourit à l'idée qu'il lui avait donné son véritable nom, l'autre soir. « Guido le plombier, hein ? »
Il acquiesça.
Elle prit une autre bouchée et expliqua tout en mâchant : « On entend dire des choses... (Elle abaissa les yeux et chassa les nouvelles miettes qui venaient de tomber.) Vous savez, les bruits courent vite quand il se passe des choses. On les entend dire, mais c'est toujours difficile de savoir où on les a entendues et qui les a dites.
– Et qu'as-tu entendu dire, Mara ?
– Qu'il y avait quelqu'un qui nous tuait. » Elle secoua aussitôt la tête. « Non, ce n'est pas ça. Il ne nous tue pas. Mais il y en a qui sont mortes.
– Je ne comprends pas la différence.
– Il y avait cette petite jeune, par exemple. Je ne me souviens plus de son nom. Une Yougoslave. Elle s'est tuée pendant l'été, et puis il y a eu Anja, la Bulgare, qui s'est fait avoir en pleine nature. Elle allait avec n'importe qui. » Brunetti se rappelait ces affaires ; la police n'avait même pas pu établir l'identité des victimes. « Et il y a eu ce camion tombé dans un ravin. » Elle se tut et le regarda. Ces détails évoquaient bien quelque chose chez le policier, mais le souvenir refusait de se préciser.
Comme il ne réagissait pas, elle reprit : « Une des filles a dit qu'on lui avait raconté, elle ne savait plus où, que les filles devaient venir par ici. J'ai oublié d'où elles arrivaient.
– Pour travailler comme prostituées ? » demanda-t-il, regrettant aussitôt d'avoir posé la question.
Elle eut un mouvement de recul et s'interrompit. L'expression de son regard changea, comme si un voile était tombé sur ses yeux. « Je ne me rappelle pas. »
Au ton de sa voix, Brunetti comprit qu'il l'avait per-

due, que sa curiosité avait rompu le lien ténu qui les avait momentanément reliés.

« Est-ce que tu as déjà raconté cela à quelqu'un ?

– Quelqu'un de la police ? » demanda-t-elle, achevant la question pour lui avec un reniflement d'incrédulité. Elle jeta le reste de son sandwich sur le plateau. « Vous allez m'inculper de quelque chose ?

– Non.

– Alors, je peux partir ? » La femme avec qui il venait de parler avait disparu pour laisser place à la putain qui l'avait amené dans sa chambre.

« Oui. Quand tu voudras. » Avant qu'elle ait le temps de se lever, Brunetti ajouta : « Ce n'est pas risqué, pour toi, de partir avant lui ? » avec un signe de tête vers le mur derrière lequel Franco ne se trouvait pas.

« Oh, lui », dit-elle, gonflant ses joues avec mépris.

Brunetti alla frapper à la porte. « La signorina peut s'en aller, à présent », dit-il lorsque Gravini eut ouvert.

La jeune femme prit sa veste, passa devant Brunetti et sortit sans dire un mot. « Merci pour le café », dit le commissaire à Gravini lorsqu'elle fut hors de vue, reprenant au jeune homme le dossier qu'il tenait toujours à la main.

« De rien, dottore.

– Occupe-toi du plateau. Je vais parler au souteneur.

– Voulez-vous d'autres cigarettes, monsieur ? Ou du café ?

– Non, je ne crois pas. Pas tant que je n'aurai pas récupéré mes cinquante mille lires, en tout cas », répondit Brunetti en entrant dans l'autre pièce.

Il lui suffit d'un coup d'œil pour savoir tout ce qu'il avait besoin de savoir sur Franco : Franco était un dur à cuire, Franco se rongeait les ongles, Franco n'avait pas peur des flics. Mais d'après le dossier, comme d'après ce que lui avait dit della Corte, Brunetti savait aussi que Franco était accro à l'héroïne et que cela faisait plus de dix heures qu'il était aux mains de la police.

« Bonjour, signor Silvestri », lança aimablement Brunetti, tout à fait comme s'il venait discuter des derniers résultats de football du week-end.

Silvestri décroisa les bras et reconnut Brunetti sur-le-champ. « Le plombier, dit-il en crachant sur le sol.

– Voyons, signor Silvestri », le rabroua Brunetti d'un ton patient en tirant à lui une des deux chaises libres. Il rouvrit le casier judiciaire, parcourut la première page, fit passer la deuxième dessus et la lut. « Agression, proxénétisme aggravé, et je vois que tu as été aussi arrêté pour vente de drogue, en, voyons ça... dit-il en revenant à la première page, en janvier de l'an dernier. Deux inculpations pour avoir accepté de l'argent donné à une prostituée, voilà qui devrait te valoir quelques ennuis, mais je me dis que...

– Ça va, vous fatiguez pas, monsieur le plombier, le coupa Silvestri. Inculpez-moi, que j'appelle mon avocat. Le temps de le dire il sera ici et me fera sortir. » Brunetti remarqua que l'homme se tenait les poings serrés et que des gouttes de transpiration perlaient à son front.

« Je ne demanderais pas mieux, signor Silvestri, mais j'ai bien peur que ton problème ne soit autrement sérieux que les accusations qui figurent dans ton dossier. » Brunetti referma le document et s'en tapota les genoux. « En fait, il s'agit de quelque chose qui va bien au-delà de la compétence de notre unité de police, ici, à Venise.

– Qu'est-ce que vous voulez dire ? » L'homme se contraignit à ouvrir les mains et à les poser à plat sur ses cuisses, mime de rien.

« Je veux dire que, depuis quelque temps, le bar que tu fréquentes avec, euh, tes collègues, était placé sous surveillance policière, et qu'ils avaient mis le téléphone sur écoute.

– Qui ça, *ils* ?

– Le SISMI. Autrement dit, la cellule antiterroriste.

– La cellule antiterroriste ? répéta bêtement Silvestri.

– Oui. Il semblerait que le bar ait été utilisé par certaines des personnes compromises dans l'attentat du musée de Florence, dit Brunetti, inventant au fur et à mesure. Je ne devrais sans doute pas t'en parler, mais comme tu parais être impliqué dans le coup, je ne vois pas pourquoi je m'en priverais.

– Florence ? » Silvestri ne semblait capable que de répéter ce qu'on lui disait.

« Oui. D'après le peu que j'en sais, on se servait du téléphone du bar pour transmettre des messages. Cela fait environ un mois que les gars l'ont mis sur écoute. Et en suivant la procédure, mandat d'un juge et tout le tremblement. » Brunetti agita le dossier en l'air. « Et lorsque mes hommes t'ont arrêté, hier au soir, j'ai essayé de dire aux types du SISMI que tu n'étais que du menu fretin, tout juste bon pour nous, mais ils n'ont rien voulu entendre.

– Mais... qu'est-ce que ça veut dire ? demanda Silvestri d'une voix dont toute colère avait disparu.

– Que l'on va prolonger ta détention en vertu des lois antiterroristes. » Brunetti referma le dossier et se leva. « Ce n'est qu'un malentendu entre services, tu comprends, Silvestri. On va te garder pendant quarante-huit heures.

– Mais mon avocat ?

– Tu pourras l'appeler à ce moment-là. Après tout, il n'y en a que pour deux jours, et cela fait déjà... (Brunetti remonta son poignet de chemise pour consulter sa montre) dix heures que tu es en détention. Dans un jour et demi, tu pourras appeler ton avocat et je suis sûr qu'il te fera sortir d'ici, le temps de le dire. » Il sourit.

« Mais vous, qu'est-ce que vous faites dans cette affaire ? demanda le souteneur, soupçonneux.

– Étant donné que c'est l'un de mes hommes qui t'a arrêté, j'ai estimé, en quelque sorte, que c'était un peu à cause de moi que tu te retrouvais ici, et j'ai donc pensé que le moins que je pouvais faire était de venir t'expliquer les choses. J'ai déjà eu affaire à ces types du SISMI, reprit Brunetti d'un ton fatigué, et ce n'est pas la peine d'essayer de leur parler. La loi dit qu'on peut te garder quarante-huit heures sans notifier personne, et ils n'en démordront pas, j'en ai peur. » Il consulta de nouveau sa montre. « Un jour et demi, ça passe vite, Silvestri. Si tu veux des journaux ou des revues, tu n'auras qu'à les demander au policier de garde, d'accord ? » Sur ces mots, il commença à s'éloigner vers la porte.

« Je vous en prie, dit Silvestri – sans aucun doute la première fois de sa vie qu'il s'adressait à un policier avec courtoisie. Je vous en prie, ne partez pas. »

Brunetti fit demi-tour et inclina la tête de côté, affichant une expression de curiosité. « Tu as pensé à une revue ? *Panorama ? Famiglia Christiana* ?

– Qu'est-ce que vous voulez ? » demanda Silvestri d'une voix qui s'étranglait, mais pas de colère. C'est à grosses gouttes que la sueur perlait maintenant à son front.

Brunetti comprit qu'il n'avait plus besoin de jouer. Franco le dur à cuire, le bouffeur de clous, demandait grâce.

Sans élever la voix, mais d'un ton sévère et exigeant, Brunetti demanda : « Qui t'appelle, dans ce bar, et qui appelles-tu toi-même, Silvestri ? »

Le souteneur se passa les mains sur le visage, puis dans son épaisse chevelure, aplatissant les boucles sur son crâne. Il se frotta ensuite les lèvres du revers de la main, insistant à la commissure comme pour se débarrasser d'une salissure. « Y'a un homme qui m'appelle pour me dire quand les nouvelles filles arrivent. »

Brunetti ne dit rien.

« Je sais pas qui c'est, je sais pas d'où il appelle. Mais il appelle à peu près tous les mois, et il me dit où je dois aller les prendre. On les a déjà formées. Je n'ai plus qu'à les mettre au boulot.

– Et l'argent ? »

Silvestri garda le silence. Brunetti fit demi-tour et partit vers la porte.

« Je le donne à une femme. Tous les mois. Quand il m'appelle, il me dit où et quand je vais rencontrer la femme, et c'est à elle que je donne l'argent.

– Combien ?

– Tout.

– Comment ça, tout ?

– Tout ce qui reste, une fois que j'ai payé les chambres et les filles.

– Cela représente combien ?

– Ça dépend, répondit-il, évasif.

– Tu me fais perdre mon temps, Silvestri, rétorqua Brunetti, laissant éclater sa colère.

– Certains mois, c'est quarante ou cinquante millions. D'autres fois, c'est moins. » Ce qui signifiait, songea Brunetti, que c'était davantage d'autres mois.

« Qui est la femme ?

– Je ne sais pas, je ne l'ai jamais vue.

– Comment ça, tu ne l'as jamais vue ?

– Il me dit où sa voiture sera garée. C'est une Mercedes blanche. Je dois arriver par derrière, ouvrir la portière arrière et poser l'argent sur le siège. Et après, elle s'en va.

Et tu ne l'as jamais vue ?

– Elle porte un foulard. Et des lunettes de soleil.

– Elle est grande ? Maigre ? Blanche ? Noire ? Blonde ? Âgée ? Allons, Silvestri, tu n'as pas besoin de voir la figure d'une femme pour le savoir.

– Elle n'est pas petite, mais je ne sais pas quelle est la couleur de ses cheveux. Je n'ai jamais vu sa tête, mais je ne crois pas qu'elle soit vieille.

– Et le numéro de la plaque d'immatriculation ?

– Je ne le connais pas.

– Tu ne l'as pas vu ?

– Non. Ça se passe toujours de nuit, et les feux sont

coupés. » Il mentait, Brunetti en était sûr, mais l'homme n'allait probablement pas ajouter grand-chose.

« Où la retrouves-tu ?

– Dans la rue. À Mestre. À Trévise, une fois. Dans des endroits différents. Il me le dit quand il m'appelle.

– Et les filles ? Comment les récupères-tu ?

– Pareil. Il m'indique un coin de rue, et combien elles seront, et je vais les chercher avec ma voiture.

– Qui les amène ?

– Personne. Elles m'attendent quand j'arrive.

– Juste comme ça ? Comme des moutons ?

– Elles savent qu'elles n'ont pas intérêt à faire les idiotes, répondit Silvestri, une soudaine sauvagerie dans le ton.

– D'où viennent-elles ?

– De partout.

– C'est-à-dire ?

– De tas de villes différentes, de pays différents.

– Comment en arrivent-elles là ?

– Que voulez-vous dire ?

– Comment finissent-elles par se retrouver... au milieu du lot qui t'est livré ?

– Ce sont juste des putes. Comment voulez-vous que je le sache ? Bon Dieu, je leur adresse même pas la parole. » Silvestri enfonça brusquement les mains dans les poches. « Quand allez-vous me faire sortir d'ici ?

– Il y en a eu combien, en tout ?

– Je dirai plus rien ! » cria le souteneur. Il se leva et se dirigea vers Brunetti. « Plus rien ! Faites-moi sortir d'ici ! »

Le commissaire ne bougea pas et Silvestri recula d'un ou deux pas. Brunetti frappa à la porte, que Gravini ouvrit rapidement. Une fois dans le corridor, il attendit que le jeune policier ait refermé le battant. « Laisse-le mijoter encore une heure et demie, et relâche-le.

– Bien, monsieur », dit Gravini, saluant le dos de son supérieur qui s'éloignait déjà.

22

LA SÉANCE AVEC MARA et son maquereau n'avait pas mis Brunetti dans la meilleure des humeurs avant de négocier avec la signora Trevisan et l'associé de feu son époux, pour ne désigner Martucci que par l'un de ses emplois, mais il n'en donna pas moins un coup de fil à la veuve, insistant sur le fait qu'il était indispensable, pour la bonne marche de l'enquête, qu'il ait un bref entretien avec elle et, si possible, avec le signor Martucci. On avait vérifié l'alibi qu'ils avaient donné, chacun de leur côté, pour le soir du crime ; la bonne de la signora Trevisan avait confirmé que sa maîtresse n'était pas sortie, ce soir-là, et un ami de Martucci avait confirmé lui avoir téléphoné à son domicile à 21 h 30, ce même jour.

Une longue expérience avait appris à Brunetti qu'il valait toujours mieux laisser les gens choisir l'endroit où on les interrogeait ; ils sélectionnaient presque systématiquement celui dans lequel ils se sentaient le plus à l'aise, s'imaginant à tort que le contrôle du contenant leur assurait celui du contenu. Comme il fallait s'y attendre, la signora Trevisan avait préféré son domicile, où le commissaire arriva à 16 h 30, l'heure précise du rendez-vous. Encore irrité par l'entrevue avec Franco Silvestri, il n'attendait qu'une chose, refuser les éventuelles marques de courtoisie dont il pourrait être l'objet : ni cocktail (trop mondain) ni thé (trop prétentieux).

Cependant, lorsque la signora Trevisan, habillée aujourd'hui d'une tenue bleu marine de la plus grande sobriété, l'eut conduit dans un salon qui ne contenait que quelques rares chaises mais débordait de bon goût, il comprit qu'il s'était fait des illusions sur l'importance qu'il croyait revêtir aux yeux des autres, et qu'on allait le traiter non pas en représentant de l'État, mais en intrus. La veuve lui serra la main, et Martucci se leva à son entrée dans le salon, mais l'un comme l'autre s'en tinrent au strict minimum en ce qui concernait les civilités. Le policier soupçonna que leurs manières solennelles et leur tête d'enterrement avaient pour but de manifester le chagrin qu'il venait troubler, à la suite de la disparition brutale d'un époux et d'un frère pour l'une, de deux amis et associés pour l'autre. Sa conversation avec le juge Beniamin avait toutefois rendu Brunetti sceptique sur la profondeur de leurs sentiments, et celle qu'il venait d'avoir avec Silvestri sur l'humanité en général.

Il écourta donc les formules de remerciements sur le fait qu'ils avaient accepté de le recevoir. Martucci acquiesça. La signora Trevisan n'eut pas l'air de l'avoir entendu.

« J'aimerais, signora Trevisan, obtenir certaines informations sur les finances de feu votre époux. » Elle ne dit rien, ne demanda pas d'explications. « Pouvez-vous me dire ce que va devenir le cabinet ?

– C'est une question que vous devriez me poser à moi, intervint Martucci.

– C'est ce que j'ai fait, il y a deux jours. Vous êtes resté très laconique.

– Nous disposons à ce jour de plus amples informations.

– Cela signifie-t-il que vous avez pris connaissance du testament ? » demanda Brunetti, secrètement satisfait de les voir choqués par son manque de tact.

Martucci resta calme et poli. « La signora Trevisan m'a demandé d'être son représentant légal pour ce qui est de disposer des biens laissés par son mari, si c'est ce que vous voulez dire.

– Cette réponse en vaut sans doute une autre », répliqua le policier, qui remarqua avec intérêt que Martucci ne mordrait pas facilement à l'hameçon. De la déformation professionnelle sans doute ; la pratique du droit habitue à rester toujours courtois. « Que va devenir, donc, le cabinet juridique Trevisan ?

– La signora Trevisan conserve soixante pour cent des parts. »

Brunetti garda si longtemps le silence que Martucci fut bien obligé d'ajouter : « Et moi quarante pour cent.

– Puis-je savoir quand ce testament a été rédigé ?

– Il y a deux ans, répondit Martucci sans hésiter.

– Et quand êtes-vous entré dans le cabinet Trevisan, maître Martucci ? »

La signora Trevisan tourna ses yeux si pâles vers Brunetti et prit la parole pour la première fois. « Commissaire, avant que vous n'alliez trop loin dans l'exercice d'une curiosité aussi vulgaire, puis-je savoir quel est l'objectif ultime de ces questions ?

– Si elles ont un objectif, signora, c'est de rassembler les informations qui me permettront de trouver la personne qui a assassiné votre mari.

– J'aurais pu croire cela valable, observa-t-elle, mettant les coudes sur les bras de son fauteuil et joignant les mains, s'il y avait eu un rapport entre les termes de son testament et son assassinat. À moins que vous ne me trouviez un peu trop naïve ? » Comme Brunetti ne réagissait pas, elle le gratifia du plus sec des sourires. « Il est possible que les choses vous paraissent trop simples, commissaire, non ?

– Tout à fait possible, signora, répondit Brunetti, ravi d'avoir pu provoquer au moins l'un des deux. C'est pourquoi je pose des questions qui appellent des réponses simples. Et celle-ci ne demande qu'un chiffre : depuis combien de temps le signor Martucci travaillait-il pour votre mari ?

– Deux ans », répondit Martucci.

Brunetti reporta son attention sur l'avocat – toute son attention. « Et puis-je vous demander quelles sont les autres dispositions du testament ? »

Martucci voulut répondre, mais la signora Trevisan leva une main pour le faire taire. « Je vais le lui dire, maître.

L'essentiel des biens de Carlo, reprit-elle en se tournant vers Brunetti, étant donné que nous sommes mariés sous le régime de la communauté, me revient pour moitié en tant que sa veuve, l'autre revenant à nos deux enfants en parts égales. Il y a également quelques legs à des parents et à des amis, mais l'essentiel nous revient. Cela satisfait-il votre curiosité ?

– Oui, signora, tout à fait. »

Martucci s'agita sur son siège et fit mine de vouloir se lever. « Si c'est uniquement pour cela que vous êtes venu...

– J'ai quelques autres questions à vous poser, signora », le coupa Brunetti en se tournant vers la veuve.

Cette dernière acquiesça sans prendre la peine de répondre, et adressa à l'avocat un coup d'œil visant à le calmer.

« Possédez-vous une voiture ?

– J'ai bien peur de ne pas comprendre votre question, dit-elle après une courte hésitation.

Possédez-vous une voiture ? répéta Brunetti.

– Oui.

– De quelle marque ?

– Je ne vois pas ce que cela vient faire ici », intervint Martucci.

La signora Trevisan ignora l'interruption. « C'est une BMW. Elle date de trois ans. Verte.

– Merci, dit Brunetti, visage impassible. Votre frère laisse-t-il une famille, signora ?

– Non. Il vivait séparé de sa femme, et ils n'avaient pas eu d'enfants. »

De nouveau, Martucci s'interposa. « Je suis sûr que cela figure dans vos dossiers. »

Brunetti l'ignora pour demander, choisissant ses mots avec soin : « Votre frère avait-il des rapports avec des prostituées ? »

L'avocat bondit sur ses pieds, mais le commissaire continua de ne pas s'occuper de lui. C'était sur la signora Trevisan, cette fois, que toute son attention était rivée. Elle avait redressé brusquement la tête à l'énoncé de la question puis, comme si elle tendait encore l'oreille à son écho, avait détourné les yeux quelques instants avant de les reporter sur lui. Elle resta figée une ou deux longues secondes avant que son visage ne manifeste de la colère, sur quoi elle déclara d'une voix forte au ton déclamatoire : « Mon frère n'avait aucun besoin de putains. »

Martucci attrapa au vol la colère de la signora Trevisan pour y joindre la sienne. « Je ne vous permets pas d'insulter la mémoire du signor Trevisan. Vos accusations sont dégoûtantes et insultantes. Rien ne nous oblige à écouter de telles insinuations. » Il marqua un temps d'arrêt pour reprendre sa respiration ; Brunetti avait presque l'impression d'entendre cliqueter des rouages, dans son cerveau. « Qui plus est, vos propos sont diffamatoires et la signora Trevisan est témoin de ce que vous venez de déclarer. » Martucci regarda les deux autres tour à tour pour voir leur réaction, mais sa sortie était restée sans effet sur eux.

Brunetti ne quitta pas un instant la signora Trevisan des yeux et elle-même ne fit aucune tentative pour détourner les siens. Martucci voulut poursuivre, mais s'arrêta, pris de court par l'attention qu'ils paraissaient se porter l'un à l'autre, ne se rendant pas compte que la question n'était pas de mesurer exactement ce que les propos du policier avaient eu de calomnieux, mais plutôt ce qu'ils avaient exactement voulu dire.

Brunetti attendit que les deux autres prennent conscience

qu'il attendait une réponse et non une réaction de vertueuse indignation. Il la vit envisager et la question, et la manière d'y répondre. Il eut le sentiment de voir une révélation passer du regard de la veuve à ses lèvres mais, alors qu'elle était sur le point de parler, Martucci intervint de nouveau : « J'exige des excuses. » Brunetti ne prit pas la peine de répondre. L'avocat fit deux pas vers lui, se mettant entre le policier et la signora Trevisan et les empêchant de se voir. « J'exige des excuses de votre part, répéta-t-il foudroyant Brunetti du regard.

– Bien sûr, bien sûr, lui dit Brunetti avec une singulière désinvolture. Vous pouvez avoir autant d'excuses que vous le désirez. » Il se leva et s'écarta de Martucci, mais la signora Trevisan avait détourné les yeux et ne les releva pas. Un simple coup d'œil permit au commissaire de comprendre que l'interruption de Martucci avait suffi pour qu'elle perde toute envie de faire des confidences, et il trouva inutile de se répéter.

« Signora, dit-il, si vous décidez de répondre à ma question, vous me trouverez à la questure. » Sans rien ajouter, il contourna l'avocat et quitta la pièce, puis la maison.

Tandis qu'il revenait à pied chez lui, Brunetti songea qu'il avait approché ce bref contact qu'il parvenait parfois à créer entre lui et un témoin ou un suspect, ce délicat point d'équilibre né d'un mot ou d'une phrase dite au hasard, qui pousse soudain une personne à révéler quelque chose qu'elle essayait jusqu'ici de cacher. Qu'avait-elle été sur le point de dire, et quel rapport Lotto pouvait-il avoir avec les prostituées ? Et la femme à la Mercedes ? Était-ce celle qui avait dîné avec Favero le soir de sa mort ? Il se demandait ce qui, au cours du repas, avait pu rendre cette femme nerveuse au point d'oublier une paire de lunettes valant plus d'un million de lires. Et sa nervosité était-elle due à un événement qui s'était produit pendant le dîner, ou bien à ce qui devait se passer après, et qu'elle savait ? Les questions tourbillonnaient dans son esprit comme autant de furies qui se moquaient de lui parce qu'il en ignorait les réponses et, pis encore, parce qu'il ne savait même pas lesquelles parmi ces questions étaient réellement importantes.

Après avoir quitté l'appartement des Trevisan, Brunetti avait tourné automatiquement vers le pont de l'Académie et son domicile. Profondément plongé dans ses pensées, il lui fallut un certain temps pour remarquer qu'il y avait foule dans les rues. Il consulta sa montre, surpris que tant de gens soient encore dehors à une demi-heure de la fermeture des magasins ; il les examina plus attentivement et constata qu'il s'agissait d'Italiens, la tenue des hommes comme des femmes étant trop soignée pour qu'il puisse s'agir d'étrangers.

Son désir de se presser évanoui, il se laissa porter par la foule jusqu'au Campo San Stefano. Du pied du pont le plus proche montaient des sons amplifiés qu'il n'arrivait pas à distinguer clairement.

Entraîné dans l'étroite ruelle semblable à une conduite forcée, il se trouva brusquement libéré du flot en débouchant sur la place qu'assombrissait le crépuscule. Devant lui se trouvait la statue qu'il appelait depuis toujours la Meringue, tant le marbre très blanc dont elle était faite était devenu grêlé de pores. D'autres, au vu des livres qui paraissaient surgir de son manteau, lui donnaient un nom moins délicat.

À sa droite, il vit qu'on avait élevé une plate-forme de bois sur le côté de l'église San Stefano. Quelques chaises y étaient disposées, et d'énormes haut-parleurs occupaient les angles ; du sommet de trois perches de bois, au fond de l'estrade, pendaient mollement le drapeau italien, celui de Venise avec le lion de Saint-Marc, et le symbole récemment adopté de ce qui était naguère le parti chrétien-démocrate.

Brunetti se rapprocha de la statue et passa de l'autre

côté de la barrière métallique basse qui encerclait son piédestal. Une centaine de personnes, environ, se tenaient devant la plate-forme ; trois hommes et une femme s'en détachèrent pour escalader les marches d'accès. La musique vociférait. Brunetti se demanda si ce n'était pas l'hymne national, mais les distorsions et les parasites étaient tels qu'il n'en était même pas sûr.

Un technicien en jean et en blouson tendit un micro à l'un des hommes grimpés sur l'estrade. Celui-ci le tint à son côté pendant quelques instants, souriant à la foule, puis fit passer le micro dans sa main gauche et serra la main des trois autres personnes. En bas, le technicien en blouson fit un geste explicite de la main (coupez !), mais la musique ne s'arrêta pas.

L'homme sur l'estrade porta le micro à sa bouche et dit quelque chose, mais ses paroles furent complètement noyées par la musique. Tenant l'appareil à bout de bras, il en tapota l'extrémité, et le bruit fit l'effet de six coups de feu étouffés.

Un petit groupe de badauds se détacha de la foule et alla se réfugier dans un bar. Six autres personnes s'éloignèrent, passèrent devant la façade de l'église et disparurent par la Calle della Mandorla. L'homme au blouson grimpa sur la plate-forme et tripota des fils, à l'arrière de l'un des haut-parleurs. Celui-ci se tut, mais musique et parasites continuaient leurs braillements depuis l'autre. Il s'y précipita et s'agenouilla derrière le deuxième haut-parleur.

D'autres badauds s'éloignèrent. La femme montée sur l'estrade en redescendit et disparut dans la foule, rapidement suivie par les deux autres hommes. Comme le vacarme ne s'arrêtait toujours pas, le technicien se releva et alla échanger quelques mots avec l'homme au micro. Lorsque Brunetti regarda de nouveau au bas de l'estrade, il ne restait plus qu'une poignée de curieux.

Il franchit la grille dans l'autre sens et reprit la direction du pont de l'Académie. Au moment où il passait devant la petite baraque de la fleuriste, à l'autre bout de la place, musique et parasites s'interrompirent soudain et une voix d'homme, amplifiée seulement par la colère, lança : *« Cittadini, Italiani ! »* mais Brunetti ne s'arrêta pas et ne regarda même pas par-dessus son épaule.

Il se rendit compte qu'il lui tardait de parler avec Paola. Contrairement à ce qu'imposait la déontologie, il la tenait au courant des progrès de l'enquête et lui confiait l'impression que lui donnaient les gens qu'il avait interrogés, les réponses qu'il en avait obtenues. Cette fois-ci, comme il n'y avait eu personne d'emblée debout tout nu sous les projecteurs de la culpabilité, elle s'était abstenue de désigner celui ou celle qu'elle pensait être le ou la coupable, habitude que Brunetti n'était jamais parvenu à lui faire perdre. Privée de ce genre de certitude a priori, elle était pour lui l'auditrice parfaite, l'aiguillonnant de ses questions, l'obligeant à expliquer les choses clairement, pour qu'elle les comprenne bien. Il lui arrivait souvent, en étant ainsi forcé d'éclaircir une impression persistante de malaise, de mieux comprendre les choses lui-même. Cette fois-ci, elle n'avait rien suggéré, fait aucune remarque, n'avait manifesté de soupçons vis-à-vis d'aucune des personnes impliquées. Elle l'avait écouté avec intérêt, mais pas davantage.

Paola n'était pas à la maison, mais Chiara, en revanche, l'attendait. « Papa ! » lui lança-t-elle dès qu'elle l'entendit ouvrir la porte. Une seconde après elle déboulait de sa chambre, une revue ouverte à la main. Il reconnut *Airone* à la bordure jaune de la couverture, de même qu'il reconnaissait, à sa débauche de photos, à son papier brillant et à sa prose pour débiles l'influence des revues américaines que *Airone* s'efforçait d'imiter.

« Qu'y a-t-il, mon cœur ? » demanda-t-il, se penchant sur elle pour l'embrasser sur le crâne avant d'aller accrocher son manteau dans le placard de l'entrée.

« Il y a un concours, papa, et celui qui gagne a droit à un abonnement gratuit.

– Mais tu es déjà abonnée, il me semble, observa-t-il, se souvenant qu'il lui avait offert l'abonnement pour Noël.

– Ce n'est pas la question, papa.

– C'est quoi, alors ? » Il passa dans le couloir pour rejoindre la cuisine, où il alluma avant d'aller plonger dans le réfrigérateur.

« La question, c'est de gagner. » Elle l'avait suivie jusque dans la cuisine, et Brunetti se demanda si la revue n'était pas un peu trop américaine pour sa fille.

Il trouva une bouteille d'Orvieto, étudia l'étiquette, la remit en place et sortit une bouteille de Soave qu'ils avaient entamée la veille au soir. Il emplit un verre et prit une gorgée. « Très bien, Chiara. Et que faut-il trouver, dans ton concours ?

– Un nom pour un pingouin.

– Un nom pour un pingouin ? répéta-t-il bêtement.

– Oui, regarde ici. » Tenant le magazine d'une main, elle lui indiqua une photo de l'autre. Il eut l'impression de voir la masse informe grisâtre que Paola retirait parfois de son aspirateur. « Qu'est-ce que c'est que ce truc ? » Il prit la revue et la tendit vers la lumière.

« C'est le bébé pingouin, papa. Il est né le mois dernier au zoo de Rome et il n'a pas encore de nom. Ils offrent un prix à celui qui trouvera le meilleur nom. »

Il examina la photo d'un peu plus près. Incontestablement, on distinguait un bec et deux yeux noirs. Deux ailerons jaunes. Sur la page en regard, on voyait un pingouin adulte, mais c'est en vain qu'il chercha une ressemblance entre les deux.

« Et quel nom as-tu trouvé ? » demanda-t-il. Il se mit à feuilleter la revue, ce qui lui donna droit à un défilé de hyènes, d'ibis et d'éléphants.

« Stries.

– Quoi ?
– Stries, répéta-t-elle.
– Pour un pingouin ? » s'étonna-t-il, revenant à l'article initial pour examiner la photo de l'animal adulte. Stries !
– Évidemment. Tout le monde va vouloir l'appeler Flipper ou Plongeur, mais personne ne pensera à l'appeler Stries. »

Indubitablement, pensa Brunetti. « Tu pourras de toute façon mettre ce nom de côté, suggéra-t-il en remettant la bouteille au frais.
– Et pour quoi faire ? demanda-t-elle en reprenant la revue.
– Au cas où dans le prochain concours, ce serait un zèbre.
– Oh, papa, tu es vraiment trop bête, des fois. » Sur quoi elle retourna dans sa chambre, sans bien se rendre compte à quel point ce jugement faisait plaisir à son père.

Dans le séjour, il reprit le livre qu'il avait laissé ouvert à l'envers la veille, avant d'aller se coucher. En attendant Paola, il pouvait tout aussi bien refaire la guerre du Péloponnèse.

Elle arriva une heure plus tard, et se rendit directement dans le séjour, où, après avoir jeté son manteau sur le canapé, elle se laissa tomber à côté de son mari, le foulard toujours autour du cou. « As-tu déjà envisagé la possibilité que je sois folle, Guido ?
– Souvent, dit-il en tournant une page.
– Non, sérieusement. Il n'y a pas d'autre explication, pour que je m'échine pour ces crétins.
– Quels crétins ? demanda-t-il, toujours sans lever le nez de son livre.
– Ceux qui dirigent l'université.
– C'est quoi, la dernière ?
– Il y a trois mois, on m'a demandé de faire une conférence à la faculté d'anglais de Padoue. Sur le roman bri-

tannique. À ton avis, pourquoi crois-tu que j'ai relu tous ces bouquins, depuis deux mois ?

– Parce qu'ils te plaisent. C'est pour cette raison que tu les relis depuis vingt ans.

– Oh, arrête, Guido, protesta-t-elle en lui enfonçant en douceur un coude dans les côtes.

– Bon, qu'est-ce qui s'est produit ?

– Je suis passée au bureau prendre mon courrier, et il paraît que j'avais tout faux, que c'est sur la poésie américaine que je dois parler – sauf que personne n'a songé à m'avertir. Tu comprends, tout ça, c'est de l'anglais...

– Et finalement ?

– Je ne le saurai que demain. Ils vont prendre contact avec Padoue et accepteront de revenir au roman britannique s'ils ont l'approbation du Magnifico. » L'un comme l'autre prenaient le plus grand plaisir à utiliser ce fossile de l'âge de pierre académique : le titre par lequel on devait officiellement s'adresser au recteur de l'université était en effet *Il Magnifico Rettore*. C'était la seule chose, depuis vingt ans que Brunetti hantait, via son épouse, les abords de l'université, qui avait réussi à lui faire trouver un peu d'intérêt à la vie académique.

« Et que va-t-il faire, à ton avis ?

– Tirer à pile ou face, sans doute.

– Bonne chance, lui dit Brunetti en reposant son livre. Tu n'aimes pas trop la littérature américaine, n'est-ce pas ?

– Seigneur Dieu, non ! s'exclama-t-elle, se prenant la figure entre les mains. Des puritains, des cow-boys et des femmes hystériques. Autant enseigner le *silver fork novel*.

– Le quoi ?

– Le *silver fork novel*, répéta-t-elle en anglais. Le roman de la fourchette d'argent. Des romans à l'intrigue simple, écrits pour expliquer les bonnes manières aux gens qui ont gagné beaucoup de fric.

– Pour les *yuppies* ? » demanda Brunetti, sincèrement intéressé par la réponse.

Paola éclata de rire. « Non, Guido, pas pour les yuppies. Ce sont des livres qui datent du XVIIIe siècle, quand se bâtissaient des fortunes avec l'argent des colonies, et qu'il fallait enseigner aux grosses dondons, les épouses de tous ceux qui s'étaient enrichis dans les filatures, la manière de se servir d'une fourchette. » Elle garda quelques instants le silence, pensant à ce qu'elle venait de dire. « Mais si l'on y réfléchit un peu, reprit-elle, il suffirait de le rajeunir légèrement et on pourrait dire la même chose de Bret Easton Ellis, bien qu'il soit américain. » Elle posa sa tête sur l'épaule de Brunetti, prise d'un fou rire incontrôlable devant cette plaisanterie qu'il ne comprenait pas.

Elle finit par arrêter de rire, dénoua son foulard et le jeta sur la table basse. « Et toi ? » demanda-t-elle.

Il posa son livre à l'envers sur un genou et se tourna vers elle. « J'ai parlé au tapin et à son maquereau, puis à la signora Trevisan et à son avocat. » Lentement, attentif à ne rien omettre et à ne pas se tromper dans les détails, il lui raconta comment s'était déroulée la journée, finissant par la réaction de la signora Trevisan à sa question sur les prostituées.

« Son frère avait-il vraiment des rapports avec les prostituées ? demanda Paola, reprenant volontairement la formule de Brunetti. Et tu crois qu'elle a compris ce que tu voulais dire ? »

Il acquiesça.

« Mais pas l'avocat ?

– Non, mais je crois que ce n'était pas délibéré. Il n'a tout simplement pas pigé que la question était ambiguë et ne signifiait pas que Lotto avait des relations sexuelles avec elles.

– Mais elle, si ? »

Il acquiesça de nouveau. « Elle est nettement plus fine que lui.

– Les femmes sont en général plus fines que les hommes... Et toi, quels rapports penses-tu qu'il avait avec elles ?

– Je ne sais pas, Paola, mais sa réaction me fait penser qu'elle était au courant. »

Paola ne dit rien, attendant qu'il ait fini de réfléchir. Il lui prit la main, en embrassa la paume et la laissa retomber sur ses genoux, où elle la laissa, attendant toujours.

« C'est le seul dénominateur commun, reprit-il, parlant plus pour lui-même que pour elle. Favero et Trevisan avaient tous les deux le numéro de téléphone de ce bar de Mestre dans leur calepin. C'est de là qu'un souteneur gère son cheptel de filles, et il en reçoit constamment de nouvelles. Quant à Lotto, je sais seulement qu'il traitait des affaires pour Trevisan. »

Il retourna la main de Paola et fit courir un doigt le long des veines bleues, à peine visibles, qui la sillonnaient.

« Pas grand-chose, hein ? » observa-t-elle finalement.

Il secoua la tête.

« Celle à qui tu as parlé, Mara, qu'est-ce qu'elle t'a demandé, à propos des autres ?

– Elle voulait savoir si je n'étais pas au courant, pour certaines des filles qui étaient mortes cet été ; elle a aussi parlé d'un camion. J'ignore ce qu'elle a voulu dire. »

Comme une carpe très âgée remontant lentement du fond vers la lumière du jour, un souvenir s'éveilla dans les recoins les plus reculés de la mémoire de Paola ; il y était question d'un camion et de filles. Elle s'appuya de la nuque contre le canapé et ferma les yeux. Elle vit de la neige. Et ce détail suffit à faire monter le souvenir à la surface.

« Au début de l'automne, Guido – je crois que c'était pendant que tu te trouvais à Rome, pour la conférence –, un camion a quitté la route, près de la frontière autrichienne, je crois. J'ai oublié les détails ; il me semble qu'il a glissé sur la glace et qu'il est tombé d'une falaise, ou quelque chose comme ça. Bref, il y avait des femmes dans la remorque, et elles ont toutes été tuées. Elles étaient huit ou dix. C'était bizarre. Les journaux en ont fait une fois leur manchette, puis plus rien, et je n'en ai plus entendu parler. » Paola sentit la main de Guido serrer plus fermement la sienne. « Crois-tu que c'était à ça qu'elle faisait allusion ?

– Ça me revient. J'ai lu quelque chose là-dessus dans un rapport d'Interpol. Il était question de femmes que l'on faisait venir pour les prostituer. Le conducteur a aussi été tué, c'est bien cela ? »

Paola acquiesça. « Je crois. »

Il devait y avoir un rapport sur cette affaire à la questure régionale ; il pourrait les appeler demain. Il essaya de se rappeler d'autres détails du rapport d'Interpol ; mais il émanait peut-être d'un autre organisme et Dieu savait où il avait été rangé. Il verrait demain.

Paola tira doucement sur sa main. « Pourquoi vous faites appel à elles ?

– Hein ? demanda Brunetti, sans vraiment prêter attention à la question.

– Pourquoi vous faites appel aux prostituées ? Je ne parle pas de toi, évidemment, mais des hommes en général », ajouta-t-elle aussitôt pour qu'il ne se méprenne pas.

Il leva leurs deux mains jointes et les agita en l'air, un geste vague et imprécis. « Une relation sexuelle sans culpabilité, je suppose. Pas de liens, pas d'obligations, pas besoin d'être poli.

– Ça ne paraît pas tellement séduisant, remarqua Paola. Je suppose que c'est parce que les femmes veulent toujours y ajouter des sentiments.

– Oui, c'est ce que vous faites. »

Paola libéra sa main et se leva. Elle étudia un instant son mari, puis partit à la cuisine préparer le repas.

23

BRUNETTI PASSA LA PREMIÈRE PARTIE de sa journée de travail, le lendemain, à éplucher les dossiers d'Interpol sur la prostitution et à attendre que le standard le mette en communication avec la police de Tarvisio. Le standardiste fut plus rapide que lui et, pendant un quart d'heure, il écouta un capitaine des carabiniers lui décrire l'accident. À la fin, il lui demanda de lui faxer tous les documents relatifs à l'affaire.

Il lui fallut vingt minutes de plus pour retrouver le rapport sur le trafic international des prostituées, et une demi-heure pour le lire. Ce fut une expérience consternante, et il trouva la conclusion presque impossible à croire : « Les différents services de polices et organismes internationaux concernés estiment que ce trafic pourrait concerner un demi-million de femmes. » Ce rapport ne faisait que détailler un phénomène dont, comme tous les officiers de police européens, il connaissait l'existence ; ce qui le choquait était son énormité et sa complexité.

Son fonctionnement n'était pas très éloigné de ce qu'avait vécu Mara : on offrait à une jeune femme d'un pays en voie de développement la promesse d'une vie meilleure en Europe – parfois par le biais de l'amour, d'un tendre amour, mais le plus souvent on faisait miroiter un emploi de domestique, ou dans le spectacle. Là-bas, en Europe, lui disait-on, elle aurait la possibilité de vivre correctement et de gagner assez d'argent pour en envoyer à sa famille, et même peut-être, un jour, pour faire venir les siens dans ce paradis sur terre.

À leur arrivée, elles découvraient la plupart du temps ce qu'avait découvert Mara, et apprenaient que le contrat de travail qu'elles avaient signé n'était souvent qu'une reconnaissance de dette et qu'elles devaient rembourser, à la personne qui les avait fait venir en Europe, des sommes pouvant aller jusqu'à cinquante mille dollars. Si bien qu'elles se retrouvaient dans un pays étranger, après avoir confié leur passeport à cette personne, persuadées qu'elles étaient hors-la-loi du fait de leur seule présence et qu'elles risquaient l'arrestation et de longues peines de prison à cause de la dette qu'elles avaient contractée en signant le contrat. En dépit de ces dangers, beaucoup, néanmoins, se rebellaient et ne craignaient pas la prison. Les viols collectifs en venaient en général à bout. Sinon, de plus grandes violences encore finissaient par les persuader. Certaines y laissaient la vie. Cela se savait. Elles n'offraient bientôt plus de résistance.

C'est ainsi que les bordels des pays développés se remplissaient de sujets exotiques aux cheveux noirs, à la peau sombre : des femmes thaï, dont les manières douces et soumises flattaient tellement le sentiment masculin de supériorité ; les métisses de la Dominique – et l'on sait combien les Noires « aiment ça » ; et bien entendu les Brésiliennes, ces Cariocas au sang chaud, nées pour devenir des catins.

Le rapport constatait qu'étant donné les coûts de transport, un nouveau marché était en train de s'ouvrir à l'Est, où des milliers de blondes aux yeux bleus perdaient leur travail et voyaient leurs économies fondre avec l'inflation. Soixante-dix ans du régime spartiate communiste en faisait les proies toutes désignées des sirènes de l'Ouest, et c'est par autocars et camions entiers qu'elles émigraient, quand ce n'était pas à pied et parfois même en traîneau, toutes attirées comme des papillons par le grand

Eldorado qu'étaient à leurs yeux leurs voisins occidentaux, pour se rendre compte, à leur arrivée, qu'elles se retrouvaient sans papiers, sans droits et sans espoirs.

Brunetti ne douta pas un instant de ce qu'il lisait, même s'il restait abasourdi par le chiffre d'un demi-million. Il alla consulter la liste des personnes et des organisations qui avaient assuré la compilation de ce rapport ; elles étaient assez nombreuses pour le persuader que ce chiffre était bon, même s'il restait intolérable. Des provinces entières de l'Italie ne comptaient même pas un demi-million de femmes. C'était de la population d'une grande ville que l'on parlait.

Lorsqu'il eut terminé la lecture du rapport, il le posa sur le bureau, tout d'abord devant lui, puis il le repoussa de côté comme s'il en craignait la contamination. Il prit un crayon et une feuille de papier dans un tiroir, et dressa une courte liste de trois noms : celui d'un major de la police brésilienne qu'il avait rencontré lors d'un séminaire de la police à Paris, des années auparavant ; celui du propriétaire d'une société d'import-export qui disposait de bureaux à Bangkok ; et enfin celui d'une prostituée, Pia. Tous les trois, pour une raison ou une autre, étaient ses débiteurs, et il ne voyait pas meilleur moyen de se faire rembourser que de leur demander des informations.

Il passa les deux heures suivantes à téléphoner, allongeant une ardoise qui s'évaporerait quelques jours plus tard grâce à quelques manipulations adroites sur l'ordinateur central des Télécom italiennes. Au bout de ces deux heures, cependant, il n'en savait guère plus que ce qu'il avait appris dans le rapport, mais il en avait une connaissance plus intime, plus personnelle.

Le major de Vedia, à Rio de Janeiro, se révéla incapable de partager l'inquiétude de Brunetti comme de comprendre son indignation. Il faut dire que sept de ses hommes venaient d'être arrêtés, la semaine précédente, pour avoir travaillé dans un « escadron de la mort » constitué par des commerçants de Rio, lesquels les payaient pour assassiner les enfants des rues qui les gênaient dans leurs activités. « Ceux qui ont de la chance sont ceux qui vont en Europe, Guido », avait-il dit avant de raccrocher. Son contact à Bangkok ne se montra guère plus compréhensif. « Commissaire, plus de la moitié des putains thaïlandaises ont le sida. Les filles qui partent sont celles qui ont de la chance. »

Ce furent finalement les informations de Pia qui se révélèrent les plus intéressantes. Elle était retenue chez elle, sa chienne devant mettre bas sa première portée. Elle était parfaitement au courant du trafic, et s'étonna que la police s'y intéresse. Quand elle apprit que cet intérêt avait été suscité par la mort de trois hommes d'affaires, elle éclata de rire et s'esclaffa longtemps. Les filles, expliqua-t-elle après s'être calmée, viennent de partout ; certaines travaillent dans la rue, mais beaucoup sont bouclées dans des maisons, où il est plus facile de les contrôler. Oui, il leur arrivait de prendre des raclées, sinon par les hommes qui les faisait bosser, du moins par certains de leurs clients. Des plaintes ? Auprès de qui les auraient-elles déposées ? Elles n'avaient pas de papier, se croyaient criminelles du seul fait de leur présence sur le territoire italien ; certaines n'apprenaient même jamais l'italien. D'ailleurs, ce n'était pas comme si elles exerçaient une profession dans laquelle une brillante conversation était un atout important.

Pia n'éprouvait pas d'animosité particulière contre elles, même si elle ne cachait pas le fait qu'elle était sensible à leur concurrence déloyale. Elle et ses amies, n'ayant pas de souteneur, jouissaient au moins d'une sorte de stabilité économique : elles avaient un appartement, une voiture, certaines étaient même propriétaires de leur logement, tandis que ces étrangères ne possédaient rien et, du coup, ne pouvaient se permettre de refuser un client, quelles que soient ses exigences. Elles (et les accros à la drogue) étaient les pires, acceptaient n'importe quoi, pouvaient être forcées de faire n'importe quoi. Totalement réduites à l'esclavage, elles étaient victimes des pires sévices et la plupart étaient porteuses des plus redoutables maladies.

Il lui demanda combien elles étaient dans la région de Venise, et elle lui répondit en riant qu'elle ne savait pas compter jusque-là. C'est alors que la chienne aboya tellement fort que Brunetti l'entendit et que Pia dit qu'elle devait le laisser.

« Et le responsable dans tout ça, Pia ? demanda-t-il, espérant un dernier tuyau avant qu'elle ne raccroche.

– Oh, c'est du *big business*, dottore, dit-elle en employant l'expression anglaise. Autant me demander qui dirige les banques ou la Bourse. Ce sont les mêmes hommes, mêmes coupes de cheveux impeccables, mêmes costumes sur mesure. Église le dimanche, tous les jours au bureau, et quand personne ne regarde, ils recomptent combien ils se sont fait sur le dos des femmes qui bossent pour eux. On n'est rien qu'une marchandise comme une autre, dottore. Attendez encore un peu, et je parie qu'on va finir cotées en Bourse. » Elle éclata de nouveau de rire, fit une suggestion grossière sur le nom qu'on pouvait donner à l'avenir, la chienne hurla et elle raccrocha.

Sur le même bout de papier, Brunetti commença à faire quelques additions simples. Il décida d'estimer le prix moyen d'une passe à cinquante mille lires, mais il dut s'avouer qu'il ignorait combien une femme pouvait en faire par jour. Il décida que le chiffre dix lui simplifierait le calcul et il le choisit donc. Même si l'on excluait le week-end, luxe que ces femmes ne devaient guère avoir l'occasion de s'offrir, cela faisait une somme de deux millions et demi de lires par semaine, de dix millions de lires par mois. Pour simplifier encore les choses, il fixa le revenu annuel d'une prostituée à cent millions de lires, puis coupa cette somme en deux pour tenir compte, même grossièrement, des erreurs qu'il avait pu commettre dans les calculs précédents. Après quoi, lorsqu'il essaya de multiplier par un demi-million, il cessa de pouvoir donner un nom à la somme et dut se contenter de compter les zéros ; quinze, s'il ne s'était pas trompé. Pia avait raison. Il s'agissait véritablement de *big business*.

L'instinct, ou l'expérience, lui faisait penser qu'il ne pourrait soutirer davantage d'informations de Mara ou de son souteneur. Il appela Vianello et lui demanda s'il avait trouvé l'opticien qui avait vendu les lunettes trouvées à Padoue. Le sergent couvrit sans doute le téléphone de la main car le son disparut un instant ; quand il reprit la parole, il avait dans la voix une tension qui ressemblait à de la colère, voire à un sentiment encore plus fort. « J'arrive dans une minute, dottore », dit-il en raccrochant.

Lorsque le sergent entra, il avait encore le visage empourpré – les conséquences, comme le savait Brunetti d'après sa longue expérience, d'une crise de rage. L'homme referma soigneusement la porte derrière lui et s'approcha du bureau de son supérieur. « Riverre », dit-il en manière d'explication. Sa bête noire mais aussi, en réalité, celle de tout le personnel de la questure.

« Qu'est-ce qu'il a encore fait ?

– Il a trouvé l'opticien hier, il a rédigé une note mais il l'a laissée sur son bureau jusqu'au moment où je lui ai demandé où il en était. » Si son subordonné avait été de meilleure humeur, Brunetti aurait plaisanté sur le fait qu'au moins il avait rédigé une note, cette fois, mais il se sentait lui-même de mauvaise humeur et à bout de patience. Et – toujours cette longue expérience – ils savaient tous les deux qu'en ce qui concernait l'incompétence monumentale de Riverre, tout commentaire était inutile.

« Lequel ?

– Carraro, Calle della Mandorla.

– Lui a-t-on donné un nom ? »

Vianello se mordit la lèvre inférieure et serra involontairement les poings. « Non, il était tout content d'avoir découvert que les lunettes avaient été vendues là. C'était tout ce qu'on lui avait demandé de faire, paraît-il, alors il n'en a pas fait davantage. »

Brunetti prit son annuaire et ne tarda pas à trouver le numéro de l'opticien. Celui-ci, quand il fut en ligne, déclara qu'il s'était attendu à un autre appel de la police, et il leur donna aussitôt le nom et l'adresse de l'acheteuse. À la manière dont il s'exprimait, il paraissait penser que la police ne cherchait qu'à restituer les lunettes à leur propriétaire. Brunetti ne fit rien pour le désabuser.

« Je ne crois pas que vous la trouverez chez elle, ajouta de lui-même le docteur Carraro. Normalement, elle devrait être au travail.

– Et où travaille-t-elle, dottore ? demanda le commissaire, la voix pleine de bons sentiments.

– Elle possède une agence de voyages près de l'université, à mi-chemin de celle-ci et du magasin de tapis.

– Ah, oui, je vois, dit Brunetti, qui se souvenait être passé quantité de fois devant la vitrine couverte d'affiches. Merci, dottore, je vais veiller à ce que ses lunettes lui soient rendues. »

Brunetti reposa le téléphone et regarda Vianello. « Regina Ceroni, dit-il. Ce nom te dit-il quelque chose ? »

Vianello fit non de la tête.

« Elle tient l'agence de voyages, près de l'université.

– Voulez-vous que je vous accompagne, monsieur ?

– Non. Je crois que je vais y passer avant le déjeuner, histoire de remettre en mains propres ses lunettes à la signora Ceroni. »

Dans le crachin de la fin de l'après-midi, un crachin de la mi-novembre, Brunetti contemplait la plage inondée de soleil. Dans un hamac suspendu entre deux énormes cocotiers était étendue une jeune femme ne portant, apparemmment, que le bas de son bikini. Au-delà, des vagues paisibles venaient lécher le sable, tandis qu'une mer céruléenne s'étendait jusqu'à l'horizon. Il aurait pu s'offrir tout cela (sauf, sans doute, la demoiselle) pour seulement 1 800 000 lires en chambre double, voyage en avion compris.

Il poussa la porte de l'agence et entra. Une séduisante jeune femme à la chevelure sombre était assise devant un écran d'ordinateur. Elle leva les yeux et lui adressa un sourire charmant.

« *Buon giorno*, dit-il, lui rendant son sourire. La signora Ceroni est-elle ici ?

– Et qui dois-je annoncer ?

– Signor Brunetti. »

De la main, elle lui fit signe de bien vouloir patienter, appuya sur quelques touches et se leva. À sa gauche, l'imprimante se réveilla et se mit à caqueter ; un billet d'avion commença à en émerger.

« Je vais l'avertir de votre présence, signor Brunetti. » La jeune femme se dirigea vers l'unique porte, pour le moment fermée, située au fond de la pièce. Elle frappa et entra sans attendre. Elle ressortit quelques instants plus tard et, tenant la porte ouverte, fit signe au policier de s'avancer.

Le bureau dans lequel il pénétra était beaucoup plus petit que le premier, mais rattrapait le manque d'espace par son raffinement. Le plateau de la table était en teck, lui sembla-t-il, poli comme un miroir, l'absence de tout tiroir proclamant que le meuble n'avait nul besoin de justifier sa présence. Le tapis était un Ispahan or pâle en soie, qui lui rappela celui qui ornait le bureau de son beau-père.

La jeune femme assise derrière ces deux objets avait des cheveux clairs retenus en arrière par un peigne en ivoire sculpté. La simplicité de sa coiffure contrastait avec le tissu comme la coupe de son ensemble, en soie sauvage gris foncé et aux épaulettes renforcées, tandis que les manches étaient très étroites. Elle avait la trentaine mais elle était maquillée avec un tel art et habillée avec une telle élégance qu'on aurait eu du mal à déterminer si elle était plus près de vingt que de quarante ans. Elle portait des lunettes à monture épaisse. Le verre gauche présentait une petite écaille semi-circulaire, pas plus grande qu'un pois, dans le coin inférieur.

Elle le regarda entrer, sourit sans ouvrir la bouche, retira ses lunettes qu'elle plaça sur les papiers posés devant elle, mais ne dit rien. La couleur de ses yeux, remarqua-t-il, était exactement de la même nuance que son ensemble, ce qui ne devait pas être un hasard. En la voyant, Brunetti pensa à la description que donne Figaro de la femme dont le comte Almaviva est amoureux : cheveux blonds, joues roses, des yeux expressifs.

« Oui ? dit-elle.

– Signora Ceroni ?

– Elle-même.

– Je vous rapporte vos lunettes », dit Brunetti en les retirant de sa poche, mais sans détourner les yeux de la jeune femme.

Une expression de plaisir envahit immédiatement ses traits, la rendant encore plus ravissante. « Oh, c'est merveilleux, dit-elle en se levant. Où les avez-vous trouvées ? »

Brunetti crut discerner une légère pointe d'accent, slave, peut-être, en tout cas d'Europe de l'Est. Sans répondre, il les lui tendit. Elle prit l'étui de cuir et le posa sur le bureau sans regarder à l'intérieur.

« Ne voulez-vous pas vérifier que ce sont bien les vôtres ?

– Non, j'ai reconnu l'étui. » Elle sourit. « Mais au fait, comment savez-vous que ce sont les miennes ?

– Nous avons appelé les opticiens de la ville.

– Nous ? » répéta-t-elle. Puis se rappelant soudain les

bonnes manières, elle ajouta : « Je vous en prie, asseyez-vous. Je manque à tous mes devoirs.

– Merci, dit Brunetti en s'installant sur l'une des trois chaises qui faisaient face au bureau.

– Je suis désolée, mais Roberta ne m'a pas dit votre nom.

– Brunetti, Guido Brunetti.

– Merci, signor Brunetti, d'avoir pris cette peine. Vous auriez très bien pu m'appeler, et j'aurais été très heureuse de passer les prendre. Il était inutile de traverser toute la ville pour me les rapporter.

– Toute la ville ? » s'étonna Brunetti.

La question la surprit, mais un instant seulement. Elle dissipa tout cela d'un geste de la main. « Juste une façon de parler. L'agence n'est pas très centrale.

– Oui, c'est vrai.

– Je ne sais pas comment vous remercier.

– Vous pourriez me dire où vous les avez perdues. »

Elle sourit de nouveau. « Si je l'avais su, elles ne le seraient pas restées bien longtemps, n'est-ce pas ? »

Elle le regarda par-dessus le bureau, mais il ne dit rien. Elle abaissa alors les yeux sur l'étui et l'attira à elle. Elle en sortit les lunettes et, comme l'avait fait Brunetti au restaurant, tordit l'une des branches, puis écarta complètement les deux. Les lunettes se déformèrent sans se casser.

« Remarquable, n'est-ce pas ? » demanda-t-elle sans le regarder.

Brunetti garda le silence.

Du même ton parfaitement uni, elle reprit : « Je ne tenais pas à avoir affaire...

– À nous ? acheva Brunetti. » Si elle savait qu'il avait traversé toute la ville pour les lui rapporter, c'est qu'elle savait aussi d'où il venait.

« Oui.

– Pourquoi ?

– Il était marié.
– Encore quelques années, et nous serons au XXIe siècle, signora.
– Que voulez-vous dire ? demanda-t-elle, l'air sincèrement perplexe.
– Marié ou pas, cela n'a plus guère d'importance.
– Cela en avait aux yeux de sa femme », répliqua-t-elle sèchement. Elle replia les lunettes et les replaça dans l'étui.
« Même après sa mort ?
– En particulier après sa mort. Je n'avais aucune envie qu'on puisse me soupçonner d'avoir un rapport quelconque avec cette affaire.
– En avez-vous un ?
– Commissaire Brunetti, dit-elle, réussissant à le surprendre par l'utilisation de son titre, il m'a fallu cinq ans pour devenir citoyenne de ce pays et, aujourd'hui encore, je ne doute pas qu'on pourrait très facilement me priver de cette citoyenneté dès la première occasion où j'attirerais l'attention des autorités. Si bien que je ne veux rien faire qui éveille cette attention.
– Vous l'avez attirée, à présent. »
Elle fit une moue qui exprima involontairement sa contrariété. « J'avais espéré l'éviter.
– Pourtant, vous saviez que vous aviez oublié les lunettes là-bas, non ?
– Je savais que je les avais perdues ce jour-là ; j'espérais que c'était ailleurs.
– Aviez-vous une liaison avec lui ? »
Il la vit peser le pour et le contre, puis acquiescer.
« Depuis combien de temps durait-elle ?
– Trois ans.
– Aviez-vous l'intention de faire changer les choses ?
– Je crains de ne pas très bien comprendre...
– Aviez-vous l'espoir de l'épouser ?
– Non. La situation me convenait très bien.

– Et quelle était cette situation ?

– Nous nous voyions deux ou trois fois par mois.

– Pour faire quoi ? »

Elle le regarda, fronçant les sourcils. « Je crains, une fois de plus, de ne pas très bien comprendre...

– Que faisiez-vous quand vous étiez ensemble ?

– D'après vous, que font deux amants quand ils se retrouvent, dottor Brunetti ?

– Ils font l'amour.

– Excellent, dottore. Oui, ils font l'amour, ce qui était notre cas. » Brunetti se rendit compte qu'elle était bien en colère, mais il lui semblait que cette colère n'était pas provoquée par ses questions, ni dirigée contre elles.

« Où ça ? demanda-t-il.

– Pardon ?

– Où faisiez-vous l'amour ? »

Ses lèvres se pincèrent et elle siffla sa réponse. « Au lit.

– Où, au lit ? »

Elle resta muette.

« Où se trouvait ce lit ? Ici, à Venise, ou à Padoue ?

– Les deux.

– Dans un appartement, ou dans un hôtel ? »

Avant qu'elle ait eu le temps de répondre, le téléphone sonna discrètement et elle décrocha. Elle écouta quelques instants, répondit qu'elle rappellerait l'après-midi et raccrocha. La rupture, dans le rythme des questions, n'avait été que de quelques secondes, assez longtemps, toutefois, pour lui permettre de recouvrer tout son sang-froid.

« Je suis désolée, commissaire. Pouvez-vous répéter la question ? »

Ce qu'il fit, sachant qu'elle avait eu le temps de réfléchir à la réponse qu'elle allait donner. Il voulait savoir dans quel sens elle allait l'infléchir. « Je vous demandais où vous faisiez l'amour.

– Ici, dans mon appartement.

– Et à Padoue ? »

Elle fit semblant de ne pas comprendre. « Quoi ?
– À Padoue, où vous retrouviez-vous ? »
Elle eut une esquisse de sourire. « Je crois que je n'ai pas bien saisi le sens de votre question. Nous nous retrouvions ici, en général.
– Et quel était le rythme de ces rencontres ? »
Son attitude devint plus chaleureuse, comme c'est toujours le cas quand les gens commencent à mentir. « En réalité, c'était une liaison qui tirait à sa fin, mais nous nous estimions et nous étions bons amis. C'est pourquoi on dînait ensemble de temps en temps, ou ici, ou à Padoue.
– Vous souvenez-vous de la date de votre dernier rendez-vous à Venise ? »
Elle détourna la tête, l'air de réfléchir à la question. « À vrai dire, non. Je pense que ce devait être au cours de l'été.
– Êtes-vous mariée, signora ?
– Non, divorcée.
– Vivez-vous seule ? »
Elle acquiesça.
« Comment avez-vous appris la mort du signor Favero ?
– Par les journaux, le lendemain.
– Et vous ne nous avez pas appelés ?
– Non.
– Alors que vous l'aviez vu la veille ?
– Justement à cause de cela. Comme je vous l'ai expliqué il y a un instant, je n'avais aucune raison de faire confiance aux autorités. »
Quand il était par trop déprimé, Brunetti se disait qu'effectivement, les gens n'avaient aucune raison de faire confiance aux autorités, opinion qu'il valait cependant mieux ne pas révéler à la signora Ceroni.
« D'où êtes-vous originaire, signora ?
– De Yougoslavie. Je suis de Mostar.
– Et quand êtes-vous venue en Italie ?

– Il y a neuf ans.

– Pourquoi avoir émigré ?

– Je suis venue en touriste, puis j'ai trouvé du travail et je suis restée.

– À Venise ?

– Oui.

– Quelle sorte d'emploi aviez-vous décroché ? demanda-t-il, même s'il savait qu'il aurait pu trouver cette information dans les archives du service des étrangers, à la questure.

– J'ai commencé par travailler dans un bar, puis dans une agence de voyages. Je parle plusieurs langues, ce qui m'a facilité les choses.

– Et maintenant, ici ? dit-il avec un geste qui englobait la petite pièce. Elle vous appartient ?

– Oui.

– Depuis combien de temps ?

– Trois ans. Il m'a fallu un peu plus de quatre ans pour réunir le dépôt de garantie que demandaient les anciens propriétaires. Aujourd'hui, l'agence m'appartient. C'est une raison de plus pour ne pas avoir d'ennuis.

– Même si vous n'avez rien à cacher ?

– Si je peux me permettre d'être franche, commissaire d'après mon expérience, les administrations de l'État ne cherchent pas beaucoup à savoir si les gens ont des choses à cacher ou non. Bien au contraire, en réalité. Et étant donné que j'ignore tout des conditions dans lesquelles le signor Favero a été assassiné, j'en suis arrivée à la conclusion que je n'avais aucune information intéressante à fournir à la police. Raison pour laquelle je ne vous ai pas appelés.

– De quoi avez-vous parlé à table, ce soir-là ? »

Elle détourna la tête, de nouveau pour réfléchir à la réponse qu'elle allait donner. « Des choses dont on parle entre amis. De son travail. Du mien. De ses enfants

– De sa femme ? »

Elle serra les lèvres, rendant sa désapprobation évidente. « Non, nous n'en avons pas parlé. Pas plus que lui je n'aurais trouvé cela de bon goût.

– De quoi d'autre avez-vous parlé ?

– Rien de particulier dont je me souvienne. Ah, si. Il a été question de la nouvelle voiture qu'il voulait acheter, mais je ne pouvais guère le conseiller dans ce domaine.

– Pourquoi, vous ne conduisez pas ?

– Non. On n'a pas tellement besoin d'un permis, ici, n'est-ce pas ? demanda-t-elle avec un sourire. Et je n'y connais rien en voiture, comme beaucoup de femmes. »

Brunetti aurait aimé savoir pour quelle raison elle faisait un appel du pied aussi peu discret à son sentiment masculin de supériorité ; cela lui semblait déplacé de la part d'une femme qui n'éprouvait apparemment aucune peine à établir des rapports d'égalité avec les hommes.

« Le garçon de table, dans le restaurant, m'a dit que le signor Favero vous avait montré des papiers, au cours du repas.

– Ah, oui. C'est à ce moment-là que j'ai pris mes lunettes. J'en ai besoin pour lire.

– Il s'agissait de quoi, dans ces papiers ? »

Elle ne répondit pas tout de suite, soit faisant appel à sa mémoire, soit inventant quelque chose. « C'étaient des prospectus pour une société dans laquelle Favero voulait que j'investisse. Comme l'agence faisait des bénéfices, il aurait aimé que je mette l'argent que je gagnais au travail, selon son expression. Mais ça ne m'intéressait pas.

– Vous souvenez-vous du nom de la société ?

– Non, j'ai bien peur que non. Je ne fais pas attention à ce genre de détail. (Brunetti en douta.) Est-ce important ? ajouta-t-elle.

– Nous avons trouvé un certain nombre de dossiers dans le coffre de sa voiture, mentit Brunetti, et nous aimerions savoir si certains n'auraient pas eu une importance particulière. »

Il la vit sur le point de demander ce qu'étaient ces dossiers, puis changer d'avis.

« Vous rappelez-vous quelque chose de particulier, pour cette soirée ? Vous a-t-il paru nerveux, ou ennuyé par un souci quelconque ? » Normalement, songea Brunetti, elle aurait dû s'étonner qu'il ait mis si longtemps à poser la question.

« Il était plus calme que d'habitude, mais cela tenait peut-être au fait qu'il travaillait beaucoup. Il a dit plusieurs fois qu'il était débordé.

– Pour quelle raison particulière ? Vous l'a-t-il dit ?

– Non.

– Et après le dîner, où êtes-vous allés ?

– Il m'a raccompagné à la gare, où j'ai pris le train pour Venise.

– Quel train ? »

Elle réfléchit quelques instants. « Celui de 22 h 30, je crois.

– Le même que celui qu'avait pris Trevisan. » Brunetti vit le nom faire mouche.

« L'homme qui a été tué la semaine dernière ? demanda-t-elle après une brève hésitation.

– Celui-là même. Le connaissiez-vous ?

– Je l'avais comme client. Nous nous occupions de ses réservations et de celles des gens qui travaillaient pour lui.

– Étrange, non ?

– Qu'est-ce qui est étrange ?

– Que deux hommes que vous connaissiez meurent de mort violente dans la même semaine. »

Elle répondit d'un ton froid, détaché. « Non, je ne trouve pas cela particulièrement étrange, commissaire. Vous n'êtes certainement pas en train d'insinuer qu'il pourrait y avoir un rapport entre les deux ? »

Au lieu de répondre, il se leva. « Merci de m'avoir accordé de votre temps, signora Ceroni », dit-il en lui tendant la main.

Elle se leva à son tour et fit le tour du bureau, se déplaçant avec grâce. « C'est moi qui devrais vous remercier pour avoir pris la peine de me rapporter mes lunettes, commissaire.

– C'était notre devoir.

– Je vous remercie tout de même. » Elle alla ouvrir la porte du petit bureau. Dans la partie de l'agence réservée au public, un long chapelet de billets d'avion tombait de l'imprimante. La signora Ceroni le raccompagna jusque sur le pas de la porte, où ils se serrèrent de nouveau la main. Brunetti prit la direction de son domicile. Regina Ceroni resta plantée devant la plage ensoleillée et attendit qu'il ait disparu à l'angle de la rue pour rentrer.

24

De retour à la questure, Brunetti s'arrêta tout d'abord dans le minuscule bureau de la signorina Elettra et lui dicta une lettre pour Giorgio – qu'il désignait à présent par son prénom comme s'il s'agissait d'un vieil ami – dans laquelle il s'excusait pour « l'erreur purement administrative » commise par ses services. Il espérait que cette formule suffirait à satisfaire la fiancée de Giorgio et la famille de celle-ci, tout en restant suffisamment vague pour ne pas l'incriminer lui-même.

« Cela lui fera très plaisir, commenta la signorina Elettra en relisant le texte qu'elle avait pris en sténo.

– Et le procès-verbal de son arrestation ? » demanda Brunetti.

Elle leva sur lui des yeux limpides comme de l'eau de source. « Son arrestation ? » Elle prit une sortie d'imprimante qui attendait sur son bureau et la lui tendit. « Votre lettre sera une bonne manière de le remercier.

– Les numéros de téléphone du carnet de Favero ? demanda-t-il.

– Exactement. » Elle n'avait pu cacher sa fierté en répondant.

Il sourit, gagné par sa bonne humeur. « L'avez-vous étudiée ?

– Je l'ai simplement parcourue. Il y a les noms, les adresses, et je crois qu'il s'est aussi arrangé pour y mettre la date et l'heure de tous les appels concernant ces numéros depuis n'importe quel téléphone de Venise ou de Padoue.

– Comment s'y est-il pris ? » demanda Brunetti, abasourdi à l'idée que le jeune homme ait pu aussi facilement extorquer ces informations aux Télécom italiennes ; les dossiers des services secrets passaient pour plus faciles à pénétrer.

« Il a étudié l'informatique pendant un an aux États-Unis et, là-bas, il s'est affilié à un groupe, des gens qu'on appelle des *ackers* », expliqua-t-elle en oubliant le H de *hackers*. Il est resté en contact avec eux, et ils échangent des informations sur la façon de pirater ce genre de choses.

– Il fait ça pendant son travail, en se servant des lignes des Télécom ? » s'étonna Brunetti, dont la stupéfaction et la gratitude étaient telles qu'il en oubliait que les manipulations de Giorgio étaient probablement tout ce qu'il y a de plus illégal.

« Bien entendu.

– Dieu le bénisse », dit Brunetti avec la ferveur de celui dont la note de téléphone, quelle que soit la période concernée, ne correspondait jamais à la réalité des coups de fil donnés.

« Il y en a partout dans le monde, de ces *ackers*, reprit la signorina Elettra, et à mon avis, on ne doit pas pouvoir leur cacher grand-chose. Il m'a dit qu'il avait contacté des gens en Hongrie et à Cuba. Ailleurs aussi. Ils ont le téléphone, au Laos ? »

Mais il n'écoutait plus. Il s'était plongé dans la lecture des longues colonnes de dates, de lieux, d'adresses. Le nom de Patta, cependant, perça le mur de sa concentration. « ... veut vous voir.

– Plus tard », dit-il. Il quitta la signorina Elettra pour regagner son propre bureau sans cesser de lire. Une fois chez lui, il referma la porte et alla se placer dans la lumière de la fenêtre. On aurait dit quelque sénateur romain de l'époque des Césars, étudiant un long rapport en provenance d'une ville lointaine de l'Empire. Celui que tenait le commissaire, toutefois, ne traitait ni de mouvements de troupes, ni d'approvisionnements en blé ou en épices. Il établissait seulement que deux citoyens italiens relativement anonymes avaient peut-être appelé des gens à Bangkok, à Saint-Domingue, à Belgrade, à Manille et dans quelques autres villes de la planète ; mais il n'en était pas moins intéressant pour cela. En marge des feuilles, au crayon, figurait l'emplacement des téléphones publics d'où avaient été passés certains de ces coups de téléphone. Bien que certains appels provenaient des cabinets de Favero comme de Trevisan, la majorité émanaient de deux cabines publiques : l'une située dans la rue où étaient installés les bureaux de Favero, et l'autre dans une ruelle étroite, derrière ceux de Trevisan.

Tout en bas de la liste figuraient les noms des correspondants. Trois d'entre eux, y compris celui de Belgrade, appartenaient à des agences de voyages ; celui de Manille à une société intitulée Euro-Emploi. La lecture de ce nom lui suffit pour que tous les événements, depuis la mort de Trevisan, se transforment en fragments colorés, comme un motif de kaléidoscope qui tombe en place et que seul Brunetti pouvait voir. Ce seul nom fut en quelque sorte le dernier tour de cylindre qui disposa les pièces selon un ordre cohérent. Le motif n'était pas tout à fait complet, pas parfaitement net, mais bien là, cependant, et Brunetti le voyait.

Il tira son carnet d'adresses d'un tiroir, et se mit à le feuilleter, à la recherche des coordonnés d'un lieutenant-colonel de la police militaire des Philippines, Roberto Linchianko. Ils s'étaient rencontrés lors d'un séminaire de deux semaines à Lyon, trois ans auparavant ; les deux hommes s'étaient pris d'amitié l'un pour l'autre, et cette amitié s'était maintenue depuis, même si c'était seulement par l'intermédiaire de coups de téléphones ou de fax.

Le signal intérieur retentit. Il l'ignora, décrocha son téléphone, prit une ligne extérieure et composa le numéro personnel de Linchianko – sans avoir idée de l'heure qu'il était à Manille. Six heures d'avance par rapport à lui, ce qui signifiait qu'il avait attrapé le lieutenant-colonel au moment où il était sur le point d'aller se coucher. Oui, il connaissait Euro-Emploi. Son dégoût, dans le timbre de sa voix, franchit les océans. Euro-Emploi n'était que l'une des agences qui trafiquaient dans le commerce des jeunes femmes, et pas la pire de toutes. Les documents que signaient les femmes avant d'aller « travailler » en Europe étaient tous parfaitement légaux. Le fait que cette signature fût un X tracé par une illettrée qui, de surcroît, ne parlait pas toujours la langue dans lequel le contrat était rédigé n'entachait en rien leur légalité, et d'ailleurs aucune des femmes qui parvenaient à revenir aux Philippines ne songeait à déposer plainte contre l'agence. De toute façon, d'après ce que croyait savoir Linchianko, bien rares étaient celles qui revenaient. Quant aux quantités de femmes ainsi expédiées, il en estimait le nombre entre cinquante et cent par semaine, rien que pour Euro-Emploi, sur quoi il donna le nom de l'agence qui s'occupait de la billetterie – nom que Brunetti venait de voir sur la liste. Avant de raccrocher, l'officier philippin promit de lui envoyer le dossier officiel sur Euro-Emploi et leur agence de voyages, ainsi que les dossiers personnels qu'il avait constitués, au fil des années, sur toutes les agences de travail installées à Manille.

Brunetti ne disposait d'aucun autre contact personnel dans l'une des villes figurant sur la liste, mais ce qu'il venait d'apprendre de Linchianko suffisait largement à lui faire deviner ce qu'il y trouverait.

Grand lecteur des historiens grecs et romains, Brunetti avait toujours été intrigué par la facilité avec laquelle les anciens avaient accepté l'esclavage. Certes, les règles de la guerre étaient alors différentes, il ne l'ignorait pas, tout comme avaient été différents les fondements économiques de la société, si bien que les esclaves étaient une denrée indispensable, et l'on pouvait se la procurer. Peut-être était-ce l'idée qu'un tel sort vous attendait, au cas où votre pays perdrait la guerre, qui rendait la notion d'esclavage supportable ; un simple tour de la roue du destin, et de maître vous deveniez esclave. Mais personne ne s'était élevé contre ce système, ni Platon, ni Socrate. Si quelqu'un l'avait fait, ce qu'il avait dit ou écrit ne nous était pas parvenu.

Et aujourd'hui, pour autant qu'il le savait, personne non plus ne s'élevait contre l'esclavage – ce silence étant fondé sur la croyance qu'il aurait disparu. Pendant des années, il avait eu droit aux mercuriales radicales de Paola, finissant par devenir presque sourd à ses imprécations et à leur terminologie, « méthodes esclavagistes », « chaînes économiques ». Ces clichés revenaient le hanter, à présent, car on ne pouvait donner un autre nom que celui d'esclavage à ce que Linchianko lui avait décrit.

La sonnerie insistante de l'interphone vint couper le flot de ses réflexions.

« Oui, monsieur, dit-il en décrochant.

– J'aimerais vous parler, fit un Patta au ton contrarié.

– J'arrive tout de suite. »

La signorina Elettra n'était pas à son poste, si bien qu'il entra dans le bureau de Patta sans savoir à quoi il devait s'attendre – même si l'éventail des possibilités était restreint, dans la mesure où il n'existe pas trente-six façons différentes de manifester son déplaisir.

Aujourd'hui, cependant, il n'était pas la cible du mécontentement de son supérieur, simplement l'outil par lequel son insatisfaction devait atteindre le bas de la hiérarchie. « C'est à propos de votre sergent, lança Patta tout de suite après avoir dit à Brunetti de s'asseoir.

– Vianello ?

– Oui.

– Que croyez-vous qu'il a fait ? » demanda Brunetti, ne se rendant compte du scepticisme implicite de sa question qu'après l'avoir posée.

Patta ne s'y trompa pas. « Je pense qu'il a maltraité l'un de nos hommes.

– Riverre ?

– Vous avez donc entendu parler de quelque chose ?

– Pas du tout. Mais s'il y en a bien un qui mérite d'être maltraité, c'est Riverre. »

Patta leva les mains en un geste d'irritation manifeste. « J'ai eu droit aux plaintes d'un officier.

– Le lieutenant Scarpa ? » demanda Brunetti, incapable de déguiser l'aversion qu'il ressentait pour le Sicilien arrivé dans les bagages du vice-questeur, lorsque celui-ci avait été nommé à Venise, et qui lui servait au moins autant d'espion que d'assistant.

« Peu importe qui a déposé la plainte. Ce qui compte, c'est ce qui est arrivé.

– Était-ce une plainte officielle ?

– Cela n'a pas de rapport », rétorqua Patta, en colère. Ce qu'il ne voulait pas entendre, vrai ou faux, n'avait jamais *de rapport*, selon lui. « Je ne veux pas d'ennuis avec les syndicats. Ils ne vont pas accepter ce genre de choses. »

Brunetti, écœuré par cette manifestation de couardise, fut sur le point de demander à son supérieur s'il y avait une menace devant laquelle il ne se défilerait pas. Mais il se mit lui-même en garde contre la vengeance des fous et préféra répondre qu'il allait leur parler.

« Comment ça, *leur* ?

– Le lieutenant Scarpa, le sergent Vianello et le policier Riverre. »

Patta faillit bien soulever des objections, Brunetti s'en rendit compte, mais, s'avisant que de toute façon le problème ne le regardait plus, il s'en abstint. « Et l'affaire Trevisan ?

– On travaille dessus, monsieur.
– Des progrès ?
– Très peu. » Ou, du moins, il n'avait pas envie de lui en parler.
« Bon. Tenez-moi au courant de ce problème avec Vianello. J'y tiens. » Le vice-questeur retourna aux papiers posés devant lui, sa manière à lui de congédier quelqu'un poliment.
La signorina Elettra n'avait toujours pas regagné son poste, et Brunetti se rendit donc dans la grande salle, où il trouva le sergent Vianello à son bureau, en train de lire le *Gazzettino* du jour.
« Scarpa ? » lui demanda-t-il.
Vianello froissa les pages du journal et les écrasa sur son bureau en lançant une remarque au contenu invérifiable sur la mère du lieutenant.
« Qu'est-ce qui s'est passé ? »
Du dos de la main, Vianello entreprit d'aplatir les pages froissées. « Je parlais à Riverre et le lieutenant Scarpa est arrivé.
– Tu lui parlais ? »
Le sergent haussa les épaules. « Riverre savait très bien ce que je voulais dire, savait très bien qu'il aurait dû vous donner le nom de cette femme dès qu'il l'avait eu. C'était ce que je lui disais quand le lieutenant Scarpa est arrivé. La manière dont je parlais à Riverre ne lui a pas plu.
– Qu'est-ce que tu disais ? »
Vianello replia le *Gazzettino* et le poussa de côté. « Je l'ai traité d'idiot. »
Brunetti ne trouva rien d'étrange à la remarque du sergent : il n'avait fait que dire la vérité, après tout. « Et qu'a-t-il dit ?
– Qui, Riverre ?
– Non, le lieutenant.
– Il a dit qu'on ne pouvait parler de cette façon à un subordonné.

– Il a ajouté autre chose ? »

Vianello ne répondit pas.

« A-t-il dit autre chose, Vianello ? »

Toujours pas de réponse.

« Et toi, tu lui as dit quelque chose ?

– Oui, que c'était une affaire entre lui et l'un de mes hommes, et que ça ne le regardait pas », répondit le sergent, sur la défensive.

Brunetti savait qu'il était inutile d'expliquer à Vianello pourquoi il aurait mieux valu éviter cette maladresse. « Et Riverre ?

– Oh, il est déjà venu me voir pour me dire que, s'il se souvenait bien de notre conversation, j'étais en train de lui raconter une blague. Une histoire de Siciliens. » Vianello s'autorisa une esquisse de sourire. « Le lieutenant est entré juste au moment du mot de la fin, où il était question de la stupidité des Siciliens, et comme nous parlions en dialecte, le lieutenant n'a pas compris et a cru que je m'adressais à Riverre.

– Eh bien, voilà qui paraît régler la question », dit Brunetti, même si le fait que Scarpa ait jugé bon d'en référer à Patta ne lui plaisait pas. Travaillant beaucoup avec Brunetti, Vianello n'était déjà pas bien vu par le vice-questeur ; il n'avait pas besoin, par-dessus le marché, de se mettre le lieutenant à dos.

Il laissa tomber le sujet, soulagé de ne pas avoir à s'en prendre aussi à Scarpa. « Est-ce que tu te souviens d'une histoire de camion tombé dans un ravin du côté de Tarvisio, à l'automne ?

– Oui, pourquoi ?

– Quand était-ce, exactement ? »

Vianello réfléchit un instant avant de répondre. « Le 26 septembre. Deux jours avant mon anniversaire. La première fois qu'il neigeait d'aussi bonne heure, là-haut. »

Comme c'était Vianello, Brunetti n'eut pas besoin de lui demander s'il était sûr de la date. Il laissa le sergent à son journal et retourna à son bureau et aux relevés d'imprimante. Le cabinet de Trevisan avait appelé le numéro de Belgrade à 9 heures du matin ; la communication avait duré trois minutes. Le lendemain, on avait appelé le même numéro, mais cette fois depuis la cabine publique de la ruelle voisine, et la communication avait duré douze minutes.

Le camion avait eu un accident, et sa cargaison avait été détruite. L'acheteur avait certainement voulu savoir si c'était bien le chargement qu'il attendait qui s'était éparpillé dans la neige, et le meilleur moyen, pour cela, était d'appeler l'expéditeur. Brunetti eut un frisson involontaire à l'idée que des gens puissent penser à ces filles en termes de cargaison, et à leur mort brutale comme à une perte de denrées.

Il alla jusqu'à la date de la mort de Trevisan. Le lendemain, on avait téléphoné deux fois à Belgrade, depuis le cabinet. Si les premiers coups de fil avaient eu pour raison la perte d'un chargement, les derniers signifiaient-ils que quelqu'un reprenait l'affaire après la disparition de son fondateur ?

25

BRUNETTI DUT PROCÉDER à de véritables fouilles au milieu des papiers qui s'étaient accumulés sur son bureau, depuis deux jours. Il finit par découvrir que la veuve de Lotto avait été interrogée, et qu'elle affirmait s'être trouvée, au moment de la mort de son mari, à l'hôpital civil, au chevet de sa mère qui se mourait d'un cancer. Les deux religieuses du service certifiaient qu'elle y était restée toute la nuit. C'était Vianello qui avait assuré l'interrogatoire, et il avait poussé le souci du détail jusqu'à vouloir savoir où elle était, le soir de la mort de Trevisan, ainsi que le soir du « suicide » de Favero. Elle était à l'hôpital pour le premier, chez elle lors du second. Les deux fois, cependant, sa sœur de Turin avait été en sa compagnie, si bien que la signora Lotto sortit complètement des préoccupations du commissaire.

Il se demanda soudain si Chiara poursuivait ses efforts d'étourdie pour obtenir des informations de Francesca, et il fut envahi, à cette pensée, par quelque chose de voisin du dégoût. Il pouvait s'offrir le luxe de s'indigner vertueusement devant des hommes qui transformaient des adolescentes en tapins, mais n'avait pas eu les mêmes scrupules à faire une espionne de sa propre fille. Jusqu'à maintenant.

Le téléphone sonna et il répondit en donnant son nom. C'était Paola, criant son prénom d'une voix complètement étranglée. En fond sonore, il entendait des sanglots encore plus suraigus.

« Qu'est-ce qui se passe, Paola ?

– Reviens à la maison, Guido, vite, c'est Chiara ! » hurla-t-elle à pleins poumons, pour être entendue en dépit des braillements. Il y avait de la panique dans la voix de Paola ; comme un courant qui l'aurait aspirée par le fond et s'en prenait maintenant à lui.

« Elle va bien ? Elle s'est fait mal ?

– Je ne sais pas. Mais tu l'entends ! Elle est hystérique, Guido ! Reviens à la maison, je t'en prie, vite !

– J'arrive dès que possible », dit-il raccrochant aussitôt. Il bondit sur ses pieds, attrapa son manteau au passage et se précipita dans l'escalier, calculant le moyen le plus rapide de regagner son domicile. Comme aucune vedette de la police n'attendait au dock de la questure, à l'extérieur, il partit vers la gauche et commença à courir, son manteau volant derrière lui. Il tourna à l'angle et s'engagea dans la ruelle étroite, essayant de décider s'il valait mieux prendre par le pont du Rialto ou emprunter la gondole publique. Devant lui, trois garçons s'avançaient, bras dessus, bras dessous. Il leur cria un *« Attenti ! »* si violent qu'il n'y avait plus trace de politesse dans l'avertissement. Les garçons se rangèrent de côté et il les croisa au pas de course. Le temps d'arriver au Campo Santa Maria Formosa, il était hors d'haleine et avait dû adopter un petit trot incertain. Près du Rialto, pris dans la cohue des piétons, il se retrouva en train de repousser brutalement le sac à dos encombrant d'un touriste. Il entendit la fille lui crier quelque chose en allemand, d'un ton de colère, mais il ne ralentit pas.

Lorsqu'il surgit du passage qui débouchait sur le Campo San Bartolomeo, il coupa à gauche, décidant de prendre une gondole plutôt que de franchir le pont, encombré par la circulation des piétons, en cette fin d'après-midi. Heureusement, il en arrivait une au débarcadère ; deux vieilles dames se trouvaient à l'arrière. « Allons-y ! lança-t-il au gondolier de la poupe, encore appuyé sur sa rame. Police, fais-moi traverser ! »

Sans se démonter, comme s'il le faisait tous les jours, le gondolier de proue repoussa l'embarcation des marches et la gondole se glissa de nouveau sur les eaux du Grand Canal. L'homme de poupe pesa sur sa rame, la gondole vira sur place et repartit dans l'autre sens. Les deux dames âgées, des étrangères, se tenaient l'une à l'autre, apeurées, et s'étaient rassises sur leur banc, à l'arrière.

« Peux-tu me déposer au bout de la Calle Tiepolo ? demanda Brunetti à l'homme de proue.

– Vous êtes vraiment de la police ?

– Oui. » Il plongea la main dans sa poche et leur montra sa carte officielle.

« Très bien. » Le gondolier se tourna alors vers ses passagères et leur dit, en vénitien : « Il faut faire un petit détour, signore. »

Les deux dames avaient bien trop peur pour élever la moindre protestation.

Brunetti resta debout, ne voyant ni les bateaux, ni la lumière, ni quoi que ce soit, sinon que la traversée n'en finissait pas. Finalement, au bout de ce qui lui parut un temps interminable, ils arrivèrent à l'extrémité de la Calle Tiepolo et les deux gondoliers maintinrent leur barque à quai, le temps que Brunetti saute à terre après avoir jeté un billet de dix mille lires à l'homme de proue. Puis il repartit en courant dans la rue.

Il avait repris son souffle dans la gondole et grimpa quatre à quatre les trois premiers étages, une fois chez lui. Il ralentit un peu pour les quatrième et cinquième, soufflant comme un phoque ; ses jambes commençaient à flageoler. Il entendit s'ouvrir la porte au-dessus de lui tandis qu'il escaladait les dernières marches ; il leva les yeux et vit Paola sur le seuil.

« Paola... »

Mais avant qu'il ait pu ajouter quoi que ce soit, elle lui cria : « J'espère que tu seras content de voir ce que ton petit détective t'a dégotté ! J'espère que tu seras content de voir dans quel monde tu l'as introduite, grâce à tes questions et à ta maudite enquête ! » Elle avait le visage empourpré et elle bouillait de rage.

Il entra et referma le battant derrière lui. Paola fit demi-tour et fonça dans le couloir. Il l'appela mais elle l'ignora et alla s'enfermer dans la cuisine, claquant la porte. Il s'avança jusqu'à la chambre de sa fille et se tint un instant à l'extérieur. Pas un bruit. Il guettait des sanglots, la preuve sonore de sa présence. Rien. Il revint dans l'entrée et frappa à la porte de la cuisine. Paola ouvrit et le foudroya d'un regard digne de Méduse.

« Explique-moi ce qui se passe », dit-il.

Il avait déjà vu sa femme en colère, mais jamais dans un tel état ; elle tremblait de fureur, ou de quelque émotion encore plus profonde.

Instinctivement, il resta à quelque distance d'elle et c'est d'une voix qu'il s'efforça de garder calme qu'il répéta : « Explique-moi ce qui se passe, Paola. »

Elle grinça des dents et inspira de l'air entre ses incisives. Les tendons de son cou qui ressortaient. Il attendit.

Elle avait la voix tellement étranglée, quand elle prit la parole, qu'il eut le plus grand mal à suivre son histoire. « Elle est arrivée à la maison cet après-midi en disant qu'elle avait une cassette qu'elle voulait voir sur le magnétoscope. Comme j'avais du travail, je lui ai dit d'y aller, mais de ne pas monter le volume. » Elle s'interrompit un moment et le regarda sans ciller. Brunetti ne dit rien.

Elle aspira encore l'air entre les dents. « Au bout d'un quart d'heure, elle s'est mise à hurler. Quand je suis sortie du bureau, elle était dans l'entrée, hystérique. Tu l'as entendue. J'ai essayé de la tenir, de lui parler, mais elle n'arrivait pas à s'arrêter de crier. Elle est dans sa chambre, à présent.

– Mais qu'est-ce qui s'est passé ?
– Elle a rapporté une cassette à la maison et l'a regardée.
– Où l'a-t-elle eue ?
– Guido, dit-elle, respirant laborieusement mais plus lentement, je suis désolée pour ce que j'ai dit.
– Ça ne fait rien. Où a-t-elle eu cette cassette ?
– C'est Francesca qui lui a donnée.
– Trevisan ?
– Oui.
– Tu l'as vue ? »
Elle acquiesça.
« Qu'est-ce que c'est ? »
Cette fois-ci, elle hocha la tête de gauche à droite. Elle leva une main d'un geste maladroit et lui indiqua le séjour.
« Elle va bien ?
– Oui. Elle m'a laissée entrer dans sa chambre il y a deux ou trois minutes. Je lui ai donné de l'aspirine et lui ai dit de s'allonger. Elle veut te parler. Mais il faut que tu regardes d'abord l'enregistrement. »
Il acquiesça et prit la direction du séjour. « Ne vaudrait-il pas mieux que tu sois avec elle, Paola ?
– Si », répondit-elle en s'éloignant aussitôt vers la chambre de Chiara.
Dans le séjour, Brunetti trouva la télévision et le magnétoscope allumés, une cassette complètement déroulée encore en place. Il appuya sur le bouton « rembobinage » et se redressa, attendant tandis que montait un sifflement vipérin de l'appareil. Il ne pensait à rien, s'efforçant de chasser toutes les hypothèses qui lui venaient à l'esprit.
Le léger cliquetis de l'arrêt le tira de ses pensées. Il appuya sur « lecture » et alla s'asseoir sur une chaise, en face de la télévision. Pas de générique, pas d'introduction sous une forme ou une autre, aucun son. La neige lumineuse disparut de l'écran ; il vit une pièce avec deux fenêtres très hautes, trois chaises et une table. La lumière

provenait des fenêtres mais sans doute aussi, pensa-t-il, d'un projecteur qui se trouvait à côté de la personne qui pointait la caméra ; à ses légères oscillations, on voyait en effet que celle-ci était tenue à la main.

Il y eut un bruit indistinct, et la caméra pivota pour révéler une porte qui s'ouvrait. Trois jeunes gens entrèrent dans la pièce, riant et échangeant des plaisanteries en se donnant des coups de coude. Le dernier se retourna, une fois sur le seuil, et tendit la main à l'extérieur. Il tira ainsi une femme dans la pièce, tandis que trois autres hommes se pressaient derrière elle.

Les trois premiers avaient apparemment entre quatorze et quinze ans ; deux autres devaient être à peu près de l'âge de Brunetti et le dernier, celui qui avait tiré la femme dans la pièce, avait la trentaine. Tous portaient des chemises et des pantalons leur donnant vaguement l'air de militaires, ainsi que des bottes de saut lacées jusqu'au dessus des chevilles.

La femme avait autour de quarante ans, peut-être un peu moins, peut-être un peu plus, et portait une jupe et un chandail de couleur sombre. Elle n'était pas maquillée et ses cheveux retombaient en désordre, comme si on venait de les libérer d'un fichu ou de défaire son chignon. Le film était en couleurs, mais il aurait été impossible d'identifier la nuance de ses yeux, sinon pour dire qu'ils étaient sombres – et terrifiés.

Les hommes parlaient, mais Brunetti ne comprenait pas ce qu'ils disaient. Les trois plus jeunes éclatèrent de rire à une phrase du plus âgé ; la femme se tourna vers l'homme et le regarda fixement, comme si elle n'arrivait pas à croire – ou ne voulait pas croire – ce qu'il venait de déclarer. D'un geste de pudeur inconscient, elle croisa les mains sur sa poitrine et baissa la tête.

Pendant un long moment, personne ne parla ni ne bougea, puis une voix s'éleva, tout près de la caméra ; pourtant, aucun des protagonistes n'avait ouvert la bouche.

Brunetti mit quelques instants à comprendre que c'était sans doute le cameraman qui avait pris la parole. D'après le ton, il s'était agi d'un ordre ou d'une sorte d'encouragement. La femme avait brusquement relevé la tête et regardé non pas directement vers la caméra, mais un peu à gauche, vers celui qui la tenait. La voix s'éleva de nouveau, plus forte cette fois, et les hommes réagirent.

Deux des jeunes se mirent de part et d'autre de la femme et la saisirent chacun par un bras. L'homme de trente ans s'approcha d'elle et dit quelque chose. La femme fit non de la tête et il lui donna un coup de poing. Il ne la gifla pas, mais la cogna à hauteur de l'oreille. Puis, avec le plus grand calme, il tira un couteau de sa ceinture et déchira son chandail de haut en bas. La femme se mit à crier, et il la frappa à nouveau, puis il lui arracha le chandail et elle se retrouva le buste nu. Il arracha l'une des manches du vêtement, puis profita de ce qu'elle ouvrait la bouche pour parler ou crier pour la lui fourrer en boule dans le gosier.

L'homme dit quelque chose aux jeunes qui la tenaient ; ceux-ci soulevèrent la femme et l'étendirent sur la table. Il adressa un signe aux deux plus âgés, qui firent rapidement le tour de la table et saisirent la femme par les pieds, lui clouant les jambes sur la table. L'homme au couteau entailla la jupe de la ceinture à l'ourlet, et l'écarta comme on casse un livre neuf en écartant les pages du milieu.

L'homme à la caméra parla de nouveau, et celui au couteau passa de l'autre côté de la table ; son corps masquait la vue. Il posa le couteau sur le bord de la table et défit sa braguette. Il ne portait pas de ceinture. Il grimpa sur la table et s'allongea sur la femme. Les deux hommes qui la tenaient par les jambes durent s'écarter pour ne pas recevoir de coups de pied pendant qu'il la pénétrait. Il resta quelques minutes sur la femme, puis redescendit de l'autre côté de la table. L'un des jeunes prit sa place, puis les deux suivants.

La bande-son devint confuse, car les hommes s'interpellaient mutuellement et riaient, tandis que le cameraman semblait les encourager. Comme un continuo bas, la femme ne cessait de gémir et de sangloter, mais il était presque impossible de distinguer les sons qu'elle émettait.

Les deux derniers à passer sur elle furent les hommes d'âge mûr. Le premier secouait la tête et manifestait des réticences qui furent accueillies par des sifflets de dérision, si bien qu'il monta tout de même sur la table et prit son tour. Le dernier, qui était le plus âgé, était tellement pressé qu'il poussa l'autre du corps de la femme pour prendre sa place.

Le viol collectif terminé, la caméra se déplaça pour s'approcher très près de la femme, allant et venant amoureusement sur tout son corps, marquant une pause ici et là, partout où il y avait du sang. Puis elle s'arrêta sur le visage. Les yeux étaient fermés, mais la voix que Brunetti attribuait maintenant au cameraman l'appela doucement ; lorsqu'elle entrouvrit les paupières, elle se retrouva à quelques centimètres de l'objectif. Elle eut un hoquet et on entendit distinctement le bruit que fit sa tête en heurtant la table, dans l'effort violent et vain qu'elle fit pour se détourner de la caméra. Celle-ci recula alors, découvrant l'ensemble du corps. Lorsqu'elle eut retrouvé sa position originale, le cameraman donna de nouveau un ordre et le premier à avoir violé la femme prit le couteau.

Le cameraman répéta son ordre d'un ton plus péremptoire et l'homme au couteau, avec la même indifférence que si on venait de lui demander de préparer un poulet pour le repas du soir, entailla la gorge de la femme. Le sang lui éclaboussa la main et le bras, et les autres rirent en voyant la stupéfaction se peindre sur son visage tandis qu'il reculait vivement. Ils riaient encore pendant que la caméra parcourait une dernière fois le corps. Plus besoin de s'arrêter ici ou là, à présent : il y avait du sang partout et en abondance. L'écran devint noir.

La bande continua de tourner, mais le seul son qui en montait était un bourdonnement paisible, accompagné cependant d'une sorte de murmure qui, se rendit compte Brunetti après quelques instants de confusion, émanait de sa propre gorge. Il y mit fin et voulut se lever, mais ses mains, agrippées au bord de la chaise, l'en empêchèrent. Il les regarda, fasciné, et força ses doigts à se détendre, ce qu'ils finirent par faire.

Il en avait assez entendu pour reconnaître du serbo-croate. Plusieurs mois auparavant, il avait lu un court article, dans le *Corriere della Sera*, concernant ces enregistrements réalisés dans ces pièges mortels qu'étaient devenues les villes bosniaques ; ils étaient ensuite recopiés et vendus. À l'époque, il avait préféré ne pas prêter foi à ce qu'il avait lu, incapable de croire (ou ne voulant pas croire), en dépit de ce qu'il avait vu depuis tant d'années, que ses frères humains puissent être capables de cette ultime obscénité. Mais aujourd'hui, tel saint Thomas l'Incrédule, il avait plongé la main dans la plaie béante et n'avait plus le choix de croire ou pas.

Il éteignit les deux appareils et se dirigea vers la chambre de Chiara. La porte était ouverte et il entra sans frapper. L'adolescente était allongée sur son lit, soutenue par des oreillers, un bras passé autour de sa mère assise au bord du lit ; elle serrait contre elle, de son autre main, un chien en peluche en piteux état qu'elle avait depuis son sixième anniversaire.

« *Ciao, papà* », dit-elle quand elle le vit. Elle avait levé les yeux sur lui mais ne souriait pas.

« *Ciao, angelo*, répondit-il, restant debout devant le lit. Je suis navré que tu aies vu ça, Chiara. » Il se sentait aussi gauche et stupide que les mots qu'il venait d'employer.

L'adolescente l'étudia attentivement, se demandant si ce qu'il avait dit ne contenait pas un reproche ; elle y trouva seulement des remords cuisants, qu'elle était trop jeune pour comprendre. « Est-ce qu'ils l'ont vraiment tuée, papa ? » demanda-t-elle. Il avait espéré qu'elle avait fui avant la fin, mais non.

Il acquiesça. « J'en ai bien peur, Chiara.

– Pourquoi ? » C'est d'une voix pleine de confusion et d'horreur qu'elle avait posé sa question.

En esprit, il s'évada de la chambre. Il essaya de faire surgir des pensées nobles, essaya de trouver quelque chose qui puisse convaincre son enfant qu'en dépit de l'acte de barbarie auquel elle avait assisté, du fait que le monde était un endroit où ce genre de chose pouvait malheureusement arriver, dans l'ensemble, l'humanité recherchait instinctivement le bien.

« Pourquoi, papa ? Pourquoi ont-ils fait ça ?

– Je ne sais pas, Chiara.

– Mais ils l'ont vraiment tuée ?

– N'en parle plus », intervint Paola, se penchant sur sa fille pour l'embrasser sur le côté de la tête, la serrant contre elle.

Mais l'adolescente s'entêta. « Ils l'ont tuée, papa ?

– Oui, Chiara.

– Elle est vraiment morte ? »

Paola leva les yeux vers lui, essayant de le faire taire du regard. « Oui, Chiara, elle est vraiment morte », répondit-il néanmoins.

Chiara posa le chien effiloché sur ses genoux et se mit à le contempler.

« Qui t'a donné cette cassette, Chiara ? »

Elle tira sur l'une des longues oreilles du chien, mais pas trop, sachant que c'était celle qui était déjà à moitié déchirée. « Francesca, répondit-elle finalement. Avant les cours, ce matin.

– T'a-t-elle dit quelque chose de particulier ? »

Elle redressa le chien, le tint debout sur ses genoux et laissa passer quelques instants. « Oui. Qu'elle avait entendu dire que je posais des questions sur elle à cause de ce qui était arrivé à son père. Elle pensait que je le faisais pour toi, parce que tu es flic. Ensuite elle m'a dit de regarder la cassette si je voulais savoir pourquoi quelqu'un aurait pu vouloir tuer son père. » Elle pencha le chien à droite, à gauche, le faisant marcher le long de sa cuisse.

« A-t-elle dit autre chose, Chiara ?

– Non, papa, juste ça.

– Sais-tu où elle a trouvé cet enregistrement ?

– Non. Tout ce qu'elle a dit, c'est qu'il permettrait de savoir pourquoi on a pu vouloir tuer son père. Mais quel rapport y a-t-il entre ça et le père de Francesca ?

– Je l'ignore. »

Paola se leva si soudainement que Chiara lâcha la peluche, qui tomba au sol. Paola se baissa et la ramassa d'une main, puis resta debout un moment, étreignant le jouet amoché comme si elle voulait le broyer. Puis, très lentement, elle se pencha et le reposa sur les genoux de sa fille, lui passa la main dans les cheveux et quitta la pièce.

« Qui c'était, papa ?

– Des Serbes, je crois, mais je n'en suis pas sûr. Il faudra la faire écouter à quelqu'un qui connaît leur langue, et alors on saura.

– Qu'est-ce que tu vas faire, papa ? Tu vas les arrêter et les envoyer en prison ?

– Je ne sais pas, ma chérie. Ils ne seront pas faciles à retrouver.

– Mais ils devraient aller en prison, non ?

– Oui.

– Qu'est-ce que Francesca a voulu dire à propos de son père, d'après toi ? » Une idée lui vint à l'esprit. « Ce n'était pas lui qui tenait la caméra, n'est-ce pas ?

– Non, je suis sûr que non.

– Alors, qu'est-ce qu'elle a voulu dire ?

– Aucune idée. C'est justement ce que je vais devoir

découvrir. » Il la regarda qui essayait d'attacher les deux oreilles ensemble. « Chiara ?

– Oui, papa ? » Elle leva les yeux vers lui, certaine qu'il allait dire quelque chose qui arrangerait tout, réglerait la question, ferait qu'en réalité, rien n'était arrivé.

« Je crois qu'il vaut mieux ne pas reparler avec Francesca.

– Et ne pas poser d'autres questions ?

– Exactement. »

Elle réfléchit un instant puis demanda, hésitante : « Tu n'es pas fâché contre moi, n'est-ce pas ? »

Brunetti s'accroupit à côté du lit. « Non, pas du tout. » Il n'était pas sûr de pouvoir contenir son émotion et se tut un instant pour contrôler sa voix, puis pointa un doigt en direction de la peluche. « Fais attention, tu vas lui arracher une oreille.

– Il a vraiment l'air idiot, hein ? observa-t-elle. Un chien à moitié chauve, on n'a jamais vu ça. »

Du bout du doigt, il frotta la truffe du chien. « En général, les chiens ne se font pas mâchouiller comme celui-ci l'a été, Chiara. »

Elle sourit, pivota et mit les pieds par terre. « Je crois que je vais faire mes devoirs, maintenant, dit-elle en se levant.

– Très bien. Je vais aller parler avec ta mère.

– Papa ? demanda-t-elle alors qu'il se dirigeait vers la porte.

– Oui ?

– Maman n'est pas fâchée contre moi non plus, dis ?

– Chiara, répondit-il d'une voix qui s'étranglait un peu, tu es notre plus grande joie. » Avant qu'elle ait pu répondre quelque chose il ajouta, un ton plus bas : « Et maintenant, fais tes devoirs. » Il attendit de la voir sourire avant de quitter la chambre.

Dans la cuisine, Paola se tenait devant l'évier et faisait égoutter quelque chose dans l'essoreuse à salade. Elle leva les yeux vers lui quand il entra. « Le monde entier pourrait s'écrouler qu'il faudrait tout de même dîner, je suppose. » Il fut soulagé de la voir sourire en disant cela. « Chiara va bien ? »

Brunetti haussa les épaules. « Elle s'est mise à ses devoirs. Mais comment elle va, je ne peux pas dire. Qu'en penses-tu ? Tu la connais mieux que moi. »

Elle cessa de faire tournoyer l'appareil, dont le ronflement emplit la pièce avant d'aller decrescendo et de s'arrêter. « Tu crois réellement ça ? demanda-t-elle alors.

– Croire quoi ?

– Que je la connais mieux que toi ?

– Tu es sa mère, observa-t-il, comme si c'était une explication suffisante.

– Tu es vraiment aveugle, par moments, Guido. Si tu étais le côté pile d'une pièce, elle en serait le côté face. »

Cette remarque, fort bizarrement, le fit se sentir soudain très fatigué. Il tira une chaise à lui et s'assit, accoudé à la table. « Qui sait ? Elle est jeune. Elle oubliera peut-être.

– Tu oublieras, toi ? » lui demanda Paola en venant s'asseoir en face de lui.

Il secoua la tête. « J'oublierai les détails, mais jamais le fait que j'ai vu ce film, jamais ce qu'il signifie.

– Voilà ce que je ne comprends pas. Comment peut-on avoir envie de voir une chose pareille ? C'est obscène. » Elle s'interrompit un instant avant d'ajouter, d'une voix étonnée à l'idée qu'elle employait pareille expression : « C'est le mal absolu. C'est ce qui le rend aussi horrible ; j'avais l'impression de regarder à travers une vitre et de voir ce que l'humanité a de plus diabolique me rendre mon regard... Comment ces hommes ont-ils pu faire une chose pareille, Guido ? reprit-elle au bout de quelques instants. Comment ont-ils pu faire ça et continuer à se considérer comme des êtres humains ? »

Brunetti n'avait jamais eu de réponses à ce qu'il appelait

les Grandes Questions. Au lieu d'essayer d'en trouver une, il demanda à son tour : « Et le cameraman ? Et ceux qui ont payé pour regarder cela ?

– Qui ont payé ? s'étonna Paola. Payé ? »

Brunetti acquiesça. « Je crois que c'est de ça qu'il s'agit. Cette vidéo a été faite pour être vendue. Les Américains appellent ça des *snuff movies*. Des films dans lesquels des gens sont réellement tués. J'ai lu quelque chose là-dessus dans un rapport d'Interpol, il y a trois ou quatre mois. Ils en ont trouvé quelques-uns, à Los Angeles, je crois. Dans un studio de cinéma. On les copiait pour les revendre.

– Mais d'où proviennent-ils ? demanda Paola, l'horreur remplaçant l'étonnement dans sa voix.

– Tu as vu les hommes, les uniformes. J'ai l'impression qu'ils parlaient le serbo-croate.

– Que Jésus nous vienne en aide, murmura-t-elle. Et cette pauvre femme... Oh, Guido, Guido. » Elle se cacha la bouche de la main.

Brunetti se leva. « Il faut que j'aille parler à la mère.

– Est-elle au courant ? »

Il n'en avait aucune idée ; il savait seulement qu'il était fatigué, fatigué jusqu'à en avoir marre de la signora Trevisan, de son mépris à peine dissimulé, de ses protestations d'ignorance. Il soupçonnait que si Francesca avait pu donner l'enregistrement à Chiara, c'était parce que la fille avait beaucoup moins de mal à faire la part de la réalité et de la fiction que la mère. À l'idée que Francesca devait avoir su ce qu'il y avait dans le film, il fut rempli d'horreur devant la perspective de devoir l'interroger. Il n'avait cependant qu'à évoquer le souvenir de l'expression des yeux de la malheureuse, lorsqu'elle les avait ouverts et qu'elle avait vu la caméra la lorgner, pour comprendre qu'il pourchasserait la fille et la mère jusqu'au fond de l'enfer, s'il le fallait, pour découvrir ce qu'elles savaient.

26

La signora Trevisan battit en retraite dès qu'elle eut ouvert la porte à Brunetti, comme si elle réagissait au rayonnement de férocité qui émanait de lui et l'auréolait. Il entra et claqua le battant derrière lui, presque content de la voir tressaillir au bruit violent qu'il produisit.

« C'est fini, signora, dit-il. C'est fini, les faux-fuyants, c'est fini les mensonges sur ce que vous saviez et ne saviez pas.

– Je ne comprends pas de quoi vous parlez, dit-elle, injectant dans son ton une colère si manifestement feinte qu'elle n'arrivait pas à dissimuler sa peur sous-jacente. Je vous ai déjà répondu et...

– Et vous m'avez menti, vous n'avez fait que me mentir, la coupa Brunetti, laissant monter sa colère. Mais les mensonges, c'est fini – sinon je vous traîne, vous et votre amant, à la questure, et la brigade financière ira vérifier toutes les transactions bancaires que vous avez effectuées au cours des dix dernières années. » Il avança d'un pas vers elle, ce qui la fit reculer à nouveau, tendant une main devant elle comme pour repousser la colère du policier.

« Je ne comprends toujours pas... », tenta-t-elle de recommencer, mais Brunetti la coupa derechef d'un geste de la main si sauvage qu'il réussit à s'effrayer lui-même.

« Ne me mentez pas, n'y pensez même pas, signora ! Ma fille a vu la cassette, celle de Bosnie. » Il éleva la voix pour couvrir les protestations qu'elle s'apprêtait à émettre.

« Ma fille a quatorze ans, et elle a vu ce film ! » Il la suivit, impitoyable, pendant qu'elle battait en retraite dans le couloir. « Vous allez me dire tout ce que vous savez là-dessus, et c'est fini, les mensonges, je n'en veux plus, sinon vous allez le regretter jusqu'à votre dernier jour ! »

Elle le regarda avec dans les yeux une expression de terreur semblable à celle de la femme du film, mais ce rapprochement, quand il en prit conscience, le laissa froid.

Ce ne furent pas les mâchoires de l'enfer qui s'ouvrirent derrière elle, non : rien de plus sinistre qu'une simple porte, d'où dépassa la tête de sa fille. « Qu'est-ce qui se passe, maman ? » demanda Francesca, avant de voir Brunetti. Elle le reconnut sur-le-champ mais ne dit rien.

« Retourne dans ta chambre, Francesca, dit calmement la signora Trevisan, stupéfiant Brunetti par le sang-froid dont elle faisait preuve. Le commissaire Brunetti a quelques questions de plus à me poser.

– À propos de papa et d'oncle Ubaldo ? demanda-t-elle sans chercher à dissimuler son intérêt.

– J'ai dit que j'allais lui parler, Francesca.

– Je n'en doute pas », répliqua l'adolescente en refermant tranquillement la porte sur elle.

Toujours de la même voix calme, la signora Trevisan dit : « Très bien », et se dirigea vers la pièce où avait eu lieu leur précédent entretien.

Elle s'assit, mais Brunetti resta debout ; il dansait nerveusement d'un pied sur l'autre ou allait et venait, ne faisant que de courtes enjambées, en proie à une émotion trop intense pour rester en place.

« Que voulez-vous savoir ? avait-elle demandé en s'asseyant.

– Les films.

– Ils sont tournés en Bosnie. À Sarajevo, je crois.

– Tout ça, je le sais déjà.

– Alors, que voulez-vous que je vous dise ? rétorqua-t-elle, feignant l'ignorance, mais mal.

– Signora, répondit-il, s'immobilisant quelques instants, je vous avertis que je vous réduis en pièces si vous ne me dites pas ce que je veux savoir. » Il vit qu'elle avait enregistré la menace. « Ces films. Racontez-moi tout. »

Elle régla sa voix et s'arrangea pour avoir l'air d'une maîtresse de maison ayant à subir les humeurs d'un invité particulièrement revêche. « Ils sont faits là-bas. Certains sont envoyés en France, où ils sont reproduits. D'autres vont aux États-Unis. C'est pareil pour ici. Ensuite ils sont vendus.

– Où ?

– Dans des boutiques. Ou par la poste. Il y a des listes.

– Qui les détient ?

– Les distributeurs.

– Qui sont-ils ?

– Je ne connais pas leurs noms. Les originaux sont envoyés à des adresses de boîtes postales, à Marseille ou Los Angeles.

– Qui produit ces originaux ?

– Quelqu'un de Sarajevo. Je pense qu'il travaille pour l'armée serbe, mais je n'en suis pas sûre.

– Votre mari le connaissait-il ? » Il la vit sur le point de répondre. « Je veux la vérité, signora.

– Oui, il le connaissait.

– De qui est l'idée de tourner ces films ?

– Je ne sais pas. Je crois que Carlo en avait vu un. Il aimait ce genre de choses. L'idée lui est sans doute venue de les distribuer. Il distribuait déjà d'autres choses par la poste et dans des boutiques, en Allemagne.

– Quelles choses ?

– Des revues.

– De quel genre ?

– Pornographiques.

– Signora, on trouve des revues pornographiques dans tous les kiosques à journaux de la ville. Quel genre de pornographie ? »

Elle répondit d'un ton si bas qu'il dut se pencher pour l'entendre. « Des enfants. » Elle n'ajouta rien d'autre.

Brunetti ne réagit pas, attendant qu'elle poursuive. « Carlo disait que ça n'avait rien d'illégal. » Il fallut un moment à Brunetti pour comprendre qu'elle parlait sérieusement.

« Comment votre fille est-elle tombée sur ce film ?

– Carlo conservait les originaux dans son bureau. Il aimait regarder les nouveaux films avant de les envoyer. » Sa voix devint sévère, chargée de désapprobation. « J'imagine qu'elle y est entrée et qu'elle l'a pris. Cela ne serait jamais arrivé du temps de Carlo. »

Brunetti préféra ne pas émettre de réserves sur le chagrin de la veuve. « Combien de films, en tout ?

– Oh, je ne sais pas. Peut-être une douzaine, vingt tout au plus.

– Tous les mêmes ?

– Je ne sais pas. Je ne comprends pas ce que vous voulez dire par là.

– Des vidéos sur lesquelles on voit des femmes se faire violer et assassiner. »

Elle lui adressa un regard débordant de dégoût pour un tel écart de langage.

« Je crois.

– Vous le croyez, ou vous le savez ?

– On peut dire que je le sais.

– Qui d'autre était impliqué dans cette affaire ?

– Pas moi, répondit-elle immédiatement.

– En dehors de votre mari et de votre frère, qui d'autre ?

– Cet homme de Padoue, je crois.

– Favero ?

– Oui.

– Qui d'autre ?

– Avec les enregistrements, je n'en connais pas d'autres.

– Et avec le reste, les prostituées ?

– Je crois qu'il y avait une femme. Je ne la connais pas,

mais je sais que Carlo passait par elle pour le transfert des nouvelles filles. » Brunetti n'en revenait pas de l'entendre parler aussi naturellement des « filles », ni admettre avec autant de flegme qu'elle était parfaitement au courant du trafic de prostituées auquel se livrait son mari.

« Elles venaient d'où ?

– De partout. Je ne sais pas.

– Et la femme, qui c'était ?

– Je l'ignore. Ils n'en ont presque jamais parlé.

– Qu'ont-ils dit ?

– Rien, rien.

– Qu'ont-ils dit d'elle ?

– Je ne m'en souviens pas... Ubaldo a bien dit quelque chose, une fois, mais je ne me rappelle pas quoi...

– Qu'a-t-il dit ?

– Il l'appelait *la Slave*, mais je ne sais pas ce qu'il voulait dire. »

En revanche, c'était clair pour Brunetti. « S'agissait-il d'une Slave ? »

C'est en baissant la voix et en détournant la tête qu'elle répondit.

« Je pense, oui.

– Qui est-elle ? Où vit-elle ? »

Il la vit évaluer la question avant de répondre, s'efforcer d'estimer les ennuis qu'une réponse honnête risquait de lui valoir. Il s'éloigna de deux pas rapides, fit brusquement volte-face et revint se dresser devant elle. « Où est-elle ?

– Je crois qu'elle habite ici.

– À Venise ?

– Oui.

– Que savez-vous d'autre ?

– Elle a un travail.

– La plupart des gens ont un travail, signora. Quel genre de travail fait-elle ?

– C'est elle qui organise... qui organisait les voyages de Carlo et Ubaldo.

– La signora Ceroni ? demanda Brunetti, prenant la signora Trevisan par surprise.

– Je crois.

– Que faisait-elle d'autre pour eux ?

– Je ne sais pas. » Puis, avant qu'il ait eu le temps de se rapprocher davantage, elle ajouta : « Vraiment, je n'en sais rien. Je les ai entendus lui parler au téléphone deux ou trois fois.

– À propos de billets d'avion ?

– Non, d'autres choses. De filles, d'argent.

– La connaissez-vous ?

– Non, je ne l'ai jamais rencontrée.

– Avez-vous entendu mentionner son nom lorsqu'il était question des enregistrements ?

– Ils ne parlaient jamais des films. Pas vraiment. Ils disaient des choses... et je comprenais. »

Il ne prit pas la peine de la mettre devant ses contradictions, certain que telle était la vérité autour de laquelle elle allait bâtir son système de défense, à l'avenir : soupçonner n'est pas savoir, et si l'on ne sait pas, on n'est pas responsable, pas vraiment, de ce qui peut arriver. Il en était tellement convaincu qu'il se sentit malade jusqu'à l'âme et incapable de rester plus longtemps dans la même pièce que cette femme. Sans explication, il fit demi-tour et partit, refermant la porte derrière lui. Il ne pouvait supporter l'idée de parler à la fille et il quitta donc l'appartement, les laissant là, à se tricoter un avenir à leur convenance.

L'obscurité et le froid dans lesquels il déboucha en sortant de l'immeuble contribuèrent à le calmer. Il consulta sa montre et constata qu'il était 21 heures passées. Il aurait dû avoir faim et soif, mais la fureur qu'il ressentait avait tout emporté.

De l'adresse personnelle de la signora Ceroni relevée par ses services, il se rappelait seulement la rue, via San Vio et que, lorsqu'il y arriverait, il lui faudrait estimer sa distance par rapport à l'église de La Salute. Il la vérifia dans l'annuaire d'un bar, puis il prit le vaporetto de la ligne 1 qui l'amena jusqu'au débarcadère de l'église, par le Grand Canal. Non seulement la maison était près de La Salute, mais donnait directement sur l'église, de l'autre côté de l'étroit canal qui longe l'édifice religieux. Son nom figurait au-dessus d'une sonnette. Il appuya sur celle-ci. Au bout d'une minute, une voix de femme lui demanda de s'identifier. Il donna son nom et, sans plus de questions, elle fit fonctionner le portier automatique.

Il ne fit attention ni au hall d'entrée, ni à l'escalier, ni même à la manière dont elle le salua à son arrivée. Elle l'introduisit dans une grande salle de séjour dont un des murs était couvert de livres. Une lumière douce, indirecte, provenait de projecteurs qui devaient se dissimuler derrière les poutres du plafond. Rien de tout cela ne retint son attention, pas plus que la beauté de la femme ou l'élégance de sa tenue.

« Vous ne m'avez pas dit que vous connaissiez Carlo Trevisan, dit-il lorsqu'ils furent assis face à face.

– Je vous ai dit qu'il faisait partie de mes clients. »

Tandis qu'il s'efforçait de se calmer, il commença à la remarquer, à remarquer aussi sa robe beige, ses cheveux parfaitement coiffés, ses chaussures à boucles d'argent.

« Signora, dit Brunetti en secouant la tête d'un air fatigué, je ne parle pas du fait que vous l'aviez comme client. Mais que vous étiez en affaires avec lui, ou que vous travailliez pour lui. »

Elle inclina la tête de côté, menton relevé, bouche légèrement entrouverte, et se mit à contempler un des murs de la pièce comme si elle s'apprêtait à prendre une décision difficile. Après ce qui parut au policier un long moment, elle répondit : « Je vous ai expliqué la dernière fois que je ne voulais pas avoir de problème avec les autorités.

– Et moi que c'était déjà fait.

– On dirait bien, observa-t-elle sans humour.

– Que faisiez-vous pour Trevisan ?

– Si vous savez que je travaillais pour lui, vous ne devriez pas avoir à me poser la question.

– Répondez-y néanmoins, signora Ceroni.

– Je récupérais de l'argent pour son compte.

– Quel argent ?

– L'argent que lui devaient un certain nombre d'hommes.

– L'argent de la prostitution ?

– Oui.

– Vous savez qu'il est illégal de vivre des revenus de la prostitution ?

– Évidemment que je le sais, rétorqua-t-elle avec colère.

– Néanmoins, vous le faisiez ?

– Je viens de vous le dire.

– Que faisiez-vous d'autre pour lui ?

– Je ne vois aucune raison de vous faciliter les choses, commissaire.

– Avez-vous quelque chose à voir avec les vidéos ? »

La réaction de la jeune femme, s'il l'avait frappée, n'aurait pas été plus vive. Elle se leva à moitié, puis, se rappelant où elle était et qui était son interlocuteur, se rassit. Pendant qu'il l'observait, Brunetti établit mentalement la liste qu'il fallait dresser : trouver le nom du médecin de la jeune femme, et vérifier s'il ne lui avait pas prescrit du Roipnol ; montrer sa photo aux voyageurs du train dans lequel on avait trouvé Trevisan mort, pour voir si quelqu'un ne la reconnaîtrait pas ; vérifier ses appels téléphoniques, de chez elle ou de l'agence ; envoyer son nom, sa photo et ses empreintes digitales à Interpol ; vérifier ses reçus de cartes de crédit pour voir si elle n'aurait jamais loué de voiture, et donc su conduire. Bref, toutes les choses qu'il aurait dû mettre en branle dès l'instant où il avait découvert à qui appartenaient les lunettes.

« Avez-vous quelque chose à voir avec les vidéos ? répéta-t-il.

– Vous êtes au courant ? » Elle se rendit compte que sa question était absurde. « Comment l'avez-vous découvert ?

– Ma fille en a vu une. Cadeau de la fille de Trevisan, en lui disant que cela lui expliquerait peut-être pourquoi on avait pu vouloir tuer son père.

– Quel âge a votre fille ?

– Quatorze ans.

– Je suis désolée, dit-elle en regardant ses mains. Profondément désolée.

– Vous savez ce qu'il y a sur ces enregistrements ? »

Elle acquiesça. « Oui. »

Il ne fit aucun effort pour masquer son dégoût. « Et vous aidiez Trevisan à les vendre ?

– Commissaire, dit-elle en se levant, je refuse de parler plus longtemps de cela. Si vous voulez m'interroger officiellement, il faudra que ce soit à la questure, en présence de mon avocat.

– C'est vous qui les avez tués, n'est-ce pas ? lui lança-t-il sans réfléchir.

– Je crains de ne pas bien comprendre ce que vous voulez dire. Et maintenant, si vous n'avez pas d'autres questions, je vous souhaite une bonne nuit.

– C'était vous dans le train, la femme au bonnet de fourrure ? »

Elle avait pris la direction de la porte, mais la question la fit sursauter et elle trébucha, s'appuyant lourdement sur son pied gauche. Elle reprit tout aussi rapidement l'équilibre qu'elle retrouva son sang-froid et continua vers la porte, qu'elle ouvrit et tint pour lui. « Bonne nuit, commissaire. »

Il marqua un temps d'arrêt sur le seuil, mais elle avait un regard direct, froid. Il partit sans rien dire.

En quittant le bâtiment, il s'éloigna sans se retourner

vers ce qu'il supposait être ses fenêtres. Il traversa le pont et tourna à droite dans la première ruelle. Là, il s'arrêta, non sans regretter pour la énième fois de ne pas avoir de téléphone portable. Il fit appel à sa mémoire pour se représenter le réseau de rues et de canaux que tout Vénitien doit avoir en tête ; réflexion faite, il estima qu'il lui suffirait de descendre jusqu'à la rue suivante puis de tourner à gauche, dans une ruelle étroite qui courait derrière l'immeuble de la signora Ceroni, s'il voulait arriver à la destination désirée : à l'extrémité de sa rue, d'où il aurait une vue imprenable sur la porte de son domicile.

Une fois là, il se tint adossé à un mur et dut attendre plus de deux heures avant qu'elle ne quitte l'immeuble. Elle regarda dans les deux directions en sortant, mais la pénombre dans laquelle il se tenait le rendait invisible. Elle tourna à droite et il la suivit, content d'avoir ses chaussures marron, celles dont les semelles en caoutchouc étouffaient le bruit de ses pas. Les souliers de la jeune femme, en revanche, étaient à talons hauts, et leurs claquements secs laissaient une piste sonore aussi facile à suivre que s'il l'avait vue en permanence.

Il comprit rapidement qu'elle se dirigeait vers la gare ou la Piazzale Roma voisine, préférant passer par le dédale des ruelles et éviter les vaporetti du Grand Canal. Campo Santa Margherita, elle coupa à gauche, vers la Piazzale Roma et les bus qui reliaient Venise au continent.

Brunetti resta aussi loin d'elle qu'il le pouvait, comptant sur son oreille. Il était plus de vingt-deux heures, si bien que les passants étaient rares et qu'il n'y avait pratiquement aucun bruit pour couvrir les claquements réguliers et déterminés de ses talons.

Une fois arrivée, à la surprise de Brunetti, elle traversa la place au lieu de se rendre à la gare routière, et se dirigea vers le parking municipal, escaladant les marches et disparaissant par la grande porte. Brunetti traversa à son tour précipitamment la place, mais s'arrêta à la porte, essayant de distinguer l'intérieur.

Un homme était assis dans une sorte de guérite vitrée, à droite. Il leva les yeux quand Brunetti s'approcha. « Une femme en manteau gris vient juste d'entrer ici, n'est-ce pas ?

– Pour qui vous prenez-vous ? Pour la police ? » répondit l'homme, reportant les yeux sur la revue étalée devant lui.

Sans un mot, Brunetti sortit la carte officielle de son portefeuille et la laissa tomber sur la page ouverte. « Une femme en manteau gris vient juste d'entrer ici, n'est-ce pas ?

– La signora Ceroni, répondit l'homme en rendant sa carte à Brunetti.

– Où se trouve sa voiture ?

– Au quatrième niveau. Elle sera là d'un instant à l'autre. »

Le bruit d'un moteur en provenance de la rampe d'accès aux étages supérieurs vint en apporter immédiatement la preuve. Brunetti se détourna de la guérite et alla jusqu'à la sortie.

La voiture, une Mercedes blanche, déboucha finalement de la rampe et se dirigea vers l'ouverture. Le faisceau des phares vint frapper le policier en plein visage et, aveuglé, il dut plisser fortement les yeux.

« Hé, qu'est-ce que vous fabriquez ? » lui lança le gardien de nuit, qui bondit de sa chaise et quitta sa guérite pour venir vers Brunetti. À ce moment-là, l'avertisseur retentit, un bruit assourdissant dans cet espace clos, et le gardien se retourna d'un bond, allant heurter le montant du rideau. Il regarda la voiture parcourir les dix mètres qui la séparaient du policier. Il cria à nouveau, mais l'homme ne bougea pas ; il se dit qu'il aurait dû courir et pousser le flic hors du passage, mais il ne put se forcer à bouger.

L'avertisseur retentit de nouveau et le gardien ferma les yeux. Le hurlement suraigu des freins l'obligea à les rouvrir, et il vit le véhicule zigzaguer de manière incontrôlable sur le sol imprégné d'huile, dans l'effort de la conductrice pour éviter le policier – lequel n'avait pas bougé. La Mercedes alla se frotter rugueusement à la berline Peugeot garée au 17, puis revint vers la porte de sortie, toujours zigzaguant, pour s'arrêter à un mètre du policier. Celui-ci, sous les yeux du gardien, se rendit à la portière côté passager, l'ouvrit, dit quelque chose, attendit un instant et monta. La voiture démarra à toute allure, tourna à gauche et prit la direction de la digue. Le gardien de nuit, ne voyant pas ce qu'il pouvait faire de mieux, appela la police.

27

Lorsqu'ils s'engagèrent sur la route de la digue, vers les lumières de Mestre et Marghera, Brunetti se tourna vers le profil de la signora Ceroni ; mais celle-ci l'ignora et continua à regarder droit devant elle. Il contempla, à sa droite, le phare de Murano et, encore plus loin, les lumières de Burano. « Le temps est très clair, ce soir, observa-t-il. Il me semble qu'on aperçoit même Torcello. »

Elle avait accéléré et fut rapidement la voiture la plus rapide sur cette longue ligne droite. « Il suffirait que je donne un coup de volant, dit-elle. La voiture sauterait par-dessus la digue et irait à l'eau.

– C'est vraisemblable. »

Elle leva le pied et le véhicule ralentit. Une voiture les doubla par la gauche. « Quand vous êtes venu à l'agence, reprit-elle, j'ai su que j'allais vous revoir, et que ce ne serait qu'une question de temps. J'aurais dû partir dès ce jour-là.

– Où seriez-vous allée ?

– En Suisse, et de là au Brésil.

– À cause de vos relations d'affaires en Amérique du Sud ?

– Il m'aurait été impossible de faire appel à eux, vous ne croyez pas ? »

Brunetti réfléchit quelques instants avant de répondre.

« Oui, étant donné les circonstances, vous n'auriez pas pu. Mais pourquoi le Brésil, alors ?

– J'ai de l'argent là-bas.

– Et en Suisse ?

– Évidemment, tout le monde a de l'argent en Suisse », répliqua-t-elle.

Brunetti, qui n'en avait pas, savait néanmoins ce qu'elle voulait dire. « Évidemment... mais n'auriez-vous pas pu y rester, aussi ?

– Non. Le Brésil, c'est mieux.

– Je suppose. Sauf que, maintenant, vous ne pouvez plus vous y rendre. »

Elle ne répondit rien.

« Vous ne voulez pas tout me raconter ? Nous ne sommes pas à la questure et votre avocat n'est pas présent, je sais, mais j'aimerais savoir pourquoi.

– C'est en tant que policier ou à titre personnel que vous voulez le savoir ? »

Il soupira. « J'ai bien peur qu'il n'y ait pas de différence. Qu'il n'y en ait plus. »

Elle se tourna alors vers lui, non pas pour ce qu'il avait répondu, mais pour le soupir.

« Que va-t-il arriver ?

– À vous ?

– Oui.

– Cela dépend de... » – des raisons de votre geste, avait-il été sur le point de dire, mais il s'était souvenu que les victimes étaient au nombre de trois, et c'était donc faux. Ses motivations n'impressionneraient guère les juges, pas lorsque trois hommes avaient été abattus – et abattus avec ce qui semblait être le plus grand sang-froid. « Je ne sais pas. Ça risque d'être mauvais.

– Je crois que ça m'est égal, répondit-elle avec une légèreté de ton qui étonna le commissaire.

– Pourquoi ?

– Parce qu'ils le méritaient bien, tous les trois. »

Brunetti fut sur le point de lui faire remarquer que personne ne méritait de mourir, puis il se souvint de la cassette et ne dit rien. « Racontez-moi.

– Vous savez que j'ai travaillé pour eux ?

– Oui.

– Mais plus maintenant. J'ai travaillé pour eux pendant des années, depuis que je suis arrivée en Italie.

– Pour Trevisan et Favero ?

– Non, pas pour eux en particulier, mais pour des hommes du même acabit, ceux qui dirigeaient l'affaire avant qu'ils la revendent à Trevisan.

– Il l'a achetée ? s'étonna Brunetti à l'idée que de telles entreprises puissent se négocier comme un magasin.

– Oui. Je ne sais pas comment les choses se sont passées. Toujours est-il qu'un jour, c'était Trevisan le nouveau patron de la boutique. Les autres avaient disparu.

– Et vous étiez... ?

– J'étais ce que l'on appelle *middle management*, répondit-elle, employant le terme anglais d'un ton lourd d'ironie.

– Ce qui signifie ?

– Que je n'avais plus à me casser le cul dans la rue. » Elle lui jeta un coup d'œil pour voir si elle l'avait choqué, mais le regard que lui rendit Brunetti était aussi calme que sa voix lorsqu'il lui demanda : « Et pendant combien de temps l'avez-vous fait ?

– Combien de temps j'ai fait le trottoir ?

– Oui.

– C'est comme prostituée que je suis venue ici... Non, c'est faux. Quand je suis arrivée en Italie, j'étais une jeune femme amoureuse. Mon premier amour, un Italien qui me promettait la lune si j'acceptais de le suivre dans son pays. J'ai répondu oui, mais la lune, je l'attends encore. Je vous ai déjà dit que j'étais de Mostar. Ce qui signifie que ma famille était musulmane. En fait, pas un de ses membres n'a jamais mis les pieds dans une mosquée – en dehors de mon oncle, mais tout le monde disait qu'il était cinglé. J'ai même été à l'école chez les religieuses. Mes parents disaient que j'y recevrais une meilleure éducation, et j'ai donc passé douze ans dans des écoles catholiques. »

Brunetti remarqua qu'elle s'était engagée sur le côté droit du canal qui relie Padoue à la lagune de Venise, sur la route des villas palladiennes. Au moment même où il reconnaissait l'itinéraire, l'une de ces villas se profila de l'autre côté du canal, se découpant faiblement à contre-jour dans la lumière de la lune ; une unique lumière brillait à l'une des fenêtres du dernier étage.

« Mon histoire est un tissu de clichés, inutile d'entrer dans les détails. J'étais amoureuse, je suis venue ici et au bout d'un mois je faisais le trottoir. Sans passeport, sans connaître un mot d'italien ; mais j'avais fait six ans de latin avec les sœurs, je connaissais par cœur toutes les prières, et je n'ai pas eu de mal à l'apprendre. Je n'eus pas de mal non plus à apprendre comment réussir. J'ai toujours été très ambitieuse, et je ne voyais pas pourquoi je ne pourrais pas réussir là-dedans.

– Et comment vous y êtes-vous prise ?

– Je faisais très bien mon travail. Je suis restée *clean*, ajouta-t-elle employant encore un terme anglais.

– *Clean* ?

– Pas de maladies... Et je suis devenue indispensable aux hommes qui nous contrôlaient.

– De quelle manière ?

– Je leur parlais des autres filles. Je les avertissais lorsqu'elles se préparaient à s'enfuir.

– Que leur arrivait-il ?

– Ils les battaient. Je crois qu'ils ont cassé les doigts de l'une d'elles. Ils s'arrangeaient pour ne pas faire trop de dégâts, pour qu'elles puissent continuer à travailler.

– En quoi d'autre étiez-vous utile ?

– Je leur donnais le nom de mes clients, et j'ai l'impression que certains d'entre eux ont été victimes d'un chantage. Je savais repérer ceux qui étaient nerveux, je leur posais des questions sur eux, et tôt ou tard ils finissaient par me parler de leur femme. S'ils me faisaient l'effet d'être des proies faciles, je m'arrangeais pour apprendre leur nom et leur adresse. C'était très facile. Les hommes sont très faibles. Je crois que c'est à cause de leur vanité. »

Après un moment de silence, Brunetti demanda : « Et ensuite ?

– Ensuite, ils m'ont sortie de la rue. Ils se sont rendu compte que je pouvais leur être beaucoup plus utile dans un rôle de *managerial capacity.* » Elle avait une fois de plus employé l'expression anglaise, s'exprimant presque sans accent, passant d'une langue à l'autre avec l'aisance d'une otarie passant de l'eau à l'air.

« Et que faisiez-vous, au titre de votre *managerial capacity* ? demanda-t-il, parlant lui-même un excellent anglais.

– Je m'occupais des nouvelles, je leur expliquais les choses et je m'arrangeais pour qu'elles fassent ce qu'on leur disait de faire. » Elle ajouta, même si c'était sans rapport apparent : « J'ai appris l'espagnol rapidement, ça m'a aidée.

– Et financièrement ?

– Plus je montais dans l'organisation, mieux je gagnais ma vie. J'ai fait assez d'économies en deux ans pour acheter l'agence.

– Cependant, vous avez continué à travailler pour eux... »

Elle lui jeta un coup d'œil avant de répondre. « On n'arrête jamais de travailler pour eux une fois qu'on a commencé. » La voiture attendait à un feu rouge, mais elle ne se tourna pas vers lui. Les mains fermement agrippées au volant, elle regardait droit devant elle.

« Et cela ne vous chiffonnait pas, parfois, de faire ce que vous faisiez ? »

Elle haussa les épaules. Le feu passa au vert. Elle engagea une vitesse et redémarra. « Les affaires se développaient d'une manière stupéfiante. Il y avait de plus en plus de filles chaque année, chaque mois, aurait-on dit. Elles arrivaient par...

– C'était pour ça, l'agence de voyages ? la coupa-t-il.

– Oui. Mais, au bout d'un moment, il était même devenu inutile de les importer, tellement elles étaient nombreuses à arriver de l'Est et d'Afrique du Nord. Nous avons transformé notre organisation pour nous adapter ; on se contentait de les cueillir à leur arrivée. Ça réduisait énormément les frais. Et rien n'était plus facile que de se faire remettre leur passeport – quand elles en avaient un. Beaucoup n'en avaient pas. » Elle avait presque de la satisfaction dans la voix. « Ahurissante, la facilité avec laquelle on peut entrer dans ce pays. Et y rester. »

Une autre villa apparut à droite, mais c'est à peine si Brunetti y jeta un coup d'œil.

« Et les cassettes vidéos ? lui rappela-t-il.

– Ah, oui, les films. Je connaissais leur existence depuis des mois quand j'en ai vu un pour la première fois. Je les connaissais en théorie, en quelque sorte ; je savais qu'ils venaient de Bosnie, mais pas exactement ce qu'ils contenaient. Trevisan, Favero, Lotto – tous les trois étaient excités à l'idée des profits qu'ils allaient en tirer. Il suffisait d'acheter des cassettes vierges pour trois fois rien et de les reproduire. Ensuite, au moins en Amérique, ils pouvaient les revendre vingt à trente fois le prix de la cassette. Au début, ils se contentaient de vendre l'original. Ils ont dû se faire quelques millions de lires avec, après quoi ils ont décidé qu'ils valaient mieux en assurer la distribution : c'était là qu'il y avait de l'argent à faire. C'est Trevisan qui m'a demandé ce que j'en pensais. Ils savaient que j'avais le sens des affaires et ils voulaient avoir mon avis. Je leur ai répondu que je ne pourrais rien leur dire tant que je n'aurais pas vu les enregistrements. À ce stade, je ne les considérais encore que comme des produits, et ne voyais toute l'affaire que comme un problème de marketing. » Elle le regarda un instant. « J'y pensais même exactement en ces termes. Un produit. Marketing. » Elle soupira.

« Trevisan a donc parlé aux deux autres, et ils ont accepté de m'en montrer quelques-unes. Il fallait que ce soit en leur présence ; ils ne me faisaient pas confiance, ils ne faisaient confiance à personne, lorsqu'il s'agissait d'un original, depuis qu'ils s'étaient rendu compte de la valeur qu'il pouvait avoir.

– Et vous les avez vues ? demanda-t-il, lorsqu'il crut qu'elle n'allait pas continuer.

– Oh, oui, je les ai vues. J'en ai vu trois.

– Où ?

– Chez Lotto. Il était le seul à vivre en célibataire et on a donc été chez lui.

– Et ?

– On a visionné les cassettes. C'est là que j'ai pris ma décision.

– Quelle décision ?

– De les tuer.

– Tous les trois ?

– Évidemment. »

Au bout de quelques instants, il demanda : « Pourquoi ?

– À cause du plaisir intense qu'ils prenaient à regarder ces films. Favero était le pire. Il était tellement excité, au deuxième, qu'il a été obligé de quitter la pièce. Je ne sais pas ce qu'il a été faire, mais il n'est pas revenu avant la fin.

– Et les deux autres ?

– Oh, ça les excitait aussi. Mais il les avaient déjà tous vus, tous, et ils arrivaient donc à se contrôler.

– Était-ce le même genre de cassette que celle que j'ai vue ?

– On y tuait une femme ?

– Oui.

– Alors c'était du même genre. Ils la violaient, en général à plusieurs reprises, et ensuite ils la tuaient. » Il n'y avait pas plus d'émotion dans sa voix que si elle lui avait décrit un film de formation pour hôtesses de l'air. « Cela concernait combien de films, en tout ?

– Je ne sais pas. J'ai entendu parler d'au moins sept vidéos, sans compter les trois que j'ai vues. Celles qu'ils avaient vendues directement ; les trois étaient les cassettes qu'ils voulaient reproduire eux-mêmes et distribuer.

– Que leur avez-vous dit, après avoir vu les films ?

– Que j'avais besoin d'un jour ou deux pour réfléchir. Que je connaissais quelqu'un à Bruxelles qui pourrait être intéressé pour le marché belge et hollandais. Mais j'avais déjà décidé de les tuer. La question était simplement de trouver le meilleur moyen de le faire.

– Pourquoi ?

– Pourquoi quoi ? Pourquoi ai-je attendu, ou pourquoi ai-je décidé de le faire ?

– Pourquoi avez-vous décidé de les tuer ? »

Une voiture, devant elle, ralentissait pour tourner à droite, et elle l'imita. Quand les feux de position du véhicule eurent disparu, elle se tourna vers Brunetti. « J'y ai beaucoup pensé, commissaire. Je crois que la chose qui m'a décidée a été le réel plaisir qu'ils prenaient à regarder les films ; je n'en revenais pas. Et j'avais pris conscience, en les visionnant avec eux, que non seulement ils ne trouvaient absolument rien de mal dans le fait de les regarder, mais qu'il ne voyaient rien de mal, non plus, à en commander.

– Comment, ils les commandaient ? »

Elle revint sur la route. « Je vous en prie, commissaire, ne soyez pas idiot. Sans un marché sur lequel les vendre, ces films n'auraient pas été tournés. Trevisan et ses amis ont créé ce marché, puis ont veillé à ce qu'il soit alimenté.

Avant d'avoir vu ces cassettes et ce qu'il y avait dessus, j'avais entendu Trevisan et Lotto parler d'envoyer un fax à Sarajevo pour en commander de nouvelles. D'une manière aussi banale que s'ils avaient commandé une caisse de vin ou donné l'ordre à leur agent de change de vendre des actions. Pour eux, c'était des affaires.

– Et c'est alors que vous avez vu ce que contenaient les cassettes...

– Oui, c'est alors que j'ai vu ce qu'elles contenaient.

– Ne vous êtes-vous pas demandé si ce n'était pas mal de les tuer ?

– C'est ce que j'essaie de vous dire, commissaire. Ce n'était pas mal. C'était bien. Je n'ai jamais remis ça en question, je l'ai su d'emblée. Et avant que vous me posiez la question, si c'était à refaire, je le referais.

– Est-ce parce que ces femmes sont bosniaques, musulmanes ? »

Elle émit un son qui tenait du rire – crut-il. « Peu importe qui sont ces femmes. Ou plutôt, qui elles étaient. Elles sont mortes, à présent, les malheureuses. Pour elles, ça ne change rien. » Elle repensa un instant à la question. « Non, je n'y avais même pas pensé. » Elle se tourna vers lui. « On parle beaucoup d'humanité et de crimes contre l'humanité, commissaire. Les journaux sont pleins d'éditoriaux sur la question, et les politiciens n'arrêtent pas de faire des discours. Mais personne ne fait quoi que ce soit. Du baratin et des bons sentiments, c'est tout ce qu'on a. Pourtant, ces choses continuent ; on viole et on assassine des femmes, on les filme, on regarde les films. » La colère la faisait parler non pas plus vite, mais plus lentement. « Alors j'ai décidé de les arrêter moi-même, car rien d'autre n'allait le faire.

– Vous auriez pu vous adresser à la police.

– Et alors, commissaire ? Vous les auriez arrêtés sous quelle inculpation ? Ce qu'ils faisaient était-il criminel ? »

Brunetti l'ignorait et, à sa grande honte, dut l'admettre.

« Était-ce un crime ? insista-t-elle.

– Je ne sais pas, répondit-il finalement. Vous auriez pu cependant les dénoncer pour leur commerce de prostituées. Ça les aurait arrêtés. »

Elle éclata de rire. « Vous êtes vraiment trop bête, commissaire ! Je n'avais aucun désir d'arrêter la prostitution, aucun. Je gagne très bien ma vie avec ça. Pourquoi vouloir l'arrêter ?

– À cause de ce qui est fait aux femmes. La même chose qui vous est arrivée. »

Elle se mit à parler plus vite, davantage irritée qu'en colère, maintenant. « Où qu'elles soient, où qu'elles aillent, c'est le même sort qui les attendrait. Elles seraient des putes et des victimes dans leur propre pays.

– Certaines ne sont-elles pas tuées ?

– Que voulez-vous que je vous dise, commissaire, que je cherche à venger toutes les malheureuses prostituées assassinées de la planète ? Faux. J'essaie de vous expliquer pourquoi j'ai fait ce que j'ai fait. S'ils avaient été arrêtés, tout aurait été mis sur la place publique. J'aurais aussi été arrêtée. Et que serait-il arrivé ? Quelques mois de prison en attendant le procès, et ensuite ? Une amende ? Un an de prison ? Deux ? Croyez-vous que c'est assez pour ce qu'ils ont fait ? »

Brunetti se sentait trop fatigué pour parler morale avec cette femme. « Comment vous y êtes-vous prise demanda-t-il, ayant décidé de s'en tenir aux faits.

– Je savais que Trevisan et Favero devaient dîner ensemble et quel était le train que Trevisan prenait toujours dans ce cas-là. J'ai pris le même. Les voitures sont presque toujours vides à la fin du voyage, c'était donc très facile.

– Il vous a reconnue ?

– Je ne sais pas. Tout s'est passé très vite.

– Comment vous êtes-vous procuré l'arme ?

– Par un ami, répondit-elle succinctement.

– Et Favero ?

– Il est allé aux toilettes pendant le repas, et j'ai mis un barbiturique dans son vin, du *vin santo*. C'était moi qui lui avais demandé d'en commander une demi-bouteille pour la fin du repas. Comme c'est un vin doux, je savais que le sucre dissimulerait le goût.

– Et chez lui ?

– Il devait en principe me ramener à la gare pour que je puisse prendre le train de Venise. Mais, à mi-chemin, il s'est endormi à un feu rouge. Je l'ai fait passer du côté passager et j'ai pris sa place au volant pour le ramener chez lui. Il avait une télécommande pour l'ouverture automatique de son garage ; je n'ai eu qu'à m'en servir, entrer avec la voiture et laisser le moteur tourner ; je l'ai remis au volant, j'ai appuyé sur le bouton de fermeture, à l'intérieur du garage, et je suis sortie en courant pendant que la porte redescendait.

– Lotto ?

– Il m'a appelée et m'a dit qu'il était inquiet, qu'il voulait me parler de ce qui se passait. » Brunetti observait son profil qui apparaissait et disparaissait au gré des phares des rares voitures qu'ils croisaient ; mais ses traits gardèrent leur calme pendant tout le temps qu'elle donna ses explications. « Je lui ai fait remarquer qu'il serait plus prudent d'en parler hors de la ville, et nous nous sommes retrouvés à Dolo. Je lui avais dit que j'y avais une affaire à régler, et notre rendez-vous était fixé sur une petite route secondaire. J'étais sur place en avance et quand il est arrivé, je suis descendue de ma voiture pour monter dans la sienne. Il paniquait. Il imaginait que c'était sa sœur qui avait tué Trevisan et Favero, et il voulait savoir ce que j'en pensais. Il avait peur d'être le troisième sur la liste. Et elle aurait possédé toutes les affaires. Avec son amant. »

Elle se rangea sur le bas-côté et attendit qu'une voiture soit passée pour faire demi-tour et reprendre la direction de Venise.

« Je lui ai dit qu'il n'avait rien à craindre de la part de sa sœur. Il a eu l'air soulagé. Je ne me souviens plus combien de fois je lui ai tiré dessus. Après quoi j'ai repris ma voiture et je suis revenue jusqu'à la Piazzale Roma.

– L'arme ?

– Je l'ai toujours à l'appartement. Je devais la garder tant que je n'en avais pas fini.

– Que voulez-vous dire ? »

Elle lui jeta un coup d'œil. « Les autres.

– Quels autres ? »

Au lieu de répondre, elle secoua la tête d'une manière qui signifiait une négation absolue.

« Ne vous êtes-vous pas dit qu'on finirait par vous retrouver, tôt ou tard ?

– Je ne sais pas. Je n'y ai pas pensé. Et puis un jour vous êtes arrivé à l'agence ; je vous ai dit que je ne savais pas conduire et je me suis mise à penser aux autres choses que j'avais fait de travers, sans parler des lunettes. Je suppose que des gens avaient dû me voir dans le train ; le gardien du garage savait que j'avais pris la voiture, le soir de la mort de Lotto. Et ce soir, j'ai compris que c'était fini. Je pensais pouvoir réussir à m'échapper... en fait, je ne sais pas si je le pensais autant que je l'espérais. »

Quelques minutes passèrent et le policier reconnut la première villa qu'il avait remarquée, à l'aller, et qui se trouvait maintenant du même côté que la route. C'est la jeune femme qui, soudain, rompit le silence. « Ils vont me tuer, vous savez. »

Il s'était presque assoupi dans la chaleur du véhicule, bercé par ses mouvements inhabituels. « Quoi ? demanda-t-il en secouant la tête et en se redressant sur son siège.

– Une fois qu'ils sauront que j'ai été arrêtée, que c'est moi qui les ai tués, ils n'auront pas le choix. Ils devront m'éliminer.

– Je ne comprends pas.

– Je connais leur identité. Au moins celle de quelques

uns, parmi ceux que je n'ai pas tués. Et ils vont faire en sorte que je ne parle pas.

– Qui ?

Les hommes qui font les enregistrements – Trevisan n'était pas le seul – et qui contrôlent les prostituées. Oh, pas les petits poissons, les chiens de garde qui les surveillent dans la rue, les bousculent et prennent l'argent. Je parle des hommes qui gère tout le bazar, ceux qui font de l'import-export en femmes. Sauf que la partie export, en dehors des cassettes, n'est pas bien importante, n'est-ce pas ? Je ne les connais pas tous, mais déjà suffisamment.

– Qui sont-ils ? » demanda Brunetti, pensant à des hommes moustachus dotés d'un fort accent méridional.

Elle lui donna le nom du maire d'une importante ville de Lombardie, celui du P-DG d'un grand laboratoire pharmaceutique. Il tourna brusquement la tête pour la regarder ; elle eut un sourire sinistre et ajouta le nom d'un vice-ministre de la Justice. « Il s'agit d'une multinationale, commissaire. Pas de deux vieux chnoques parlant prostituées en buvant de la piquette au fond d'un bar sordide. Il s'agit de conseils d'administration, de yachts, d'avions privés, d'ordres transitant par fax et par téléphones cellulaires. Ce sont des hommes qui ont un réel pouvoir. Comment croyez-vous qu'ils ont fait, pour se débarrasser du compte rendu d'autopsie, dans l'affaire Favero ?

– Comment êtes-vous au courant ?

– C'est Lotto qui me l'a dit. Ils ne voulaient pas qu'on s'intéresse de trop près à la mort de Favero. Trop de personnes étaient impliquées. Je ne connais pas tous les noms, mais déjà bien assez. » Son sourire disparut. « Et c'est pour cela qu'ils vont me tuer.

– On vous placera sous protection rapprochée, dit Brunetti, songeant déjà aux détails.

– Comme Sindona ? demanda-t-elle, sarcastique. Combien de gardiens avait-il, dans sa prison ? Combien de caméras vidéo tournant vingt-quatre heures sur vingt-quatre ? Ça ne les a pas empêchés de mettre du poison dans son café. Combien de temps croyez-vous que je vais tenir ?

– Ça n'arrivera pas », répliqua fermement le policier. À peine avait-il dit cela qu'il se rendait compte que rien ne lui permettait d'être aussi affirmatif. Il savait certes qu'elle avait tué trois hommes, mais tout le reste demeurait à prouver, en particulier toute cette histoire des dangers qu'elle courait et du complot visant à la tuer.

Quelque radar émotionnel véhicula son changement d'humeur jusqu'à elle, et elle ne dit plus rien. Ils continuèrent à rouler dans la nuit et Brunetti se tourna pour regarder les lumières se refléter dans le canal, à sa droite.

Elle le secouait par l'épaule quand il reprit conscience et vit un mur directement devant lui. Instinctivement, il rentra le cou dans les épaules et se protégea la tête des bras. Mais il n'y eut ni impact, ni bruit. La Mercedes était immobile, le moteur silencieux. « Nous sommes à Venise », dit-elle.

Il abaissa les bras et regarda autour de lui. C'était le mur du fond du garage, qu'il avait devant lui ; ils étaient entourés de voitures alignées.

Elle se chargea de défaire les ceintures de sécurité. « Je suppose que vous allez me conduire à la questure. »

Lorsqu'ils arrivèrent à l'embarcadère, un vaporetto de la ligne 1 venait juste d'en partir. Il consulta sa montre et constata, à sa stupéfaction, qu'il était plus de trois heures du matin. Il n'avait pas appelé Paola, ni la questure, pour leur dire ce qu'il faisait.

La signora Ceroni étudiait les horaires, sur le panneau. Ayant du mal à les déchiffrer, elle prit ses lunettes et les chaussa. Au bout de quelques instants, elle se tourna vers Brunetti. « Pas avant quarante minutes.

– Voulez-vous marcher ? » proposa-t-il. Il faisait trop

froid pour rester assis sur l'embarcadère, ouvert à tous les vents, et marcher, au moins, leur donnerait chaud. Il aurait certes pu appeler la questure et faire venir une vedette, mais ils auraient probablement plus vite fait à pied.

« Volontiers, répondit-elle. Je n'aurai jamais plus une telle occasion de voir la ville. »

Brunetti trouva sa réaction mélodramatique mais ne la commenta pas. Ils prirent à droite, longeant le quai. Lorsqu'ils arrivèrent au premier pont, elle se tourna vers lui. « Cela vous ennuie-t-il que nous passions par le Rialto ? Je n'ai jamais beaucoup aimé la Strada Nuova. »

Sans rien dire, Brunetti continua par le quai jusqu'au pont qui donne sur la place Tolentini et le dédale de ruelles par lequel on peut gagner le Rialto. Elle avançait d'un pas modéré et paraissait ne pas faire attention aux immeubles devant lesquels ils passaient. Brunetti, qui avait tendance à marcher plus vite, s'arrêtait parfois au coin d'une rue ou au pied d'un pont pour l'attendre. Ils débouchèrent du côté du marché aux poissons et, une fois au sommet du pont du Rialto, elle ralentit quelques instants pour regarder le Grand Canal sur lequel ne circulait aucun bateau, à droite ou à gauche. En redescendant du pont, ils prirent la direction de San Bartolomeo. Un veilleur de nuit les dépassa, un berger allemand en laisse, mais ils n'échangèrent aucune remarque.

Il était près de quatre heures lorsqu'ils arrivèrent à la questure. Lorsque Brunetti cogna à la lourde porte vitrée, une lumière s'alluma dans la salle de garde, sur la droite. Le gardien arriva en se frottant les yeux, l'air ensommeillé, et scruta la rue à travers la vitre ; il reconnut Brunetti, ouvrit et salua. « *Buon giorno*, commissaire », dit-il, avant de regarder la femme qui accompagnait son supérieur.

Brunetti le remercia et lui demanda s'il y avait un officier de police féminin de service cette nuit. Apprenant qu'il n'y en avait pas, il lui donna l'ordre d'appeler la première sur la liste des tours de garde et de lui dire de venir immédiatement à la questure, congédia l'homme et conduisit la signora Ceroni jusqu'à son bureau. On avait éteint le chauffage, si bien qu'il faisait froid et humide dans le bâtiment. En haut de la quatrième volée de marches, il ouvrit la porte de son bureau, la tint pour elle et la fit passer devant lui.

« Je voudrais aller aux toilettes, dit-elle.

– Désolé. Il va falloir attendre que la femme que j'ai fait appeler soit ici. »

Elle sourit. « Vous avez peur que je me suicide, commissaire ? » Comme il ne répondait pas, elle ajouta : « Croyez-moi, ce n'est pas mon genre. »

Il lui offrit une chaise et alla se placer derrière son bureau, où il resta debout, déplaçant les quelques papiers qui s'y empilaient. Aucun des deux n'éprouva le besoin de parler pendant le quart d'heure qu'il fallut à la femme policier – la quarantaine, dans la force de l'âge – pour arriver.

Lorsque celle-ci entra dans le bureau, Brunetti regarda la signora Ceroni et demanda : « Voulez-vous faire une déposition ? Le policier Di Censo en sera le témoin. »

La jeune femme secoua la tête.

« Désirez-vous appeler votre avocat ? »

Même geste de dénégation.

Brunetti attendit un instant, puis se tourna vers la signora Di Censo. « Vous allez conduire la signora Ceroni dans une cellule. La quatre. Elle est chauffée. Si elle change d'avis, elle a le droit d'appeler un avocat ou sa famille. » Il avait regardé la signora Ceroni en disant cela, mais celle-ci avait de nouveau secoué la tête.

« Elle ne doit avoir contact avec personne. Ni avec des gens de la questure, ni avec des gens de l'extérieur, reprit Brunetti. C'est compris ?

– Oui, monsieur, répondit Di Censo. Dois-je rester avec elle, monsieur ?

– Oui, jusqu'à ce qu'on vienne vous relever. Je vous verrai plus tard dans la matinée, signora », ajouta-t-il à l'intention de sa prisonnière.

Cette dernière acquiesça sans rien dire, se leva et suivit Di Censo. Brunetti écouta leurs pas s'éloigner dans l'escalier ; les talons de la femme policier faisaient un bruit mat et régulier, ceux de la signora Ceroni ces mêmes claquements secs qui l'avaient conduit jusqu'à la Piazzale Roma – et à la meurtrière des trois hommes.

Il rédigea un bref rapport dans lequel il mettait l'essentiel de ce que lui avait dit la jeune femme, y compris son refus d'appeler son avocat et de faire une déposition en bonne et due forme. Il le confia au policier de service avec ordre de le donner au vice-questeur Patta ou au lieutenant Scarpa lorsque l'un des deux arriverait à la questure.

Il était presque cinq heures lorsqu'il se glissa dans le lit à côté de Paola. Elle remua, se tourna vers lui, lui mit le bras en travers de la figure et marmonna quelque chose qu'il ne comprit pas. Tandis qu'il dérivait vers le sommeil, il repassait dans sa tête non pas l'image de la femme violée et assassinée, mais celle de Chiara étreignant son chien en peluche contre elle. Bark... un nom idiot pour un chien, se dit-il en s'endormant.

28

Lorsque Brunetti se réveilla, Paola n'était déjà plus là ; elle lui avait toutefois laissé un mot dans lequel elle disait que Chiara allait bien et était partie en classe sans problème. Si ces nouvelles le réconfortèrent quelque peu, elles ne suffirent cependant pas à chasser les remords persistants qu'il éprouvait en pensant à ce qu'avait subi sa fille. Il se fit un café, se doucha longuement, reprit du café, sans parvenir à se débarrasser de l'engourdissement de corps et d'esprit qui s'était emparé de lui à la suite des événements de la nuit précédente. Il se souvenait d'un temps où il récupérait sans difficulté d'une nuit sans sommeil, ou d'une expérience particulièrement horrible, où il pouvait tenir pendant des jours à talonner la vérité, à rechercher ce qu'il croyait être la justice. Plus maintenant. Si la volonté qui l'animait était aussi farouche que jamais, sinon davantage, il ne pouvait nier que son organisme, lui, ne suivait plus.

Il chassa ces pensées et quitta l'appartement, sentant avec plaisir la morsure de l'air, goûtant l'animation de la rue. Lorsqu'il passa devant un kiosque à journaux, il ne put s'empêcher, bien que sachant que l'arrestation de la nuit dernière ne pouvait y figurer, de jeter un coup d'œil aux manchettes.

Il était presque 11 heures lorsqu'il arriva à la questure, où on l'accueillit avec les salutations et les signes de tête habituels, et s'il fut surpris que personne ne vienne le féliciter pour avoir réussi tout seul à arrêter l'assassin de Trevisan, Favero et Lotto, il ne le laissa pas voir.

Il trouva deux notes de la signorina Elettra sur son bureau ; les deux lui disaient que le vice-questeur voulait lui parler. Il descendit immédiatement et trouva la jeune femme à son bureau.

« Il est là ?

– Oui, répondit-elle en levant les yeux, mais sans sourire. Et pas de bonne humeur. »

Brunetti fut sur le point de lui demander s'il avait jamais vu Patta de bonne humeur. « Et pour quelle raison ?

– Le transfert.

– Le quoi ? » La question n'intéressait pas réellement Brunetti, mais il ne demandait pas mieux que de retarder un peu le moment de s'entretenir avec son supérieur, et passer quelques minutes en compagnie de la signorina Elettra était, pour le moment, la façon la plus agréable de le faire qu'il ait découverte.

« Le transfert, répéta-t-elle. Celui de la femme que vous avez arrêtée la nuit dernière. » Elle se tourna pour décrocher le téléphone. « Oui... non, je ne peux pas », répondit-elle presque aussitôt. Sans rien ajouter, elle raccrocha et revint à Brunetti.

« Qu'est-ce qui s'est passé ? demanda-t-il d'un ton calme, se demandant si la jeune secrétaire n'entendait pas les battements frénétiques de son cœur.

– On a reçu un coup de téléphone tôt, ce matin. De la part du ministère de la Justice. Il paraît qu'elle relevait de la juridiction de Padoue, et il voulait qu'elle y soit transférée. »

Brunetti vint s'appuyer lourdement des deux mains sur le bureau. « Qui a pris ce message ?

– Je ne sais pas. L'un des hommes de service, en bas. Je n'étais pas encore arrivée. Puis, vers huit heures, des hommes des Services spéciaux sont venus avec des papiers.

– Et ils l'ont emmenée avec eux ?

– Oui. Pour la conduire à Padoue. »

Horrifiée, la signorina Elettra vit Brunetti serrer les poings de toutes ses forces et être sur le point de les abattre sur le bureau. Il ne se retint qu'au dernier moment.

« Qu'est-ce qui ne va pas, commissaire ?

– Est-elle arrivée là-bas ?

– Je l'ignore. » Elle consulta sa montre. Ils sont repartis depuis trois heures ; ils devraient être rendus.

– Appelez-les », dit Brunetti d'une voix étranglée.

Comme elle restait figée sur place, le regardant fixement, stupéfaite du changement qui s'était produit en lui, il répéta, un ton plus haut : « Appelez-les ! Appelez della Corte ! » Mais avant qu'elle ait pu bouger, il s'empara du téléphone et composa le numéro du capitaine.

Ce dernier décrocha à la troisième sonnerie.

« Guido à l'appareil. Elle est là ? demanda Brunetti sans donner plus d'explications.

– Ciao, Guido. Qui devrait être ici ? Je ne comprends rien à ce que vous dites.

– J'ai arrêté une femme, cette nuit. Elle est l'auteur des trois meurtres.

– Elle a avoué ? demanda della Corte.

– Oui, pour tous les trois. »

Un sifflement admiratif du capitaine parvint jusqu'à lui. « Je ne suis au courant de rien. Pourquoi m'appelez-vous ? Où l'avez-vous arrêtée ?

– Ici, à Venise. Mais des hommes des Services spéciaux sont venus la prendre ce matin. Quelqu'un du ministère de la Justice les a envoyés, sous prétexte qu'elle devait être incarcérée à Padoue.

– C'est grotesque, s'exclama della Corte. On garde un prévenu en détention à l'endroit où il a été arrêté jusqu'au moment où il est formellement inculpé. Tout le monde le sait... au fait, a-t-elle été inculpée ?

– Je ne sais pas, mais je ne crois pas ; cela fait trop peu de temps.

– Donnez-moi quelques instants pour me renseigner. Je vais voir ce que je peux trouver et je vous rappelle dès que j'ai appris quelque chose. Quel est son nom ?

– Ceroni, Regina Ceroni. » Brunetti n'eut pas le loisir d'ajouter quoi que ce soit : le capitaine avait raccroché.

« Qu'est-ce qui ne va pas ? demanda la signorina Elettra.

– Je ne sais pas. » Sans dire un mot de plus, il se tourna et alla frapper à la porte de Patta.

« Avanti ! »

Brunetti entra d'un pas vif dans le bureau de son supérieur. Il s'obligea à garder le silence, avec l'espoir de se faire une idée de l'humeur dans laquelle était Patta avant de devoir lui expliquer quoi que ce soit.

« Qu'est-ce que c'est que cette histoire ? Pourquoi a-t-on transféré cette femme à Padoue ? voulut-il savoir.

– Je ne suis au courant de rien. Je l'ai arrêtée au cours de la nuit. Elle m'a avoué les trois meurtres : Trevisan, Favero et Lotto.

– Où a-t-elle avoué ? » demanda Patta.

La question laissa Brunetti perplexe. « Dans sa voiture.

– Dans sa voiture ?

– Oui. Je l'avais filée jusqu'à la Piazzale Roma. J'ai passé beaucoup de temps avec elle, puis je l'ai ramenée ici, à Venise. Elle m'a expliqué comment elle avait procédé, et pour quelles raisons. »

Ces détails ne paraissaient pas intéresser le vice-questeur. « Avez-vous obtenu des aveux en bonne et due forme ? Avez-vous un témoin ? »

Brunetti secoua la tête. « Il était quatre heures du matin quand nous sommes revenus à la questure, et je lui ai demandé si elle voulait appeler son avocat. Elle a refusé. Je lui ai demandé également si elle voulait faire une déposition, et elle a refusé aussi. Je l'ai fait placer dans une cellule. C'est la femme policier Di Censo qui l'a conduite dans le secteur des femmes.

– Sans aveux formels, sans déposition ? »

Il était inutile d'atermoyer. « Non. J'ai pensé que cela pouvait attendre ce matin.

– Vous avez pensé que cela pouvait attendre ce matin, le singea méchamment Patta.

– En effet.

– Sauf que cela n'arrivera pas, n'est-ce pas ? » Le vice-questeur ne faisait aucun effort pour cacher sa colère. « Vu qu'elle a été transférée à Padoue.

– Y est-elle arrivée ? » l'interrompit Brunetti.

Patta détourna les yeux de côté, prenant une mine fatiguée. « Si vous me laissiez finir de parler, commissaire ? »

Brunetti répondit d'un simple hochement de tête.

« Comme je le disais, reprit *il Cavaliere*, prenant tout son temps pour bien faire comprendre qu'on l'avait empêché de s'expliquer, elle a été conduite à Padoue ce matin. Alors que vous preniez tout votre temps pour venir ici, et que vous n'aviez pas pris celui d'obtenir des aveux formels – usage qui, comme vous ne l'ignorez pas, commissaire, est à la base même de la procédure policière. Mais voilà, elle a été transférée à Padoue, et j'espère que vous comprenez ce que cela signifie. » Patta marqua un temps d'arrêt très mélodramatique et attendit que Brunetti admette toute l'étendue de son incompétence.

« Vous pensez vraiment qu'elle est en danger ? »

Patta plissa les yeux, désarçonné, et eut un mouvement de recul de la tête. « En danger ? Je ne vois pas ce que vous voulez dire, commissaire. Le seul danger, c'est que Padoue nous vole l'honneur de l'avoir arrêtée et fait avouer. Elle a tué trois hommes, dont deux qui comptaient particulièrement dans notre ville, et c'est Padoue qui va recevoir les lauriers pour son arrestation.

– Elle est là-bas, alors ? demanda Brunetti, plein d'espoir dans la voix.

– Je n'ai aucune idée de l'endroit où elle se trouve et, très franchement, peu m'importe. Du moment qu'elle n'est plus sous notre juridiction, elle n'a plus aucun intérêt pour moi. Nous allons certes pouvoir mettre un terme à cette enquête, je le reconnais volontiers, mais c'est Padoue que l'on créditera de son arrestation. » Rien ne tempérait la colère de Patta. Il rapprocha de lui un dossier posé sur son bureau. « Je n'ai rien d'autre à vous dire, commissaire Brunetti. Je suis sûr que vous pouvez trouver quelque chose pour vous occuper. » Il ouvrit le dossier et se mit à lire.

De retour dans son bureau, Brunetti ne résista pas à l'envie de composer le numéro de della Corte. Personne. Il resta assis un moment, puis se leva et alla se camper près de la fenêtre. Pour revenir s'asseoir au bout d'un moment à son bureau. Le temps passa. Le téléphone sonna enfin et il décrocha.

« Étiez-vous au courant de quelque chose de particulier, Guido ? » demanda della Corte, d'une voix inquiète.

Brunetti avait la main grasse de sueur. Il changea l'écouteur d'oreille et s'essuya la paume sur son pantalon. « Qu'est-ce qui s'est passé ?

– Elle s'est pendue dans sa cellule. Ils l'ont ramenée ici il y a une heure et l'ont placée dans une cellule provisoire, le temps de chercher un magnétophone pour enregistrer sa déposition. Ils ne lui ont pas enlevé ses affaires et quand ils sont revenus, elle s'était pendue à la bouche d'aération avec son collant. » Della Corte se tut, mais Brunetti resta sans réaction.

« Guido ? Vous êtes encore en ligne ?

– Oui, je suis là, répondit finalement Brunetti. Où sont passés les hommes des Services spéciaux ?

– Ils remplissent les formulaires. Elle leur a dit en chemin que c'était elle qui avait tué les trois hommes.

– Pourquoi ?

– Pourquoi elle leur a dit, ou pourquoi elle les a tués ?

– Pourquoi les aurait-elle tués ?

– Elle leur a expliqué qu'elle avait eu une liaison avec

les trois, par le passé, et que cela faisait des années qu'elle les faisait chanter. Que tous les trois avaient fini par lui dire qu'ils ne voulaient plus casquer et qu'elle avait donc décidé de les tuer.

– Je vois, dit Brunetti. Tous les trois ?

– C'est ce qu'ils disent.

– Combien sont-ils ?

– Les types des Services spéciaux ?

– Oui.

– Trois.

– Et ils donnent tous la même version ? Qu'elle les a tués tous les trois parce qu'elle ne pouvait plus les faire chanter ?

– Oui.

– Leur avez-vous parlé ?

– Non. Je tiens tous ces détails du gardien qui l'a trouvée.

– Quand ont-ils parlé de ces aveux ? Avant qu'elle se soit pendue ou après ?

– Je ne sais pas, admit della Corte. C'est important ? »

Non, se rendit compte Brunetti, ce n'était pas important, car les trois hommes des Services spéciaux, il en était certain, raconteraient tous la même histoire. Adultère, chantage, avidité, vengeance : autant de vices qui expliqueraient parfaitement son geste. Des motifs qui étaient en fait plus crédibles, plus vraisemblables, que la rage, l'horreur, et la jouissance glaciale du châtiment. Il serait bien difficile de remettre en question la parole de ces trois officiers de police.

« Merci », dit Brunetti en raccrochant lentement. Il resta assis, à la recherche d'un détail, de n'importe quel début d'indice susceptible d'être convaincant. Comme preuve tangible, il n'avait à opposer, à la confession suivie du suicide de la signora Ceroni, que les archives téléphoniques des numéros appelés par les cabinets des victimes. Que pouvait-on en déduire ? Des appels à destination d'entreprises ayant pignon sur rue à l'étranger et à un bar mal famé de Mestre. Trois fois rien, en somme, un trois fois rien qui ne méritait même pas une enquête. Mara, il n'en douta pas, était de nouveau dans la rue – sans doute dans une autre ville. Quant à Silvestri, ceux qui l'approvisionnaient en drogue pouvaient lui souffler n'importe quoi, il le répéterait. Ou on pouvait tout aussi bien le retrouver mort d'une overdose. Brunetti détenait encore la cassette vidéo, mais pour établir qu'elle venait de chez Trevisan, il aurait fallu demander à Chiara de témoigner, c'est-à-dire d'en parler, de s'en souvenir, et il refusait de la soumettre à cela, quelles qu'en soient les conséquences.

Elle l'avait averti, mais il n'avait pas voulu l'écouter. Elle lui avait même donné le nom de l'homme qui enverrait les tueurs. Ou peut-être y avait-il encore un personnage encore plus puissant impliqué dans l'affaire, encore un monsieur respectable qui, comme le centurion de la Bible, n'avait qu'un mot à dire pour que quelqu'un agisse. Ou que trois « quelqu'un » exécutent ses ordres.

De mémoire, il composa le numéro d'un ami, colonel à la brigade financière. Il lui expliqua brièvement ce qui était arrivé à Trevisan, Favero et Lotto, les sommes qu'ils avaient dû toucher et dissimuler au fisc depuis des années. Le colonel promit de s'intéresser aux finances de la signora Trevisan dès qu'il aurait le temps et le personnel disponible. Lorsque Brunetti raccrocha, il ne se sentit pas mieux. Accoudé à son bureau, la tête dans les mains, il resta longtemps assis sans bouger. Il l'avait incarcérée un peu avant le point du jour et, à huit heures, les hommes des Services spéciaux étaient déjà là pour la récupérer.

Il se leva pesamment et partit pour la grande salle, deux étages en dessous. Il voulait voir Preside, l'homme qui s'était trouvé de faction lorsqu'il était arrivé avec la signora Ceroni. Preside avait terminé son service à huit heures, mais il avait noté dans la main courante :

« 6 h 18 ; Le Lt Scarpa vient prendre son service. Donné rapport Comm. Brunetti au Lt Scarpa. »

Il quitta la salle et, s'immobilisant dans le couloir, constata avec surprise qu'il lui fallait un certain temps pour récupérer. Il prit la direction de l'escalier qui allait lui permettre de quitter la questure, s'obligeant à ne pas penser à ce qu'il venait de découvrir. Il s'engagea dans la première volée de marches, songeant à la jeune femme et à leur insolite balade nocturne. Il se rendit compte qu'il ne comprendrait jamais pourquoi elle avait agi comme elle l'avait fait. Peut-être fallait-il être une femme. Il demanderait à Paola. Elle comprenait les choses, en général. À cette idée, Brunetti sentit le cœur lui revenir, et il quitta la questure pour retourner chez lui.

DU MÊME AUTEUR

Mort à La Fenice
Calmann-Lévy, 1997
et « Points Policier », n° P514

Mort en terre étrangère
Calmann-Lévy, 1997
et « Points Policier », n° P572

Un Vénitien anonyme
Calmann-Lévy, 1998
et « Points Policier », n° P618

Entre deux eaux
Calmann-Lévy, 1999
et « Points Policier », n° P734

Péchés mortels
Calmann-Lévy, 2000
et « Points Policier », n° P859

Noblesse oblige
Calmann-Lévy, 2001
et « Points Policier », n° P990

L'Affaire Paola
Calmann-Lévy, 2002
et « Points Policier », n° P1089

Des amis haut placés
Calmann-Lévy, 2003
et « Points Policier », n° P1225

Mortes-eaux
Calmann-Lévy, 2004
et « Points Policier », n° P1331

Une question d'honneur
Calmann-Lévy, 2005
et « Points Policier », n° P1452

Le Meilleur de nos fils

Calmann-Lévy, 2006
et « Points Policier », n° P1661

Sans Brunetti

Essais, 1972-2006
Calmann-Lévy, 2007

Dissimulation de preuves

Calmann-Lévy, 2007
et « Points Policier », n° P1883

De sang et d'ébène

Calmann-Lévy, 2008
et « Points Policier », n° P2056

Requiem pour une cité de verre

Calmann-Lévy, 2009
et « Points Policier », n° P2291

Le Cantique des innocents

Calmann-Lévy, 2010
et « Points Policier », n° P2525

Brunetti passe à table

Recettes et récits
(avec Roberta Pianaro)
Calmann-Lévy, 2011
et « Points Policier », n° P2753

La Petite Fille de ses rêves

Calmann-Lévy, 2011
et « Points Policier », n° P2742

Le Bestiaire de Haendel

À la recherche des animaux
dans les opéras de Haendel
Calmann-Lévy, 2012

La Femme au masque de chair

Calmann-Lévy, 2012
et « Points Policier », n° P2937

Les Joyaux du paradis

Calmann-Lévy, 2012
et « Points Policier », n° P3091

Curiosités vénitiennes
Calmann-Lévy, 2013

Brunetti et le mauvais augure
Calmann-Lévy, 2013
et « Points Policier », n° P3163

Gondoles
Histoires, peintures, chansons
Calmann-Lévy, 2014

Deux veuves pour un testament
Calmann-Lévy, 2014
et « Points Policier », n° P3399

L'Inconnu du Grand Canal
Calmann-Lévy, 2014
et « Points Policier », n° P4225

Le Garçon qui ne parlait pas
Calmann-Lévy, 2015
et « Points Policier », n° P4352

Brunetti entre les lignes
Calmann-Lévy, 2016
et « Points Policier », n° P4486

Brunetti en trois actes
Calmann-Lévy, 2016
et « Points Policier », n° P4649

Minuit sur le canal San Boldo
Calmann-Lévy, 2017
et « Points Policier », n° P4861

Les Disparus de la lagune
Calmann-Lévy, 2018
et « Points Policier », n° P5068

La Tentation du pardon
Calmann-Lévy, 2019
et « Points Policier », n° P5249

Quand un fils nous est donné
Calmann-Lévy, 2020

RÉALISATION : NORD COMPO À VILLENEUVE-D'ASCQ
IMPRESSION : CPI FRANCE
DÉPÔT LÉGAL : MARS 2021. N° 147623-2 (2056863)
IMPRIMÉ EN FRANCE